Moi, Sylla, dictateur

Bernard Simiot

Moi, Sylla, dictateur

ROMAN

Albin Michel

22, rue Huyghens, 75014 Paris

ISBN 2-226-06338-2

Pour mon frère Hubert.

Sylla, Lucius Cornelius, général, consul, dictateur, réformateur politique (138-78 av. J.-C.). Il reste un des personnages les plus énigmatiques de la fin de la République romaine : d'une part type de noble romain, d'autre part personnage imprégné d'une sorte d'idéologie hellénistique et prototype des aspirations monarchiques de César. Son abdication inattendue est un des grands problèmes de l'Histoire qui, en dépit de nombreuses hypothèses, reste encore aujourd'hui une énigme.

Encyclopédie de l'Antiquité classique

MOI, LUCIUS, CORNELIUS SYLLA, détenant la magistrature suprême, j'ai renoncé à des honneurs et à des pouvoirs qu'aucun Romain n'avait connus avant moi. J'avais reçu ceux-là sans vanité, j'ai exercé ceux-ci sans faiblesse. Un jour, à la foule des citoyens rassemblés sur le Forum, j'ai dit que je cessais d'assumer les fonctions confiées par le Sénat. Personne n'a protesté ni applaudi. Silencieuse, la multitude paraissait frappée de terreur. D'un geste j'ai congédié mes vingt-quatre licteurs porteurs de haches. Depuis deux années, ils assuraient ma protection et symbolisaient la puissance de ma magistrature. Une litière m'attendait, attelée de chevaux rapides. Le lendemain je couchai à Baïa, auprès de Valeria, ma dernière épouse. Je retrouvai aussi les jumeaux que j'eus de Caecilia, compagne de ma fortune dans les heures les plus difficiles. Premier magistrat de la République, j'avais vécu dans la pourpre, maintenant j'allais connaître le bonheur auprès de la jeune femme que j'aime : plus de messages à dicter, d'ambassadeurs à recevoir, de décrets à signer, de poignards à craindre. Les jours glisseraient entre mes doigts, les nuits passées près de Valeria seraient encore plus brèves. Les sabliers, les clepsydres, les cadrans solaires, je les ai fait disparaître. J'avais décidé de respirer selon mon rythme et d'entreprendre selon mon goût. Avais-je besoin de mesurer le temps pour combler Valeria, instruire mes enfants, me promener à cheval, examiner les plans de mon architecte, consulter mes jardiniers, surveiller mon élevage de murènes, ou relire les manuscrits d'Aristote ramenés d'Athènes ? Ce que nous appelons les affaires de la cité, tout ce qui concerne la chose publique, ne m'intéressait plus. J'avais oublié Rome et trouvé la félicité. Cela n'a pas duré plus de trois lunes.

Rome ne m'avait pas oublié. Depuis que j'avais quitté la Ville pour me retirer à Baïa, peu de citoyens, à part quelques fidèles, avaient pris le chemin de la Campanie pour me rendre visite. Lâches, traîtres, ambitieux, adversaires enfin déclarés, j'avais laissé derrière moi un grand nombre d'ennemis. Tous, je suis certain qu'ils demeuraient autant stupéfaits que terrassés, se demandant si ma décision ne voilait pas quelque secret dessein, par exemple rassembler mes vétérans installés en colonies, revenir soudain à leur tête et en finir une bonne fois avec ceux que j'avais eu la faiblesse d'épargner lorsque j'avais bousculé le Sénat pour obtenir les pleins pouvoirs sans limite de durée. Sylla, dont on disait qu'il était autant renard que lion, n'était-il pas capable de ruser une fois encore pour mieux frapper comme la foudre ?

C'est vrai que je n'ai pas fait tomber autant de têtes que la raison politique l'eût exigé. Dans ces affaires-là, où donc doit se fixer le fléau d'une juste balance ? Etouffé de colère ou saisi de pitié, on en fait trop ou pas assez. Moi, j'ai agi sans passion et sans remords : sans passion parce qu'il est dangereux de régler les problèmes de l'Etat avec humeur ; sans remords parce que le sang d'un ennemi ne salit pas celui qui le fait couler.

La nouvelle étant parvenue à Rome que les plaisirs amoureux et champêtres occupaient désormais ma vie, la crainte disparut de m'y voir réapparaître avec mes vétérans. Aussitôt, ceux qui m'étaient demeurés fidèles furent plus nombreux à prendre la route de Campanie. Quelques vieux compagnons de débauche ou de guerre devenus sénateurs par ma volonté avaient pris le goût de ces rumeurs troubles, confidences chuchotées, petites calomnies, faux secrets d'Etat et autres bruits jamais contrôlés dont se repaissent tous les élus du peuple et leurs proches clients avec l'illusion de conduire la République. Chacun d'eux voulant paraître le plus instruit, tous renchérissaient les uns sur les autres : plus que je ne les écoutais, je les entendais sans curiosité, non sans sourire. Ces commérages sans lesquels il n'y aurait pas de démocratie vivante ne me concernaient plus. Avaient-ils jamais intéressé Lucius Cornelius Sylla, né et demeuré patricien ?

Il m'arriva cependant de prêter une oreille moins distraite aux propos rapportés de Rome. Soudain curieux de connaître le comportement des légions en Espagne, ou d'apprécier l'état des travaux portuaires entrepris à Ostie, j'ai interrogé mes visiteurs, feignant de porter aussi peu d'intérêt à mes questions qu'à leurs réponses. On ne passe pas trente années de sa vie aux affaires pour se contenter un jour de planter des cerisiers, relire les vieux auteurs et caresser sa femme. Dans le secret de moi-même, je me suis demandé si j'étais aussi heureux que je le proclamais. Tromper les autres, cela peut être utile, parfois nécessaire ; mentir à soi demeure la faute inexpiable. Cette règle avait été celle de ma vie, je venais de la violer sans m'en être aperçu. Les ordres à donner, les dépêches à signer, les décisions à prendre, les soldats à payer, le Trésor à remplir, les ennemis à châtier, les amis à surveiller : voilà quelle était la vérité quotidienne de Sylla. Pendant trente ans, les soucis avaient tissé la trame de mes jours. Plus que le pouvoir, davantage que les honneurs qui y sont attachés, ce sont eux qui soudain me manquaient. Solitaire, je me suis retrouvé dans un désert comparable à ces étendues de sable dont on me disait naguère en Afrique et en Asie qu'elles peuvent engloutir un homme sans le moindre bruit.

Que disait-on de moi à Rome ? Me regrettait-on ? Me craignait-on ? M'aimait-on encore ? Ces sortes de questions, j'avais toujours admis qu'elles sont indignes d'un véritable chef. N'assumant plus de commandement, je les ai posées, moins par faiblesse que pour conforter mon expérience des hommes, celle-ci me conduisant à penser que, ne redoutant plus la foudre de Sylla, quelques-uns s'empressaient de couvrir de boue un maître adulé hier autant que craint. D'abord embarrassés, vite déliés par quelques bouteilles de falerne et mis en appétit par les ignominies dont ils allaient se délecter en les rapportant, ceux que j'interrogeais ont alors ouvert leurs écluses.

Encore que je l'eusse provoquée par bravade, la calomnie écorcha souvent ma jeunesse. Plus tard, elle me fit vomir. Pour ne plus m'en soucier, il fallut que j'obtienne la certitude que personne avant moi n'avait autant récompensé ses amis et frappé ses ennemis. Naguère on s'était contenté de m'accuser d'avoir violé ma sœur, étranglé mon propre fils, égorgé ma belle-mère et empoisonné pour en hériter une vieille maquerelle qui m'entretenait. Maintenant, on chuchotait dans les dîners des beaux quartiers que j'avais pillé des temples à mon seul profit, déserté le champ de bataille, assassiné plus de dix mille citoyens pour m'emparer de leurs biens et reçu de Mithridate des monceaux d'or, prix d'une négociation honteuse pour Rome.

Mon cuir est épais. Cette fois, il ne me protégea pas. Le dégoût passait ma colère. Il me fallait contenir les battements de mon cœur et le tremblement de mes mains. Mes compagnons m'assurèrent qu'ils avaient vu mon visage devenir plus pâle que d'habitude, signe qui ne les avait jamais trompés lorsque je devais prendre une décision capitale. Voulant en savoir davantage, je les pressai de me dire s'ils ne soupçonnaient pas Lépide, dernier consul en exercice, d'être à la source de telles infamies. Ils finirent par en convenir.

Lépide, je le connais. Je l'ai vu passer d'un camp à l'autre avec un cynisme qu'il m'est arrivé naguère d'apprécier, je le confesse. Lorsqu'il a abandonné Marius pour me rejoindre, je l'ai enrôlé aussitôt : j'avais besoin d'hommes. J'ai même fait sa fortune en le nommant préteur en Sicile. Dès lors, la cautèle assura sa carrière. Celui-là est le plus fourbe de tous. Plus retors qu'adroit, plus rusé qu'intelligent, habile à me manifester une admiration à laquelle je n'étais pas insensible, il est parvenu, en trompant tout le monde, à obtenir la première magistrature romaine. Il me hait parce que l'éclat de mon nom empêche le sien de briller. La multitude accordant volontiers plus de crédit à la calomnie dès lors que celle-ci est démesurée, Lépide atteindra peut-être son but. Il tentera même d'effacer les victoires que j'ai remportées à la tête des légions. Mais que restera-t-il de lui ? Des mains de faiseur de tours, des battements de cils sur un regard de mauvais prêtre, les accents doucereux d'un démagogue professionnel, c'est tout ce que la postérité retiendra.

Puis-je laisser à un Lépide le soin de salir l'Histoire, moi Sylla qui ai triomphé des deux plus redoutables ennemis, Jugurtha et Mithridate, qu'ait connus Rome depuis la mort d'Hannibal ? Ce jour-là, j'ai décidé de poursuivre une longue narration commencée depuis plusieurs années, délaissée, reprise, renvoyée aux calendes grecques mais jamais abandonnée. Au lieu de tourner le dos aux trente années consacrées aux affaires de l'Etat, je les fixerais dans des Annales où mes aventures guerrières et politiques seraient consignées, commentées, expliquées. Dès le lendemain matin, je réunissais dans ma bibliothèque les amis qui m'avaient visité. Mon secrétaire Epicadus, ancien prisonnier grec affranchi, se joignit à eux. Je leur fis part de ma décision et de ma volonté de nous mettre au travail sans délai. C'était leur dire que je comptais sur leur collaboration pour répondre aux questions qui seraient posées par Epicadus chargé de rédiger ces Annales. N'avions-nous pas fait ensemble de grandes choses ? Tous furent d'autant plus prompts à vouloir participer à la relation de ces événements que leurs propres noms recevraient ainsi quelques rayons de la gloire de Sylla.

Trois mois plus tard, Epicadus avait rédigé plusieurs chapitres. Il me les présenta. A leur lecture, les sentiments que j'éprouvai furent assez confus. C'était un bon devoir : faits relatés avec précision, dates respectées avec scrupule, noms des personnes et des lieux consignés avec rigueur. Mon secrétaire avait bien écouté mes compagnons et tenu le plus grand compte de mes consignes. Il avait même prévenu mes souhaits en forçant le nombre de mes prisonniers de guerre et réduisant à rien celui de mes soldats tués au combat, soulignant à propos l'intelligence de ma diplomatie, l'habileté de ma manœuvre ou la noblesse de mes sentiments. Ainsi, toutes les règles du genre étaient respectées.

Lors de mon premier voyage à Athènes, un vieux philosophe qui faisait profession de scepticisme m'avait dit en souriant : « Il paraît que les hommes font l'Histoire. Et s'ils n'étaient que les instruments des dieux ou du hasard ? » A la lecture d'Epicadus, je me suis demandé si l'Histoire n'était pas plutôt faite par ceux qui la racontent. Ce soir, j'incline à penser que les historiens ont fait davantage pour la gloire d'Alexandre en relatant la bataille d'Issos que celui-ci en la gagnant contre Darius.

J'ai passé une grande partie de la nuit à lire le texte élaboré par Epicadus. Bien qu'il se soit acquitté de sa tâche avec honnêteté, n'ignorant pas que les Mémoires d'un général exigent que son personnage apparaisse avec la stature d'un héros aimé des dieux, je n'en fus pas satisfait. Mon secrétaire ne faisait pas assez bien connaître les motifs qui avaient poussé mes actions. Cette suite de faits relatés par ses soins, même parfumés d'encens, évoquait pour moi un squelette qu'on aurait déterré après de longues années. Il n'y manquait pas un os mais la chair avait disparu. Pourquoi ne m'y suis-je pas reconnu ? Moi, Sylla, qui suis-je ?

J'ai soixante ans et je ne suis pas encore parvenu à mettre un peu d'ordre dans mes contradictions. Il n'est pas si facile de se connaître. Le peut-on seulement ? A moins d'être un pédagogue sûr de soi, on n'est jamais comme ci *ou* comme ça, mais comme ci *et* comme ça. Je me laisse volontiers aller aux plaisirs du sexe mais je m'efforce d'être continent ; je recherche la compagnie des femmes mais je me sens plus à l'aise dans le commerce des hommes ; j'aime le faste mais je me contente de peu ; je suis un soldat autocrate mais aucun général ne fut plus respectueux des lois de la République ; je fréquente les patriciens et les nobles mais je dîne souvent avec des comédiens et des gladiateurs ; j'ai pardonné des offenses irréparables mais j'ai puni sévèrement des fautes légères ; j'ai fait tomber des têtes mais j'ai accordé encore plus de grâces... Où les historiens trouveront-ils la vérité de Sylla quand Sylla la cherche encore ?

A l'aube, j'avais pris deux décisions. Epicadus continuerait la rédaction de ses Annales et la conduirait à son terme sans économiser l'encens ni le fard : celles-ci qui n'intéressent que ma vie politique seraient immédiatement rendues publiques après ma mort. Parallèlement, moi Lucius Cornelius Sylla, je vais entreprendre la recherche de ma vérité souterraine à travers les événements dont je fus spectateur ou acteur, ayant subi certains et provoqué les autres. Une telle quête de soi-même ne peut pas se contenter de méditations, rêves, souvenirs insaisissables, disparus à peine évoqués. Il me faudra soumettre les uns et les autres à la discipline quotidienne du calame, de l'encre et du papier. Face à moi-même, sans témoin, je vais me regarder vivre dans ces mystérieux miroirs que nous appelons les souvenirs.

Je ferai renaître non seulement des images, des sons, des couleurs, mais des ruses et de vastes desseins, des grandeurs et des petitesses, la paix et la guerre, les dieux et les philosophes, des tragédies dont je fus, moi Sylla, auteur et acteur, coryphée et spectateur. Les pensées et les gestes dont j'ai peut-être eu honte, enfouis dans mon plus intime secret, surgiront tout à coup devant moi, semblables à ces bulles qui remontent du fond des marais. Je ne crains pas leur puanteur. Ce que j'ai fait, je le referais. L'écriture, dont je ne doute pas qu'elle puisse avoir l'effet d'une catharsis, je ne m'y livre ni pour me justifier ni pour me purifier. Ayant vécu sans remords, je mourrai sans rien y changer, mais personne ne devra connaître l'exercice que j'entreprends. Cette lampe de Diogène, je vais l'allumer pour une exploration qui n'intéresse que moi.

Un tel voyage à rebours suppose une sincérité dont on n'est sans doute capable qu'à partir du moment où l'on a senti peser sur son épaule une main invisible, appelée le poids de la vie parce qu'on a peur de lui donner un autre nom. Cette main s'est posée sur moi depuis un mois bientôt. C'était pendant la nuit, j'ai étouffé un cri pour ne pas réveiller Valeria qui dormait serrée contre moi. Elle m'avait fait l'amour comme une bacchante. La douleur insupportable qui poignardait mon bas-ventre ne s'est apaisée qu'à l'aube. Elle est réapparue tous les jours, violente parfois, plus souvent sourde. Le médecin m'a palpé avec des mains habiles, il a hoché la tête et affirmé que ces sortes de troubles ne sont pas rares chez les hommes de mon âge. A Rome, peu de temps avant de remettre mon mandat au peuple, j'avais éprouvé deux ou trois fois quelques difficultés à pisser, sans y prêter plus d'attention. Il m'était arrivé aussi de me montrer moins ardent avec Valeria, défaillance dont je rendis responsable la fatigue née des affaires. Ici, à Baïa, le repos, l'air marin, l'absence de soucis avaient vite effacé mon inquiétude. Ma vigueur s'était redressée. Aujourd'hui, je pisse mal, mon urine est souvent rouge. Elle pue. Il me faut aussi convenir que je ne contente plus Valeria aussi souvent que sa jeunesse l'exige. De tels avertissements ne trompent pas. Sans doute la nature a-t-elle sonné les mêmes alertes pour d'autres patriciens, d'autres consuls, d'autres généraux qui n'en ont pas moins conservé le goût du pouvoir et ont continué à en exercer la réalité. C'est leur affaire. Moi, Sylla, libéré du gouvernement de la République par ma propre volonté, je tiens qu'un chef d'Etat, à partir du moment qu'il ne peut plus bander son arc ni vider sa vessie sans problème, devient vite un mauvais prince et, plus vite encore, un méchant homme. La fortune n'est pas aveugle : elle n'aime pas les vieux parce que ceux-ci sont devenus incapables de la forcer et de lui donner du plaisir.

I

Il faudrait avoir la sagesse d'ouvrir quelques parenthèses au cours de sa vie, cesser d'agir, demeurer silencieux, regarder le ciel, l'eau, la terre, essayer de comprendre ce qui nous différencie des animaux ou des plantes, tenter de connaître ce qui entraîne les hommes à s'engager sur telle voie plutôt qu'une autre, et vers quel but ? La parenthèse refermée, on retrouverait sans doute, là où on les a laissés, soucis, joies, ambitions, amours, rancunes, devoirs, plaisirs, chagrins, maux de dents, tout ce qu'on appelle communément la vie. Je gage que le poids et la couleur de celle-ci ne seraient plus tout à fait les mêmes. Publicain ou négociant, avocat ou banquier, tribun ou proconsul, préteur ou simple père de famille, personne à Rome ne s'inquiète des problèmes essentiels. D'où venons-nous ? Où allons-nous ? La mort est-elle un passage ou une fin ? Quelle part de liberté les dieux nous laissent-ils ? Moi, Sylla, qui ai consacré trente années de ma vie au seul service de l'Etat, où aurais-je trouvé le temps de me poser ces questions ? Je devais commander des soldats et dompter des généraux, gagner des batailles et déjouer des complots, dicter des lois et couper des têtes. La certitude d'accomplir un grand devoir m'a permis d'enchaîner

Jugurtha, battre les Cimbres, écraser la révolte italienne et vaincre Mithridate. J'ai bâti des temples, construit des routes, creusé des ports, noué des alliances, enrichi le Trésor public, agrandi le territoire national. La République, je ne l'ai pas seulement protégée des menaces extérieures, je l'ai sauvée de ses propres démons. Sans doute, semblable à tous les autres jeunes gens, ai-je cherché naguère une règle de vie. A dix-huit ans, j'avais hésité entre l'épicurisme et le stoïcisme sans m'y attarder davantage. Plus tard, le culte de l'Etat ne me laissa aucun répit. Si le temps est venu de choisir enfin une philosophie, comment celle-ci pourrait-elle devenir pour moi un système rigoureux de pensée ? C'est trop tard. Qu'elle m'aide seulement à me tenir droit devant les autres et devant moi-même, jusqu'au bout.

La bibliothèque où je me suis retiré pour écrire est la plus grande pièce de cette maison de Baïa que mon grand-père fit construire au retour d'une mission en Sicile confiée à ses soins, en récompense de longs services militaires et civils. Bien bâtie, fraîche par les chaudes journées d'été, située sur une colline plantée de vignes, elle domine la mer. Avant de devenir le palais que j'en fis, c'était à la fois une modeste maison de campagne et une demeure digne d'abriter la retraite d'un ancien préteur. J'y suis né et j'y ai passé les six premières années de ma vie. Ma mère était morte en couches, mon père faisait la guerre en Espagne. La nourrice qui s'occupa de moi, je ne me souviens ni de son visage ni de son nom, je me rappelle seulement l'odeur de sa poitrine et le son de sa voix quand elle chantait. Un jour, elle a disparu. On ne l'a pas remplacée. J'ai su plus tard que je venais d'avoir cinq ans. Dès ce moment, mon grand-père qui m'avait jusque-là ignoré décida que je relèverais désormais de son commandement. Veuf depuis plusieurs années, il a veillé sur moi avec une vigilance dont je garde encore le souvenir. Il était grand, maigre, avec un visage creusé de nombreuses rides, un long nez, un crâne où se dressaient quelques poils blancs, des mains pleines d'os. Avec lui, j'ai appris à reconnaître les lettres et les chiffres, j'ai su aussi de quel côté se lève le soleil, comment les vaches font leurs veaux, les abeilles leur miel et les oiseaux leur nid. Comme tous les vieux Romains, mon grand-père était demeuré très attaché à la terre et citait volontiers l'exemple de Cincinnatus qui, après avoir revêtu la pourpre consulaire et sauvé la patrie, était reparti labourer ses champs. Nous faisions ensemble de longues promenades, à pied ou en bateau. Je lui dois sans doute d'avoir eu des jambes solides et le pied marin. C'est à mon grand-père que je dois aussi d'avoir su très jeune que j'étais un Cornelius. A six ans, si on n'est pas encore capable d'assumer la fierté d'appartenir à une grande famille dont les ancêtres furent les premiers compagnons de Romulus, on peut déjà en tirer quelque vanité. Dès ce moment, en face des autres et de moi-même, je ne me suis jamais compté pour rien. Pourquoi le nier ? Homme nouveau, j'eusse été encombré de bonnes manières et de préjugés, craignant à chaque instant de ne pas me conduire selon les lois de ma nouvelle condition sociale. Né patricien, je ne me suis jamais soucié de considérations aussi dérisoires.

J'ai passé ainsi près de deux années avec mon grand-père, « entre hommes », disait-il, sur un ton de gravité plaisante qui me gonflait d'importance devant les garçons de mon âge autorisés à venir parfois jouer avec moi et nous accompagner en promenade. Leur chef incontesté, je le fus toujours et tout de suite : j'étais le petit-fils du maître, j'avais le goût de les diriger là où je voulais, eux-mêmes ne répugnaient pas à exécuter mes ordres. Avant d'avoir sept ans, j'ai su qu'on n'apprend ni à commander ni à obéir. On a l'âme d'un chef ou d'un subordonné. Cette évidence, combien de fois l'ai-je vérifiée dans le comportement des officiers de haut grade ! Etais-je bon, étais-je méchant ? Comme tous les autres, j'arrachais les ailes des mouches que je parvenais à attraper vivantes, avec le même plaisir que je donnais la moitié de mon gâteau à un chien. Je prêtais volontiers ma toupie, mon cerceau, ma balle ou mes osselets, mais celui qui s'avisait de prendre un de mes jouets sans ma permission était aussitôt rossé au sang. La colère qui m'étouffait et que j'avais peut-être inventée par jeu, je ne parvenais à la maîtriser qu'après avoir vu le coupable poser sa main droite sur mon épaule en signe de soumission. « Ne jamais pardonner avant d'avoir châtié », cette règle apprise au cours des minuscules combats de mon enfance, je m'en suis toujours souvenu.

Un jour que je faisais défiler devant moi une dizaine de garçons armés de piques taillées dans des tiges de roseau, l'affranchi qui gouvernait les esclaves est venu me prévenir que mon grand-père m'attendait dans son cabinet. J'arrivai en courant dans la petite pièce qui est devenue plus tard une bibliothèque après que j'eus agrandi notre maison familiale. A quelques pas de mon grand-père, se tenait debout, dans une attitude déférente, un officier dont les phalères d'or et d'argent accrochées à sa tunique m'éblouirent au point d'arrêter mon élan. J'étais à la fois saisi d'admiration et frappé de timidité.

— Salue ton père ! dit mon grand-père.

Je demeurai stupide, les yeux fixés sur le militaire dont je ne doutais pas qu'il eût un rang élevé. Lui aussi m'observait. Il finit par dire : « C'est un vrai Cornelius Sylla. » Puis il fit quelques pas et posa sa main sur ma tête qu'il frotta durement au point de me faire mal. Beaucoup plus tard, j'ai compris que c'était pour les pères une façon de témoigner à leurs fils une affection qu'il n'est pas de bon ton d'exhiber.

— Il sait déjà commander, précisa mon grand-père.

— J'espère qu'il sait aussi lire et écrire, dit l'officier en riant.

— Il n'a pas encore sept ans ! protesta mon grand-père. Je lui ai appris l'alphabet et les chiffres. Il les connaît par cœur. A son âge, tu n'en savais pas tant. Voudrais-tu que mon petit-fils comprenne déjà le grec ?

Je me tournai vers mon père. Parti avec les légions pour l'Espagne lorsque j'avais deux ans, c'était donc la première fois que je le voyais avec la conscience d'être son fils. Incapable de prononcer un seul mot, je ne regardais plus les belles phalères d'or et d'argent du héros, mais la haute taille, la tunique bardée de cuir, l'énorme épée pendant à son côté dans un fourreau clouté, les jambières, les souliers couverts de poussière et, plus que tout, le teint blême et les cheveux coupés ras dont la rousseur flamboyait. Je compris pourquoi il avait dit tout à l'heure que j'étais un vrai Cornelius Sylla. Moi aussi, j'avais les cheveux rouges, j'étais plus grand que mes compagnons de jeux et le soleil ne parvenait pas à colorer la pâleur de mes joues.

Sur un ton qui me parut aussi respectueux que ferme, mon père dit alors :

— Nous ne sommes plus au temps du vieux Caton. Il est urgent de confier mon fils à un pédagogue qui lui apprendra en effet le grec.

Quelques jours plus tard, nous partions pour Rome. Au moment de quitter mon grand-père, j'ai cru que j'allais verser quelques larmes et il m'a semblé que ses paupières tremblaient un peu. Nos yeux sont demeurés secs. Sans doute, nous avons pensé tous les deux qu'une telle faiblesse ne serait pas digne d'un Romain. Il s'est contenté de poser sa main sur ma tête et de me tirer durement les cheveux comme s'il avait voulu les arracher. J'eus très mal mais la douleur ne m'a pas empêché de lui sourire. Je ne pense pas avoir mis, au cours de ma vie, plus de tendresse dans une grimace. Mon grand-père mourut quelques mois plus tard. Son souvenir est toujours demeuré lié à notre maison familiale.

J'ai gardé la mémoire de notre arrivée à Rome que mon père appelait la Ville. Jusqu'alors, je ne m'étais jamais écarté de notre maison que pour des promenades plus ou moins longues, trottant à côté d'un vieil homme infatigable. Cette fois, il s'agissait d'un véritable voyage qui dura quatre jours. On m'avait installé dans une sorte de chariot à quatre roues tiré par deux mules et couvert d'une grosse toile sous laquelle un lit était dressé pour mon seul usage. Monté sur un petit cheval ramené d'Espagne, mon père galopait devant une dizaine de cavaliers rassemblés pour assurer notre sécurité. De temps à autre, il venait m'adresser un sourire souligné d'un geste amical. Tout cet appareil me gonflait d'orgueil et faisait de moi le fils d'un roi se dirigeant vers Rome sous la protection d'une escorte d'honneur : il n'en fallut pas davantage pour apaiser mon chagrin et ma peur d'avoir été arraché si vite à tout ce que je connaissais et que j'aimais sans le savoir.

Quand j'ai découvert Rome, j'ai mieux compris pourquoi mon père ne prononçait son nom qu'avec une certaine emphase. Comment avait-on pu rassembler autant de prodiges ? Les énormes blocs de la muraille élevée par le roi Servius, les longues rues où la foule courait et parlait fort, les boutiques pleines de fruits, de poissons, de légumes et de mouches, les maisons à cinq ou six étages, les fontaines, les portiques, tout m'émerveillait. Il arriva que la marche de notre petit cortège fut gênée au milieu d'hommes et de femmes dont le teint et l'accent disaient qu'ils n'étaient pas tous romains, latins, ni même italiens. Sans l'autorité de mon père qui leur fit donner le bâton par ses cavaliers, nous ne serions jamais sortis de ces embarras.

Nous parvînmes enfin au sommet du Palatin. Là, ma surprise passa mon imagination. Sous le ciel enflammé du soleil couchant, la ville aux sept collines s'étendait à mes pieds. Je restai muet un long moment tandis que mon père prononçait des mots magiques qui ont enchanté tout le reste de ma vie et m'ont accompagné de l'autre côté de la mer avec mes légions : Aventin, Tibre, Janicule, Grand Cirque, Forum, Pincio et, sous mes yeux, devant moi, le temple de Jupiter dressé sur le Capitole. Plus tard, j'ai pu contempler d'autres merveilles, jamais je ne ressentis une telle émotion dont je devinais confusément le caractère sacré. Que les architectes grecs aient été plus grands que les nôtres, nos sénateurs l'ont assez proclamé en les couvrant d'or pour qu'ils viennent ici exercer leur art, mais qui pourrait nier que la fondation de Rome dans un tel site est due à un mystérieux accord voulu par les dieux, les héros et les hommes ?

Les pentes du Palatin étaient alors plantées de pins, cyprès, peupliers, arbres fruitiers, même de vignes, au milieu desquels se dressaient les plus belles maisons romaines. Il ne m'avait pas fallu longtemps pour comprendre que j'allais habiter dans le quartier des riches. J'en avais éprouvé une joie enfantine qui contentait ma vanité patricienne autant qu'elle remerciait secrètement les dieux de m'avoir fait naître Lucius Cornelius Sylla. Après avoir longé sans nous y arrêter les murs de magnifiques demeures, nous fîmes enfin halte devant la porte d'une maison plus modeste, de belle apparence sans doute mais qui n'était pas le palais où je rêvais d'habiter. Un petit groupe de serviteurs nous attendait, cinq hommes et trois femmes, je les ai comptés. Chez mon grand-père, le domestique était aussi mince. Cette première observation m'humilia tandis qu'on nous entourait pour nous saluer et emporter nos bagages.

Ce soir-là, mon père me présenta les deux hommes qui allaient être pendant plus de dix années les témoins et parfois les confidents de ma vie quotidienne, qu'il s'agisse de mes gestes les plus simples ou de tourments plus confus, sinon de pensées dont je conservais le secret. L'un et l'autre devaient être plus âgés que mon père, moins que mon grand-père. Aujourd'hui, j'estime qu'ils avaient alors une soixantaine d'années, mon âge maintenant. C'est dire que j'étais entouré de vieux hommes.

— Celui-ci, dit mon père, est à mon service personnel depuis quinze ans. C'est un Numide enrôlé de force dans les armées puniques. Je l'ai acheté le soir même que nous avons détruit Carthage. Il ne savait pas un mot de notre langue et son nom imprononçable, comme tous les noms barbares, ressemblait à une sorte d'aboiement. J'ai donc décidé de l'appeler Caninus. Il était demeuré sur le champ de bataille les armes à la main au lieu de fuir. Souviens-toi que nous autres, Romains, honorons toujours le courage militaire, dans les rangs ennemis comme dans les nôtres. Je te donne Caninus. Il est à toi mais tu n'en seras légitimement propriétaire que le jour de ta majorité. Traite-le bien. Un jour, nous l'affranchirons. C'est la coutume de récompenser ainsi les anciens prisonniers de guerre qui se sont montrés fidèles et dévoués envers leurs maîtres.

Le Numide se tenait devant nous, respectueux, non humble. Son visage aigu avait l'air d'avoir été taillé dans le même bois que celui de mes toupies. Ses yeux, pas davantage que les miens, ne cillèrent. Mon père lui fit signe de se retirer.

— Celui-ci, dit-il encore, c'est Agathos, un homme libre de l'Attique. Je ne le connais que de réputation mais il m'a été recommandé par mon chef, Scipion Emilien, qui m'honore des bienfaits de son amitié. Naguère, il enseignait dans un gymnase à Athènes. Après avoir perdu sa femme et ses quatre enfants dans une épidémie, Agathos est venu s'installer à Rome où il a ouvert une école. Aujourd'hui, sa santé ne lui permet plus de diriger une cinquantaine de jeunes garçons. Il habitera désormais notre maison pour t'apprendre à lire et à écrire le latin et le grec jusqu'au moment où tu auras atteint l'âge de suivre les cours d'un grammaticus.

Agathos sait tout. Tu pourras lui poser n'importe quelle sorte de questions sur les étoiles, les mouvements du soleil, les plantes et les animaux. Les nombres lui sont aussi familiers que les lettres. Il connaît aussi le nom des dieux immortels. J'ignore s'il connaît aussi les règles de la discipline, mais je me chargerai moi-même de te les apprendre.

Ces paroles me firent l'effet d'un baquet d'eau froide reçu en plein visage. Depuis que je connaissais mon père, jamais il ne m'avait adressé un discours aussi long. Sa dernière phrase, je la compris comme une menace. J'ai regretté aussitôt le temps des longues promenades avec mon grand-père, « entre hommes ».

Comme j'allais me coucher, mon père me serra doucement contre lui.

— Nous ne nous connaissons pas beaucoup, dit-il, mais nous allons rattraper le temps perdu. Il faut que tu deviennes un vrai Romain, fier de ta race et de ton nom, ainsi que doit l'être un Cornelius Sylla.

A Baïa, je m'endormais sitôt étendu sur mon lit. La maison était aussi silencieuse que la campagne alentour, à ce point qu'il m'arrivait d'entendre le bruissement des vagues sur la plage de sable. A Rome, des bruits inconnus montaient des bas quartiers et se confondaient dans une sourde rumeur d'où jaillissait de temps à autre un cri horrible à entendre. Le ronflement régulier de Caninus, étendu sur une natte de roseau en travers de la porte ouverte de ma chambre, me rassura. Je demeurai cependant inquiet de ne pas comprendre pourquoi ni mon grand-père ni mon père n'habitaient un palais alors qu'ils s'enorgueillissaient d'être patriciens, membres d'une illustre famille dont on exigeait que je sois digne et fier. Ma main serrée sur la petite bulle d'or suspendue à mon cou pour protéger mon enfance contre les maléfices, je finis par m'endormir.

J'ai gardé un souvenir précis de ma première journée d'études. Agathos avait voulu vérifier l'état de mes connaissances, il fut vite convaincu que je distinguais mal la forme d'une lettre de celle d'une autre, en parut irrité. Je le suppliai de n'en souffler mot, tant je craignais de recevoir les verges : c'était alors la coutume d'apprendre l'alphabet aux garçons en les fouettant au sang pour les tenir éveillés. La terreur devait bouleverser mon visage. Mon pédagogue me regarda avec des yeux étonnés, soudain gravés de tristesse, et me répondit qu'il se devait d'avertir mon père de mon ignorance, le silence que j'implorais pesant pour lui aussi lourd qu'un mensonge doublé d'une complicité. Toutefois, il n'en fit rien. Deux semaines plus tard, je savais écrire et épeler les lettres sans jamais me tromper. Je savais aussi lire les syllabes. Agathos avait fait tailler par un menuisier des lettres en relief dans des morceaux de bois. Il me les apporta en cadeau, comme un jeu étrange qui permettait de réaliser toutes sortes d'assemblages. Je sus bientôt composer quelques noms propres, Sylla, Cornelius, Agathos, Caninus, tout mon univers, et aussi certains mots orduriers entendus et retenus sans les avoir appris. Après tant d'années, je vénère encore la mémoire de mon vieux maître qui, n'ignorant rien de la poétique et de la physique, ne croyait pas déchoir en enseignant le rudiment à un jeune garçon. Je ne pense pas que je lui fus jamais reconnaissant. A sept ans, ce sentiment m'était inconnu. Plus tard, je m'en suis toujours méfié, ayant observé que trop de bienfaiteurs exigent la reconnaisance comme d'autres réclament le paiement d'une dette, et que trop d'obligés aiment se rouler dans la gratitude. Moi, Sylla, je ne me suis jamais senti redevable de quoi que ce soit envers quiconque, mais une amitié liée à beaucoup de respect et d'admiration me lia à Agathos jusqu'à sa mort.

Dès que je sus lire et écrire, je voulus tout connaître, tout savoir, tout comprendre. Agathos prétendait que ma mémoire tenait du prodige. Cette boulimie n'était pas entièrement gratuite. Je ne voulais pas décevoir mon pédagogue, je désirais surtout briller devant mon père. Celui-ci, au moins quand il se trouvait à Rome, ne manquait pas de surveiller mes progrès et posait tantôt à Agathos, tantôt à moi-même des questions difficiles que seul un homme de grande culture pouvait imaginer. J'en étais fier et ne connaissais pas d'autre moyen de le lui faire savoir. C'était le temps où la société romaine se piquait volontiers de philosophie, de poésie et de théâtre. Mon père fréquentait le clan de Scipion Emilien où, militaire de haut grade, il tenait une place privilégiée au milieu des Panaetius, Laelius, Lucilius, Fannius, et autres écrivains devenus célèbres dont mon pédagogue connaissait les noms. Je les appris par cœur et les récitai à mon père. Sa surprise égala sa joie. Ce jour-là, nous prîmes ensemble notre repas du soir, lui étendu sur un lit, moi assis sur un siège ainsi qu'il convenait à un enfant. Cet honneur m'était accordé pour fêter mon huitième anniversaire. Depuis mon arrivée à Rome, j'avais le plus souvent dîné seul ou en compagnie d'Agathos ; ou bien mon père était parti en voyage, ou bien il était retenu chez Scipion Emilien. Il arriva trois ou quatre fois que notre maison fut pleine d'invités, hommes et femmes, conviés à un banquet dont j'étais exclu mais dont l'abondance des reliefs me laissa toujours interdit. Comment pouvait-on gâcher ainsi tant de nourriture lorsque mon pédagogue assurait que des milliers de personnes habitant les bas quartiers de Rome ne mangeaient pas à leur faim ?

Faire fondre des tablettes de sépia dans un encrier, tailler des calames, apprendre les déclinaisons, copier et recopier des textes moraux, faire les quatre opérations sur un abaque, lire à voix haute et chantante la loi des XII Tables, ces exercices occupaient la plus grande partie de la journée. Il restait peu de temps pour jouer. Mais avec qui ? Je n'avais plus à ma disposition mes compagnons de Baïa, ni pour les commander ni pour les rosser. Je dus me contenter de mes toupies ou d'une fronde que je maniai bientôt avec l'adresse d'un homme des îles Baléares. A dix ans, ma main fut assez sûre pour frapper du premier coup des oiseaux venus se poser sur les colonnes du péristyle. Il m'est arrivé de m'asseoir près de notre fontaine, de n'attendre rien et de ne penser à rien. Pour me distraire, Caninus jouait avec moi aux osselets. Sa condition servile aurait dû le contraindre à perdre, mais sa fierté de Numide et l'agilité de ses mains l'obligeaient à gagner tous les coups. Il se sauvait en riant tandis que je l'injuriais et méditais quelque vengeance. Caninus, je l'aimais bien. Il était à moi. Lorsque mon pédagogue m'emmenait en promenade, il nous suivait toujours, d'assez loin pour ne pas nous imposer la présence d'un esclave, d'assez près pour assurer notre protection contre les mauvais garçons qui, dans les rues, en plein jour, attaquaient des passants isolés, autant pour les détrousser que pour se donner le plaisir de les assommer. Un jour, nous fûmes pris à partie par une petite bande : Caninus brisa les côtes des deux premiers qui lui tombèrent sous le poing, les autres courent encore. J'entends mon père nous dire ce soir-là :

— Soyez prudents, ne vous promenez jamais seuls. Les vertus qui nous ont permis de vaincre Hannibal, personne ne les respecte plus. Quand le désordre règne dans la rue, il dégrade vite la République. Nous allons connaître le temps des tueurs.

Je venais d'avoir dix ans, j'étais trop jeune pour comprendre le sens de tels propos. La gravité de leur ton me troubla. J'étais cependant loin de me douter qu'ils allaient bientôt prendre la valeur d'une prophétie.

Un matin, j'ai été réveillé avant l'heure habituelle par des bruits de pas et des éclats de voix. On courait et on parlait fort dans toute la maison. Mon père disait : « Ne sortez sous aucun prétexte avant mon retour, gardez les portes closes ! » Un messager était venu l'informer que Scipion Emilien avait été trouvé mort dans son lit. Connaissant les liens d'amitié qui unissaient mon père et ce grand personnage depuis plus de vingt ans, je sus aussitôt que mon père devait être bouleversé par cette nouvelle. Je compris mieux pourquoi sa voix vibrait encore plus de colère que de douleur quand il nous dit ce même soir que Scipion Emilien n'avait pas été frappé de mort naturelle.

— Mes propres yeux ont remarqué des traces de strangulation sur le cou de mon malheureux chef !

— Sans doute quelque voleur se sera-t-il introduit dans la maison ? questionna Agathos.

— Hélas ! dit mon père, je crains que cette affaire ne

soit beaucoup plus grave. Il faut chercher les coupables ailleurs. Mais si on les trouve, qui osera les nommer ?

Cinquante ans après ce drame, je demeure seul à connaître la vérité. Scipion Emilien a été assassiné sur l'ordre de sa famille la plus proche. Mon père me l'a révélé plus tard. Epicadus qui ignore ce secret gardera donc le silence sur cette affaire qui jeta Rome dans un tel trouble que le Sénat, tremblant de peur, n'osa pas accorder des funérailles officielles à celui qui avait définitivement mis fin aux guerres puniques. Les obsèques du vainqueur de Numance et de Carthage n'en furent pas moins solennelles. Encadré par Agathos et Caninus qui ne me lâchaient pas d'une sandale, je me trouvais au premier rang d'une foule innombrable quand le cortège déboucha sur le Forum où nous étions arrivés de bonne heure, mon père ayant ordonné ma présence à cette cérémonie pour que j'en porte un jour témoignage. La majesté du spectacle dépassa ce qu'un enfant peut imaginer. Revêtus de toges bordées de pourpre ou brodées d'or, parfois de cuirasses étincelantes, des hommes portaient des masques de cire à la ressemblance des ancêtres du héros mort. Agathos connaissait mieux les annales de la Ville que n'importe quel citoyen né sur les rives du Tibre. Il me cita le nom de tous ces Scipions et ces Emiliens qui s'étaient illustrés pour la plus grande gloire de Rome, au fur et à mesure que leur effigie passait devant moi : Scipion Barbatus, conquérant de la Sardaigne, Scipion Asina qui battit les Carthaginois en Sicile, Scipion Lucius mort au combat en Espagne, Scipion Calvus tué par Hasdrubal, Scipion l'Africain grand vainqueur d'Hannibal à Zama, Scipion l'Asiatique victorieux d'Antiochus à Magnésie, Scipion Nasica, homme de guerre et jurisconsulte, Scipion Corculum couvert de gloire et de blessures, Paul Emile mort au premier rang des légions à la bataille de Cannes, l'autre Paul Emile qui écrasa Persée à Pydna... Ils étaient plus de cent. Le peuple les avait élus plusieurs fois et leur avait accordé de nombreux triomphes. Le Sénat en avait fait souvent des censeurs et leur avait confié de hauts proconsulats en Espagne, en Afrique, en Gaule ou en Asie. Tous patriciens, ombres sorties des Enfers pour accueillir le dernier des Scipions sur le seuil de l'éternité, ils se dirigèrent vers le Capitole. Je revois encore la pourpre et l'or qui les décoraient, j'ai gardé dans les oreilles l'éclat des trompettes. Autour de moi, des hommes pleuraient. N'éprouvant aucun chagrin, j'avais envie d'applaudir à tout ce faste qui proclamait la gloire et la puissance d'un homme riche dont mon père prononçait souvent le nom, et devant le cadavre duquel une ville entière s'inclinait. J'étais ébloui.

Revenus dans notre maison, j'ai dit à mon pédagogue :

— Moi aussi, j'aurai un bel enterrement.

Le jour anniversaire de ma treizième année, mon père décida de confier le soin de mes études à un grammaticus. Le cher Agathos n'avait ni déçu ni démérité : il convenait lui-même que le temps était venu pour son élève de connaître la discipline de l'école et de fréquenter des garçons de son âge. Depuis mon départ de Baïa, je n'avais eu pour compagnon de jeux que mon vieux Numide. Beaucoup plus que l'obligation des devoirs et des leçons ou la pratique des déclinaisons et des explications de textes, l'école fut pour moi une porte qui s'ouvrait tout à coup sur les rires, les plaisanteries, les serments d'amitié, les admirations, les exercices à la palestre, les secrets de l'adolescence et bientôt la découverte des chemins interdits. Mes compagnons s'appelaient Metellus, Drusus, Fabius Rufius, Catilina, Pompeius, Claudius, Marcellus.. La plupart appartenaient à des familles patriciennes ou devenues nobles pour avoir accédé au consulat. Quelques-uns m'invitèrent chez eux. Ils habitaient sur le Palatin de vastes maisons de marbre pleines d'objets précieux encore jamais vus, et d'esclaves bien nourris, mieux vêtus que moi, arrogants et fiers d'appartenir à de tels maîtres. J'avais vite décelé dans l'attitude de mes condisciples une certaine retenue, peut-être un air de supériorité qui ne correspondaient ni l'une ni l'autre à la familiarité de notre vie scolaire. Plus mortifié encore que surpris, je résolus de ne plus attendre pour demander à mon père de m'expliquer pourquoi notre train de maison demeurait si modeste. N'étions-nous pas des patriciens ? N'était-il pas lui-même un militaire de haut grade ayant assumé les fonctions de légat auprès d'un consul en Espagne et en Afrique ?

Depuis la mort de Scipion Emilien, le cercle des amis rassemblés hier autour du héros assassiné s'était dispersé. Mon père semblait traîner sa vie comme un fardeau. Il s'intéressait cependant à mes études et assistait volontiers aux leçons d'histoire et de littérature prodiguées par Agathos, devenu mon répétiteur. Nous trouvions ainsi des occasions plus nombreuses de nous rencontrer et de discourir. La question que je lui posai le surprit. Il me répondit après un long silence.

— De l'histoire de notre famille, à ton âge, je ne

connaissais que les fastes. Mais les mœurs ont changé, tu auras bientôt quatorze ans et tu as raison de vouloir la connaître. A dire vrai, notre origine remonte à une époque si lointaine qu'il n'est pas facile d'établir des filiations exactes.

Mon père parlait très lentement, choisissait ses mots comme s'il hésitait à les prononcer. Il poursuivit :

— Pendant plusieurs siècles, notre famille a donné à la République de grands serviteurs. En ce temps-là, les représentants du peuple, quelles que soient leurs fonctions, même parvenus aux plus hautes, observaient avec scrupule les règles qui interdisaient aux citoyens appelés à diriger les affaires de l'Etat, non seulement de s'enrichir mais de posséder une œuvre d'art dont l'aspect luxueux aurait pu risquer de faire tenir en suspicion la probité de son propriétaire. Peu respectueux de cette tradition, peut-être moins intègres, quelques consulaires ont transgressé ces principes ; ils furent aussitôt frappés d'infamie, sans que le censeur se soucie de leurs charges, leur influence, leurs alliés, ni même de leurs mérites passés. A cette époque, un crime ne s'appelait pas une faute, ni une faute une erreur.

Ces derniers mots, mon père les prononça d'une voix sourde. Il continua sur un ton encore plus bas :

— Je vais te dire maintenant le plus difficile. Ton quadrisaïeul Publius Cornelius Rufinus a été exclu du Sénat pour avoir exposé dans son atrium des pièces d'orfèvrerie de grande valeur. On les jugea trop voyantes. Bien que notre parent eût exercé deux fois la magistrature suprême et s'y fût illustré contre Pyrrhus et qu'en récompense les honneurs du triomphe lui eussent été décernés, rien n'a pu le faire absoudre. Ces mœurs ancestrales dont il fut une des dernières victimes, nous avons le droit d'en sourire aujourd'hui, pas de les tourner en dérision. On peut même se demander si cette impitoyable rigueur n'a pas été hier le ciment indispensable à la solidité de la République. Sans doute le coup porté à notre aïeul n'était-il pas innocent. Tu es assez grand pour comprendre qu'on a saisi ce prétexte pour atteindre toute une famille. Cette branche des Cornelius qui est la nôtre fut frappée d'opprobre à ce point que nous avons dû rayer le nom de Rufinus et le remplacer par un autre, celui qui est aujourd'hui le tien : Sylla. Du même coup, notre fortune a été engloutie. Il fallait tout rebâtir. Ton arrière-grand-père, ton grand-père, tes grands-oncles, moi-même, avons accepté et relevé ce défi. Nous avons même franchi ces étapes difficiles du cursus honorum que représentent la questure, le tribunat militaire, parfois la préture en fin de carrière, sans jamais pouvoir prétendre au consulat ou même obtenir un siège au Sénat. Ces fonctions nous sont demeurées interdites : ou bien les autres patriciens et les nouveaux nobles les réservaient à leurs fils, ou bien nous n'étions plus assez riches pour entretenir une clientèle et acheter les suffrages nécessaires à une victoire électorale qui nous eût permis d'atteindre les plus hautes magistratures de l'Etat et de remplir nos coffres. Toi, mon fils, tu pourras y parvenir et décorer le nouveau nom des Sylla si, dès à présent, tu es le meilleur à l'école et à la palestre : pour faire carrière à Rome, il faut être à la fois bon orateur et bon général. N'oublie pas que tu seras toujours un patricien. Ne baisse jamais le front devant quiconque. Je t'ai tout dit, mon fils.

Dès ce moment, j'ai mieux compris certaines attitudes de mes compagnons. Ils ne pouvaient exclure de leurs jeux un Cornelius, mais ils me faisaient payer par leurs sourires condescendants la flétrissure subie par mon quadrisaïeul pour avoir exposé quelques pièces d'argenterie, alors qu'eux-mêmes tiraient vanité d'un luxe familial étalé avec ostentation. Quelques riches sénateurs ne possédaient-ils pas jusqu'à mille livres de vaisselle d'argent ? Ces légers affronts subis à l'âge de l'adolescence ne s'oublient jamais. Oserai-je dire que, plus tard, j'en ai lavé quelques-uns avec du sang ? Soucieux de la leçon paternelle, je suis devenu le meilleur élève de la classe, non que j'aie été plus studieux que les autres, mais je fus plus rapide à comprendre et à retenir que tous ces bœufs de labour gavés de grec et de latin pour leur permettre d'arriver au degré d'instruction indissociable de la place occupée par leurs parents dans la société romaine. Je n'étais pas seulement le plus intelligent, je fus aussi le plus fort à la lutte et à la course. On m'admirait parce que j'étais capable de réciter par cœur le premier chant de l'*Iliade* : « Chante la colère du fils de Pelée, Achille, colère funeste qui causa mille douleurs aux Achéens... » On me craignait parce qu'une seule prise me suffisait pour rompre l'équilibre d'un adversaire et lui faire toucher le sol sur les deux épaules.

Tout ce que je savais, j'en étais redevable à Agathos. J'avais déjà découvert les trois géants : Eschyle, Sophocle et Euripide. Je me lamentais avec le messager des *Perses* : « L'armée barbare tout entière a péri ! », j'accompagnais Œdipe à Colone pour y apaiser la destinée, Hécube me donna le premier goût de la vengeance. Familier d'Homère, je me suis passionné pour les aventures du rusé Ulysse à travers les mers inconnues peuplées de prodiges. La nymphe Calypso et Nausicaa aux bras blancs, je les ai serrées entre mes jambes de jeune garçon à l'âge des premiers poils, de la voix enrouée, de l'odeur forte et du sperme nocturne.

Cependant, l'histoire des hommes m'émerveillait davantage que celle des héros et des dieux. Salamine, Marathon, les Thermopyles, Platées, Chéronée, grandes victoires ou glorieuses défaites, ces noms sonnaient dans mes oreilles comme des trompettes de guerre. J'aimais les lire à haute voix et y associer ceux des conquérants, des héros et des guides de l'esprit, Léonidas, Miltiade, Thémistocle, Périclès, Alcibiade, autant qu'Héraclite, Platon, Socrate ou Aristote. J'enrageais à la pensée que mes compagnons d'école, plus riches que moi, iraient sans doute à Athènes pour parfaire leurs études tandis que je devrais me contenter de suivre les cours de quelque maître plus ou moins obscur venu à Rome y enseigner la rhétorique et la déclamation. Ces détails, ces réflexions du jeune Sylla devenu pubère, je les note ici pour m'aider à retrouver les chemins compliqués parcourus par un garçon dans ce labyrinthe d'ombre et de lumière que nous appelons adolescence, où l'on risque de se perdre plusieurs fois avant d'en être sorti.

Les enivrements de ma seizième année, je ne les dois pas à la déesse Vénus dont je suis devenu plus tard le protégé et l'adorateur. Mon besoin de forniquer, la cuisinière ibère de notre maison y pourvoyait. Elle n'y mettait aucune complaisance servile, ma vanité de petit mâle me conduisant à penser qu'elle y trouvait du plaisir, encore que nos rencontres fussent aussi brèves que silencieuses. Lorca se relevait vite et se secouait avec frénésie comme il arrive aux poules que le coq vient d'honorer.

Le grand souvenir de cette période de ma vie, je le dois à Caius Gracchus. Moi seul le sais. Ayant consacré le meilleur de ma vie à lutter contre les démagogues, personne ne peut imaginer l'admiration qui me brûla alors. Nous étions quelques compagnons à nous intéresser sinon aux idées politiques, au moins à ceux qui en discouraient avec véhémence. Au moment où nos parents s'inquiétaient de choisir nos prochains maîtres pour nous enseigner l'art oratoire, comment n'aurions-nous pas découvert nous-mêmes qu'aucune école d'éloquence ne pouvait dépasser ou seulement égaler le Forum ? Deux ou trois parmi nous avaient eu le privilège d'assister à une séance du Sénat : c'était alors la coutume pour les pères conscrits de montrer à leurs fils aînés les chaises curules que ceux-ci occuperaient un jour, à peu près à coup sûr, ces sièges étant devenus avec les années une propriété de fait partagée entre trois cents familles. Ceux qui n'avaient jamais franchi la porte de la Curie se rattrapaient en raillant le style volontiers emphatique des sénateurs et affirmaient qu'il n'y avait d'autre art oratoire que celui des tribuns du peuple, l'éloquence de la rue. Agathos ou Caninus étaient toujours chargés de veiller sur moi, mais c'est moi qui les menais maintenant au Forum lorsque nous entendions des clameurs s'élever soudain dans la ville.

Nous courions vers les rostres. Une foule immense se pressait déjà devant la tribune aux harangues où un homme, aux cheveux bouclés et à la voix véhémente, proclamait que les temps étaient venus de faire payer les riches et de redistribuer leurs terres aux plus démunis. Sa voix grondait comme l'orage, plus pathétique qu'agressive. Je l'entends encore prononcer un de ses plus fameux discours : « Les bêtes sauvages qui vivent dans les montagnes et les forêts de l'Italie ont chacune leur tanière, mais les braves Romains qui combattent et risquent leur vie pour la défense de la même Italie ne possèdent ni toit ni chaumière. Ils ne font la guerre et ne meurent que pour entretenir le luxe et augmenter la richesse des autres. Comment peut-on les appeler, sans rougir de honte, les maîtres de l'univers, alors qu'ils n'ont pas un seul pouce de terrain qui leur appartienne ! » Ces mots m'avaient bouleversé. Par-delà l'émotion populaire qu'ils provoquaient, ils exprimaient des vérités terribles. Au lendemain de son triomphe, quel consul, chargé de butin et de gloire, s'était-il jamais soucié du sort de ses anciens soldats, une fois les légions dissoutes ?

Après tant d'années, si je ne pardonne pas aux Gracques d'avoir politisé la plèbe urbaine et ouvert la voie à tous ceux qui ont fait profession de séduire les pauvres dans le seul but de parvenir aux plus hautes charges de la République, je dois reconnaître que ceux-là, les frères Gracques, étaient sincères. Sans l'exemple de Caius, aurais-je pris tant de soin, moi, vainqueur de Mithridate, à fonder des colonies de vétérans pour permettre à mes anciens légionnaires de vivre des vieux jours dignes d'un citoyen romain ?

Ces deux frères, c'est peu dire qu'ils ont changé le monde romain en y introduisant des principes de justice sociale. Moi et quelques autres qui avons dénoncé certains aspects de leur influence funeste, n'en avons pas moins gardé l'empreinte dont ils nous avaient marqués.

Dans notre école, deux groupes s'étaient vite formés, partisans inconditionnels ou adversaires inexpiables, dont les oppositions verbales aboutissaient vite à des bagarres d'où nous sortions les uns et les autres avec des visages tuméfiés. Ce langage nouveau relevait, sans que nous le sachions encore, de la philosophie stoïcienne. J'ai remarqué, dès cette époque, que les adversaires les plus irréductibles de Caius se recrutaient le plus souvent parmi ceux dont la famille avait accédé depuis peu de temps à la noblesse. Au contraire, nous autres les patriciens de toujours, affirmions, avec la certitude de la jeunesse, que le salut du peuple demeure la loi suprême.

Un certain jour, il arriva que l'éloquence de mon héros atteignît un degré de passion jamais observé dans ses autres discours. Au lieu de rester immobile face à la multitude, Caius allait et venait sur la tribune, s'arrêtait, faisait glisser sa toge sur l'épaule, pointait un doigt vers le ciel, reprenait sa marche sans jamais interrompre le fil de son discours, passant de l'invective à la moquerie et de la supplication à la menace. Adoptant soudain un ton plus grave, l'orateur déclara que les citoyens les moins favorisés recevraient bientôt, chaque mois et aux frais du Trésor public, une mesure de blé : il s'engageait solennellement, lui, Caius Gracchus tribun du peuple, à faire adopter cette loi par le Sénat. Mêlée à des battements de mains et de pieds, une immense clameur surgit de la foule. Moi, j'étais ivre de mon Caius.

Fidèle garde du corps, Caninus m'avait accompagné au Forum. Le sachant sensible à l'éloquence, je voulais entendre le témoignage de sa propre admiration. Que pensait-il du grand tribun qu'il venait d'entendre ? Caninus ne répondit pas tout de suite, se gratta la tête et dit enfin, d'une voix très douce, comme s'il eut voulu l'opposer au tonnerre qui venait de tomber des rostres :

— Là-bas, en Numidie, on met dans le même couffin les orateurs et les voleurs parce que plus on est beau parleur, mieux on vend ses pastèques, donc plus on vole.

La colère m'étouffait. Furieux, j'ai haussé les épaules et aussitôt lancé une flèche susceptible de lui faire mal :

— C'est une réponse d'esclave ! Tu ignores ceux qui ont faim parce que tu manges ta pâtée tous les jours. Mon père a eu raison de t'appeler Caninus !

Je m'en veux encore de cette méchanceté. Pensant à la réflexion de mon vieux Numide, il m'est arrivé de réfléchir aux vertus et aux dangers d'un système politique basé sur l'art oratoire.

La réaction paternelle fut moins sommaire. Il nous arrivait de plus en plus souvent de prendre ensemble le repas du soir et d'y convier Agathos. Parce qu'ils avaient été influencés l'un et l'autre par la philosophie stoïcienne, qui n'est pas hostile aux devoirs de solidarité envers la communauté des citoyens, ni mon père ni mon grammairien ne vouaient les Gracques aux gémonies. Ils reconnaissaient volontiers leur courage, leur intelligence, leur dévouement passionné, leur générosité, mais ni l'un ni l'autre n'admettraient jamais l'idée révolutionnaire lancée par Caius : « Le salut du peuple est la suprême loi. » Pour mon père et pour Agathos, la volonté de défendre l'Etat avant tout devait toujours l'emporter. L'un et l'autre prenaient l'Histoire à témoin pour justifier leurs positions : mon père en rappelant une fois de plus que Rome n'avait été sauvée du péril carthaginois que par sa fidélité à la République, mon maître en évoquant la décadence de la Grèce survenue après tant de gloire ! « On croit avoir organisé le gouvernement du peuple, disait Agathos, on est tout de suite débordé par les fureurs de la populace. On espérait la démocratie, on subit l'ochlocratie, la pire de toutes les dictatures. » Ce dernier jugement me révoltait. J'écoutais, l'esprit en éveil, prêt à la contradiction dès qu'on me donnerait la parole. Je parvins à leur décocher un trait qui est une des armes favorites de la jeunesse :

— Vous parlez toujours du temps passé au lieu de réfléchir sur le présent comme le fait Caius, lui !

Le silence qui suivit fut bientôt comblé par cette réplique d'Agathos :

— Le présent me rappelle une triste aventure qui survint, il y a un siècle environ, à Sparte. Influencé par un certain philosophe, son roi avait voulu, lui aussi, supprimer l'inégalité des fortunes, partager les terres, abolir les dettes. Enthousiasmée, la jeunesse dorée exigea aussitôt l'abandon de tous les biens familiaux. Est-ce si extraordinaire ? Je ne le pense pas. Les jeunes gens n'ont pas encore eu le temps d'amasser, ils n'ont rien à perdre. Leur vie ? A vingt ans, il n'est pas si difficile de la sacrifier.

— Qu'arriva-t-il à ce roi ? demanda mon père.

— Dans ces sortes d'affaires, dit Agathos, les commencements sont toujours beaux. Bientôt, l'anarchie s'installa à Sparte et tout s'acheva dans un bain de sang dont les plus démunis furent les plus nombreuses victimes.

De ce discours d'Agathos, je retins surtout qu'il n'est pas difficile à la jeunesse de se sacrifier. Je le savais déjà. J'avais alors à peine seize ans et je serais mort volontiers pour une cause gratuite. A dire vrai, j'étais le seul élève de l'école à envisager de pousser aussi loin la logique de mes sentiments. Il ne m'est pas possible d'écarter ces souvenirs, si puérils peuvent-ils paraître, si je veux essayer de comprendre toutes les contradictions qui ont abouti au personnage de Sylla. Mes condisciples, même les plus proches, je ne pense pas qu'un tel élan de générosité les ait troublés. Déjà, ils étaient trop soucieux de ne commettre aucune faute qui eût pu compromettre le plan de leur carrière.

Pendant cette période de ma jeunesse, mon père fut désigné pour accompagner une ambassade envoyée à Pergame par le Sénat afin de régler les nombreux problèmes nés au lendemain du fameux testament du roi Attale : sans héritier, celui-ci avait, quelques années auparavant, légué à Rome son royaume et ses trésors. Alors que les sénateurs régleraient les questions politiques relevant de leur compétence, mon père étudierait l'organisation des forces auxiliaires levées sur place pour assurer la sécurité de la nouvelle province. Cette mission lui plaisait. Depuis la mort de Scipion Emilien, il avait été mis à l'écart, en souffrait en silence, non sans impatience. Ce voyage en Orient ne lui permettait pas seulement de redevenir l'homme de terrain qu'il avait toujours été, il comblait ses vœux de connaître enfin Pergame où, lui avait-on dit, rayonnait un hellénisme presque aussi pur que celui d'Athènes. Mon père, qui venait d'avoir soixante ans, rajeunissait de jour en jour tandis qu'il pressait ses préparatifs de départ. Au dernier moment, il me demanda de lui prêter Caninus : « Personne comme lui ne pourrait monter ma tente, préparer mon lit de camp, s'occuper des chevaux, recoudre mes tuniques. » Ils souriaient comme deux complices, ils partirent ensemble comme deux amis.

L'absence de mon père ne devait pas dépasser six mois, elle dura presque une année. Bien que je fusse placé sous l'autorité de mon pédagogue, j'ai joué au petit maître dans cette maison devenue mienne où quatre esclaves m'obéissaient. Depuis mon départ de Baïa, je n'avais exercé sur personne, sauf Caninus, ce sens du commandement dont mon grand-père avait assuré naguère que j'étais doué. Dès le premier soir, j'en ai usé en décrétant que je prendrais mes repas seul, tel un général sous la tente consulaire, hors de la présence d'Agathos, afin que chacun comprît que le pouvoir paternel était désormais tenu par les seules mains de Lucius Cornelius Sylla le Jeune. Huit jours plus tard, j'ai prié mon vieux maître de redevenir mon commensal quotidien et lui ai demandé pardon de ma sottise. Le sourire à peine ironique qui glissa sur ses lèvres fut sa seule remontrance.

Je fréquentais maintenant une école de rhétorique et de déclamation où les jeunes gens de la société romaine venaient apprendre les meilleures recettes de l'art oratoire. Les maîtres nous proposaient des sujets inspirés de l'*Iliade* et de l'*Odyssée* ou d'événements plus récents. Ainsi, j'ai assuré sans passion la défense d'Ulysse accusé du meurtre d'Ajax parce qu'on venait de le trouver auprès du cadavre de son compagnon et tenant en main l'épée sanglante du malheureux. J'eus aussi à me prononcer sur la décision, prise naguère par le Sénat, de ne pas racheter huit mille légionnaires prisonniers, afin que tous les soldats romains demeurent convaincus qu'il faut toujours vaincre ou mourir. On me donnait là une belle occasion de manifester mes dispositions à l'éloquence en rappelant les belles vertus qui avaient fait la grandeur de la République : Horatius Cocles défendant seul l'entrée d'un pont que ses hommes ont détruit derrière lui, Mucius Scaevola plaçant sa main sur des charbons ardents pour la punir d'avoir manqué un ennemi, Regulus retournant se faire supplicier à Carthage par respect de la parole donnée, Lucrèce se poignardant sous les yeux de son mari et de son père parce qu'elle avait été violée. Je n'ai pas manqué de citer ces exemples mais, paraphrasant une imprécation de Caius qui m'avait bouleversé, je me suis écrié à mon tour : « Comment le Sénat a-t-il pu refuser de payer la rançon de nos soldats alors que ceux-ci ne font la guerre et ne meurent que pour entretenir le luxe et augmenter la richesse des autres, d'abord celle des sénateurs ? Les finances publiques auraient-elles été obérées et les vertus romaines outragées si les pères conscrits avaient refusé de laisser pourrir huit mille braves soldats dans les prisons d'Hannibal ? »

Une tempête d'applaudissements mêlés à des clameurs hostiles m'empêcha de conclure mon exercice. Parmi ceux qui m'écoutaient, quelques-uns en étaient déjà venus aux mains. De rudes coups furent échangés, des maîtres ont été jetés à terre. Même si elle n'était pas innocente, ma réflexion valait-elle un tel désordre ? Moi qui ai combattu si souvent au premier rang des légions et qui, magistrat suprême, ai toujours fait passer le salut de l'Etat avant celui des individus, je repose aujourd'hui la question soulevée par le jeune homme que j'étais alors.

J'ai su, dès le lendemain, que l'école de rhétorique et de déclamation m'était fermée. Il me restait celle de la rue : elle m'avait déjà appris que, pour atteindre son but, l'éloquence, maniée comme un javelot, doit frapper fort. Loin de vouloir cacher à Agathos que j'étais chassé de l'école, je m'en enorgueillis et décidai que j'irais tous les jours au Forum prendre les leçons qui m'étaient refusées ailleurs. Ainsi, j'aurais plus de temps à consacrer à mon vieux maître pour qu'il m'initie à la philosophie que je brûlais d'apprendre. Partagé entre l'inquiétude que lui causait cette exclusion, dont il devrait rendre compte à mon père, et le plaisir plus secret d'enseigner un élève capable de manifester une franchise rebelle, Agathos s'inclina. Tous les systèmes de pensée proposés par les maîtres grecs, pythagoriciens, épicuriens, stoïciens ou pyrrhoniens, mon pédagogue les connaissait. Il tenta de me les expliquer sans marquer sa préférence pour l'un ou l'autre. De ces premières leçons, j'ai retenu qu'ils entendaient tous fournir une explication rationnelle de la nature et professaient parallèlement la recherche d'un équilibre entre le corps et l'esprit. Je ne les ai pas toujours compris. Si Agathos était un adroit jongleur de mots et d'idées abstraites, moi j'avais la tête sans doute trop romaine pour saisir toutes les finesses de la philosophie.

Le départ de Caninus m'avait libéré d'une protection servile devenue insupportable, et je savais Agathos trop subtil pour vouloir imposer une surveillance étroite à un jeune homme qui revêtirait bientôt la toge virile. Interdit d'école, je pouvais organiser mes journées selon mon caprice en prenant soin de réserver les matinées aux exercices physiques qui ont toujours tenu une grande place dans ma vie. Figé dans une immobilité voisine de l'extase, mon pédagogue préférait passer de longues heures à méditer sur la nécessité d'une lutte perpétuelle entre l'âme et le corps pour permettre à l'homme de s'élever vers la perfection.

Quel jeune garçon fut-il jamais convaincu de la vertu d'un tel combat ? Pourquoi mon âme et mon corps seraient-ils condamnés à lutter l'un contre l'autre, ennemis inexorables, alors que tous les deux me dispensaient des plaisirs dont il me paraissait vain de comparer la valeur ? Assauts d'escrime sur le Champ de Mars, baignade dans les eaux du Tibre, soupe aux lentilles avalée dans une gargote de Suburre, strophes de l'*Odyssée* récitées tout haut en me dirigeant vers le Forum, leçons d'astronomie et discussions philosophiques avec Agathos, tels étaient, avec les cuisses de Lorca, mes bonheurs quotidiens. Il m'est arrivé, plus tard, de me montrer, vis-à-vis de moi, Sylla, beaucoup plus exigeant, sans jamais parvenir, même après m'être désaltéré aux sources du Phédon, à dissocier les joies du corps de celles de l'esprit. Ce soir, un rayon du soleil couchant chauffe ma main, il me donne autant de joie, cependant non comparable, que la scène fameuse d'*Antigone* où Créon s'adresse à son peuple : « Est-il possible de bien connaître l'âme, les sentiments, les principes d'un homme, s'il ne s'est pas encore révélé dans l'exercice du pouvoir ? » Cette phrase, relue hier après tant de fois, je la sais par cœur. Je ne pense pas qu'elle m'offre un plaisir d'une qualité supérieure à la caresse du soleil sur ma main.

Cette année-là, j'ai connu Horatius. Ancien centurion, il n'avait pas son pareil pour nous apprendre à donner et à recevoir des coups d'épée dans des combats simulés où il conduisait tour à tour l'assaut et la riposte. Nous étions plusieurs à nous disputer les leçons d'un tel maître d'armes, mais je l'avais vite emporté sur les autres parce qu'il avait servi sous les ordres de mon père, alors tribun militaire. Sans doute n'étais-je pas maladroit. Pourquoi le cacher ? J'ai déjà dit que je me méfie de la modestie parce que trop d'hommes en font profession. C'est vrai qu'à seize ans mon corps long et musclé se trouvait à l'aise dans tous les mouvements gymniques, course, nage, équitation, lutte ou lancement du disque, mais j'étais le meilleur dès qu'il s'agissait d'exécuter des exercices de combat qui exigent à la fois violence et rapidité. Horatius nous imposait le port du casque à visière sans lequel nous nous serions défigurés, tant nous mettions de passion à nous porter des coups propres à assommer un âne, sauf qu'ils étaient le plus souvent détournés par la baguette de notre maître d'armes. Je n'aimais pas cette visière, elle m'empêchait de voir les yeux de mon adversaire, de deviner dans son regard tantôt la lueur précédant la détente du bras, tantôt le tremblement de la paupière qui accuse la peur et signe déjà la défaite. Un jour, profitant d'une absence fortuite d'Horatius, j'ai engagé un assaut à visage découvert contre le fils d'un consulaire auquel j'ai crevé un œil. Nous avions le même âge, la même taille, un même goût pour les armes et pour les lettres. J'étais patricien, il appartenait à la noblesse. Ces affinités autant que notre condition sociale auraient dû nous rapprocher, sinon faire de nous des amis. Lucinus, je le détestais pour le sourire d'enfant riche avec lequel il m'avait demandé, à l'école du grammaticus, si je n'appartenais pas à la branche des Cornelius dont un des membres avait été naguère exclu du Sénat. Quelques années avaient passé. Devenus compagnons de jeux et d'études, nous nous supportions tout en demeurant sur nos gardes. Je pense même que Lucinus avait oublié l'affront qu'il m'avait infligé. Moi, non. J'en ai ressenti la blessure jusqu'au moment où je le frappai au visage. Je le fis sans passion, avec la seule satisfaction de régler une dette. J'ai appris du même coup que la rancune est meilleure conseillère que la colère. Je suis sûr aujourd'hui que ma renommée de ne jamais laisser impuni le moindre outrage date de cette affaire. Devenu consul, j'ai fait de ce cyclope un sénateur et je l'ai comblé d'or. Il me hait, davantage pour l'or reçu que pour l'œil crevé.

Cette affaire survenue peu de temps après mon exclusion de l'école de rhétorique fit quelque bruit à Rome. On en parla dans les dîners du Palatin où chaque convive se doit d'alimenter la chronique scandaleuse. Bientôt, d'autres rumeurs coururent la ville : disparition mystérieuse, compromission d'élus, ambassades répandant l'or étranger à pleines mains, tapages nocturnes, insécurité des bas quartiers. On ne s'occupa plus de moi, encore qu'on me conseillât de me faire oublier. Rien ne me retenait à Rome. Absent depuis deux lunes, Caius Gracchus se trouvait à Carthage pour y organiser une colonie de vétérans. Je décidai de partir pour la Campanie avec Agathos.

Je n'étais pas revenu à Baïa depuis le jour où je l'avais quitté pour suivre mon père venu m'y chercher. La demeure familiale, j'ai éprouvé en la retrouvant un sentiment encore inconnu qui me fit battre le cœur un peu plus vite. Elle m'apparut plus modeste que mon imagination et mes souvenirs l'avaient construite pendant ces dernières années, mais ses murs badigeonnés d'ocre, ses tuiles vertes vernissées, ses odeurs de paille, de fruits mûrs et de vin frais, je les reconnus aussi vite que le grincement de la machine à tirer l'eau du puits. Il me fut plus difficile de reconnaître mes anciens compagnons de jeux. Plus âgés que moi, ils avaient maintenant dix-huit ou vingt ans. Je m'attendais à être admiré, ils m'observèrent avec des rires bêtes et des airs sournois où apparurent tout à coup les vices dont ils s'étaient souillés depuis qu'ils n'étaient plus des enfants. Moi-même, qu'étais-je devenu ? La violence de mes colères, les cuisses de Lorca, mon goût de la puissance, l'œil crevé de Lucinus n'avaient pas laissé intact le visage du petit garçon qui mettait naguère sa main dans celle de son grand-père pour aller se promener dans les vignes « entre hommes ». Je compris alors pourquoi mes anciens compagnons de jeux m'avaient regardé avec ces airs sournois, presque complices. Moi aussi je m'étais éloigné des rivages préservés de l'enfance, le pays des visages lisses. Tout patricien que je fusse, connaissant les héros d'Homère et la marche des étoiles, n'étais-je pas pire qu'eux tous ?

Un besoin de lustration me souleva comme une sorte d'élan vers quelque chose qu'il m'était impossible de définir. Agathos à qui je m'en ouvris se félicita de ma confidence. « Voici la preuve manifeste, assura-t-il, d'une certaine générosité d'esprit. Les jeunes gens révèlent à eux-mêmes la qualité de leur âme par une aspiration, sinon une exigence aussi soudaine qu'irrépressible de pureté, vertu, sacrifice. » Dès lors, j'ai retrouvé la paix. Mon séjour en Campanie, je le passai en longues promenades dans la campagne ou sur la baie. Nous mangions le poisson que nous avions pêché, parfois un chevreau cuit sur la braise, des figues séchées et du fromage. Pendant les six semaines passées à Baïa, je n'ai plus touché à une seule bouteille de falerne, pas plus que je ne fus tenté par les bordels de Pouzzoles où les plus belles putains de la mer Intérieure abattent une besogne de Titans, nuit et jour sans désemparer.

Chaque soir, dans la petite chambre que mon grand-père appelait bibliothèque parce qu'il aimait s'y retirer pour lire, j'écoutais mon vieux maître discourir. Il parlait sans plan préétabli, ornait son propos de multiples incidentes qui m'ouvraient des perspectives toujours renouvelées sur les nombres, la physique, la géométrie, la morale, la cité ou la religion, tout un monde d'idées qui se bousculaient dans ma tête et me conduisaient à poser de nombreuses interrogations à un moment de ma vie où j'avais le plus besoin de certitudes. Ecoutant Agathos, il me semblait entendre Cléanthe proclamer que la vertu demeure le souverain bien. Le lendemain, j'entendais Aristote dire que ce même souverain bien ne réside que dans le bonheur, ainsi que l'atteste l'expérience humaine. Le citoyen rebelle à l'Etat doit périr, affirmait Platon, mais le même soir, mon pédagogue exposait avec Zénon que le suprême devoir n'est ni de vivre ni de mourir pour l'Etat.

J'absorbais toutes ces nourritures en essayant d'y mettre un peu d'ordre avant que le sommeil me ferme les yeux. Leur confusion satisfaisait peu l'élan de générosité qui me poussait à entreprendre je ne sais quelle action gratuite située dans le sens des harangues entendues au Forum. Agathos me réconciliait avec la philosophie quand il résumait les propositions des nouveaux stoïciens qui fréquentaient hier chez Scipion Emilien : maîtrise de soi, intrépidité, accomplissement du devoir. Ces mots d'ordre convenaient aux têtes romaines. Je pense les avoir appliqués avec rigueur autant pour la direction de ma propre vie que dans le commandement des hommes.

Je retrouvai Rome plus tumultueuse qu'au moment de mon départ pour la Campanie. L'œil crevé de Lucinus, plus personne ne s'en souciait mais, pour certaines familles, je prenais, m'assura-t-on, sinon le visage d'un héros, au moins celui du bon fils qui, selon la tradition patricienne, maintient, relève ou venge l'honneur familial. Ce rôle exemplaire qu'un garçon de bonne souche doit tenir dès qu'il est entré dans la vie adulte, je l'avais assumé avant de revêtir la toge virile. Un tel geste ne préfigurait-il pas une carrière éclatante comme il soulignait déjà un caractère intraitable ? Nées dans quelques maisons du Palatin, ces rumeurs m'inondaient de miel.

D'autres rumeurs et d'autres événements plus graves que l'œil crevé de Lucinus ou la fermeté d'âme de Sylla le Jeune secouaient la Ville. Rentré de Carthage depuis quelques jours, Caius Gracchus s'était empressé d'occuper la tribune aux harangues pour demander au peuple de voter une loi qui accorderait le droit de citoyenneté romaine d'abord à tous les Latins, bientôt à tous les autres Italiens. Je me rendis aussitôt au Forum. La foule s'y installait déjà, fanatisée à ce point que chaque phrase prononcée par le tribun était saluée de cris frénétiques. Ce n'était un secret pour personne que, depuis plusieurs décennies, la Ville était envahie par une multitude d'hommes et de femmes, latins, étrusques, samnites, marses et autres immigrés venus s'y établir sans autorisation. Les plus nombreux grossissaient le nombre des sans-travail, tous bénéficiaient des distributions de blé et échappaient à l'impôt. Quelques centaines avaient même réussi à se faire inscrire sur les listes électorales. Par principe, j'adhérais à tous les projets de réforme imaginés par Caius. Pour moi, il était homme de cœur autant qu'homme d'Etat. Je n'avais guère plus de seize ans et je n'avais pas encore lu dans Aristote que le meilleur moyen d'accéder au pouvoir, c'est de gagner la confiance de la foule en se déclarant l'ennemi des riches. Aujourd'hui, ne reniant pas ma jeunesse, je ne doute pas de la sincérité de ce grand tribun qui ne se frappa jamais la poitrine pour mieux accéder aux plus hautes fonctions de la République.

Cette affaire du droit de citoyenneté, j'étais loin de me douter que ses développements me conduiraient un jour à briguer le consulat avec le commandement des légions en Asie pour en finir avec Mithridate. Sans aucun doute, le plus grand nombre des partisans de Caius étaient-ils sensibles à la puissance de son verbe. Elle les subjuguait. J'observai bientôt que la nouvelle cause défendue par le tribun n'attirait guère au Forum que les plus fidèles, soit quelques milliers de fanatisés comme je l'étais moi-même. En retour, le nombre des contradicteurs me parut plus élevé pour proclamer : « Si vous accordez à ces immigrés le droit de cité, pensez-vous que vous resterez ce que vous êtes ? Que vous garderez dans les Jeux et dans les Fêtes les places qui nous appartiennent ? Vous ne voyez donc pas que ces gens-là vous les prendront ? » Aux acclamations qui saluaient hier Caius se mêlaient maintenant des huées. Des hommes de main se jetaient alors sur les interrupteurs et les rouaient de coups. Je ne fus pas absent de ces rencontres violentes. Je m'y suis jeté avec la fureur de mon âge dès que le Sénat eut rejeté la loi proposée par le tribun.

Jusque-là, quels que fussent le tumulte provoqué par la violence de son discours, sa popularité et sa volonté non dissimulées de réduire à rien le rôle des pères conscrits, Caius Gracchus était toujours demeuré dans les limites de la légalité républicaine. Cette fois, entraîné peut-être par quelques-uns de ses partisans les plus exaltés sinon les plus avides de s'emparer du pouvoir, le tribun élu du peuple se dressa contre le Sénat. Moi, je ne m'étais jamais posé de graves questions sur le problème de la citoyenneté. Que celle-ci soit proposée par Caius me suffisait, qu'elle soit rejetée par les sénateurs me confortait dans son bien-fondé. L'illégalité où se trouveraient plongés les partisans du tribun dès lors qu'ils entreprendraient quelque action subversive, ou bien je n'y pensais pas, ou bien je m'en délectais, découvrant là une occasion de répondre à l'élan de générosité qui me troublait toujours parce que rien encore ne l'avait contenté.

J'ai fait partie des petits groupes de combats de rues qui, cette fois, n'étaient pas armés de seuls bâtons et qui firent trembler la Ville pendant une décade. Ayant quelques comptes personnels à régler, je n'y ai pas manqué, sans même prendre garde d'être reconnu à cause de mes cheveux rouges et de ma pâleur. Je me suis saoulé de désordre et de coups. Personne ne nous commandait. Un jour, nous avons molesté quelques sénateurs. Je ne pense pas que Caius ait jamais voulu cela, mais c'était trop tard, il ne pouvait plus apaiser la tempête qu'il avait lui-même déchaînée. Tout s'est passé très vite. Dominant leur terreur, les pères conscrits décrétèrent à l'unanimité que la République était en danger et devait être sauvée par tous les moyens. On les vit alors descendre dans la rue, conduisant eux-mêmes une meute de serviteurs, cuisiniers, valets d'écurie ou jardiniers armés de poignards et d'épées, et hurlant avec effronterie : « Laissez passer les honnêtes gens ! » Poursuivi, Caius préféra se frapper lui-même plutôt que d'être lacéré par des esclaves. Refusant le combat, les rebelles les plus compromis s'étaient cachés. Tôt dénoncés, ils furent jetés en prison, étranglés, mis au Tibre. Me sachant recherché, j'ai demandé asile à quelques anciens compagnons qui me le refusèrent et dont je me suis souvenu plus tard. Horatius avait ouvert une école de gladiateurs dans les environs de Rome. J'y allai, il m'accueillit. Là, j'étais en sûreté.

Les élèves de mon maître d'armes n'étaient pas promis à une longue vie. Anciens prisonniers de guerre, Horatius les avait achetés pour les louer à des entrepreneurs de spectacles après en avoir fait des tueurs. Il y avait là des Ibériens, des Gaulois, des Numides et une curieuse variété d'Asiatiques sans doute descendants des guerriers recrutés naguère par Hannibal. Parce qu'ils avaient égorgé le même jour plusieurs adversaires au cours de quelque grand jeu du cirque, une dizaine d'entre eux avaient été affranchis mais, incapables de remplir un autre rôle que celui de rétiaire ou de mirmillon, ils n'avaient pas quitté un maître assez soucieux de la valeur marchande de ses combattants pour ne pas lésiner sur la nourriture ou sur le vin, encore moins sur les femmes. On ne s'ennuyait pas chez Horatius : à part les séances d'exercice, on mangeait, on buvait, on forniquait. Là, j'ai appris à faire ripaille et à tenir la boisson, autant qu'à parer les coups d'épée les plus dangereux et y riposter brutalement. Les élèves d'Horatius au front bas et à la poitrine large ne savaient ni lire ni écrire, mais connaissaient bien leur métier. Là aussi, j'ai découvert que les femmes aiment, sinon l'odeur du sang, au moins le fumet de ceux qui le font couler. Tout leur attirail, armure, casque, cuirs, glaive et couteau, leur met le feu au bas-ventre, à condition qu'ils soient vainqueurs. Celles qui rendaient visite aux gladiateurs d'Horatius n'étaient pas toutes des putains. Sans se cacher, elles arrivaient en litière, assistaient à des simulacres de combat qu'elles interrompaient tout à coup pour désigner un partenaire vite entraîné sur une paillasse installée dans une chambre minuscule.

Le choix de l'une d'elles s'arrêta sur moi. Je n'avais pas besogné Lorca depuis longtemps. Que la femme fût jeune ou vieille, putain ou matrone, je m'en souciais peu. Il arriva qu'elle était belle, avait de jolies manières, une voix douce et qu'au lieu de m'avaler comme une figue me donna mille caresses jamais reçues. Jusqu'alors, une femme c'était d'abord une femelle à l'odeur chaude faite pour donner une secousse aux hommes. Celle-là sentait bon, prenait son temps, souriait, avait l'air de jouer avec moi, me regardait avec des yeux où un peu de tristesse se mêlait peut-être à beaucoup de gaieté. Moi, au lieu de la bousculer comme je le faisais avec Lorca, je la laissai conduire sa monture comme elle l'entendait. Le plaisir tomba sur nous au même instant. La femme me serra durement dans ses jambes, doucement dans ses bras, et me retint contre elle, le temps de reprendre souffle avant d'inventer d'autres gestes qui firent monter le rouge à mon front et le rire à ses dents. Avant de partir, elle m'embrassa sur les deux joues.

Deux jours plus tard, alors que je m'entraînais au lancer du poignard sur un pieu d'exercice, je vis arriver Horatius accompagné d'un vieil homme que je reconnus bientôt pour être Agathos. Mon pédagogue se contenta de poser sa main sur mon épaule et de me dire en souriant :

— Ton père est de retour depuis une décade. C'est lui qui m'envoie ici.

Si j'en crois les confidences que j'ai pu recevoir au cours de ma vie, mes relations avec mon père ne différaient pas beaucoup de celles des autres jeunes garçons. Sans doute, il m'était arrivé de passer avec lui des soirées entières pendant lesquelles il me racontait l'histoire de notre famille ou les étapes de sa carrière militaire. Très soucieux de savoir ma tête bien remplie de grec et de géométrie, il me posait aussi quelques questions maladroites sur mes études alors que j'attendais qu'il me prît par la main pour me proposer une promenade dans la campagne romaine ou sur les bords du Tibre « entre hommes », comme l'avait fait mon grand-père. Que savait-il de moi ? Rien. Il ignorait même que j'étais fier de lui. Agathos, lui, connaissait toutes mes pensées, les unes parce que je les proclamais, les autres parce qu'il les devinait.

Assis près du petit bassin qui reçoit les eaux de pluie, mon père m'attendait dans notre atrium. Je restai d'abord immobile, frappé de stupeur et d'inquiétude. En quelques mois, son visage s'était creusé, flétri, décharné. On aurait dit celui d'un vieillard. Le voyant passer dans la rue, l'aurais-je salué ? Quand il se leva, je reconnus cependant une certaine prestance militaire demeurée intacte. D'un pas rapide, je me suis alors avancé vers lui. Nous sommes restés longtemps épaule contre épaule, silencieux, sans oser nous dire que nous étions heureux de nous retrouver. Mon père parla le premier. Dès son retour à Rome, inquiet de voir

Agathos seul dans notre maison, il avait craint le pire en apprenant les troubles qui avaient ensanglanté la Ville. Etais-je mort, blessé, en fuite, jeté en prison ? Il avait su enfin que mon nom figurait sur la liste des suspects recherchés par le préteur urbain : deux mille d'entre eux avaient été arrêtés et aussitôt mis à mort. Aucune charge grave, ou seulement précise, ne pesant contre moi, et eu égard aux heureux résultats de la mission accomplie par mon père en Orient, le consul avait consenti à rayer mon nom de cette liste à condition que je demeure éloigné de Rome. Il avait même ajouté en souriant :

— On m'a rapporté que ton fils se cache chez Horatius, à l'école des gladiateurs, et n'en est pas malheureux. Tu l'y trouveras.

Ainsi, j'avais été dénoncé. Peut-on croire à l'honnêteté d'un gladiateur ? Je m'étais conduit comme un benêt mais mon imprudence importait peu. Je m'en moquais autant que tout ce que mon père avait pu promettre au consul. J'avais échappé aux étrangleurs de la prison Mamertine, j'étais vivant, j'étais libre. Je ne sais plus si je riais ou pleurais en embrassant la main de mon père, j'ai retenu seulement qu'elle était devenue semblable à celle de mon grand-père. N'osant pas l'interroger sur sa santé, par discrétion autant que par peur, j'ai voulu savoir ce qu'était devenu Caninus.

— Tu n'auras pas besoin de l'affranchir et de le renvoyer dans son pays, répondit mon père. Là-bas, les fièvres m'ont rendu très malade. Caninus m'a soigné, son dévouement m'a sauvé, mais il a été pris lui-même par le mal. J'ai veillé à ce qu'il reçoive la sépulture d'un soldat.

Cet hommage d'un militaire de haut grade adressé à

un guerrier du dernier rang, je me le suis souvent rappelé au cours des trente années d'une vie que j'ai moi-même passée le plus souvent dans les camps. Mon père me dit aussi :

— Si mes calculs sont bons, tu as dix-sept ans depuis trois mois. Ce soir, tu revêtiras la toge virile. Elle t'attend dans ta chambre et tu consacreras aux dieux lares qui protègent notre maison la bulle d'or et la robe prétexte de ton enfance. Nous dînerons avec Agathos. Pour célébrer cet événement autant que notre retour, le tien autant que le mien, j'ai demandé à Lorca de préparer des plats que tu aimes : huîtres, tétines de truie farcies, poulet en croûte. Nous boirons du vin de Falerne.

Le repas ne fut pas gai. Nous nous efforcions de boire du vin et de commenter la saveur des plats pour ne pas aborder les affaires qui m'avaient amené à me réfugier chez Horatius. J'étais soucieux de connaître l'avenir qui m'était réservé, sans doute un exil à Baïa chez les paysans de Campanie, mais je lisais dans les yeux de mon père je ne sais quelle sentence qui me faisait aussi peur que son visage creusé de fatigue et de tristesse me tourmentait. Rompant le silence, mon père dit gravement :

— Les deux frères Gracchus, Tiberius et Caius, je les ai bien connus naguère. Jeunes gens courageux, ils fréquentaient chez Scipion Emilien où le philosophe Blossius professait que tous les hommes sont égaux et qu'il convient donc de multiplier la générosité envers les plus démunis. Si l'on considère la mort dramatique de ces deux tribuns et tout le sang innocent qu'ils ont fait couler, peut-on croire qu'ils aient choisi le meilleur moyen de venir en aide aux malheureux ? La sincérité de ces deux tribuns, je n'en ai jamais douté. Sans doute ceux-là étaient-ils des purs. Je crains seulement que leur exemple ne permette demain à des ambitieux sans scrupules de s'emparer du pouvoir en faisant mine de s'apitoyer sur la pauvreté de la plèbe urbaine.

Je n'étais pas d'accord avec mon père. Caius Gracchus, le seul des deux frères que j'aie connu, demeurait pour moi un héros. Je me suis contenté de baisser le front pour ne pas provoquer une discussion le jour de nos retrouvailles. Dès lors, la conversation languit malgré les questions qu'Agathos s'efforçait de poser à mon père sur son voyage en Orient. Nous ressemblions tous les trois à un feu qui reprend mal.

Le lendemain matin, mon père vint lui-même me réveiller. Cela ne lui était jamais arrivé.

— Bien que tu sois désormais majeur, me dit-il, nos lois veulent que j'exerce la puissance paternelle jusqu'à ma mort. Tu quitteras Rome dès aujourd'hui. Ainsi, tu respecteras ma parole donnée au consul pour sauver ta tête. Tu vas te rendre en Grèce pour y parfaire tes études. Nous ne sommes pas riches, tu le sais, mais je peux te permettre de vivre sans déchoir. Voici deux lettres. Tu remettras celle-ci à Lucius Babulius, négociant à Athènes, et celle-là à Marcus Lentullus qui commande nos troupes stationnées en Macédoine où tu t'acquitteras, le moment venu, de tes obligations militaires. Agathos partira avec toi. A son âge, il est bon de revenir sous le ciel de son pays. Toi, tu resteras en Grèce deux ans, le temps de te faire oublier et de devenir un homme. Il faut préparer tes bagages.

Partant à la conquête du monde, Enée n'avait pas voulu abandonner Anchise. Au moment de lui dire au revoir, sachant que je ne le reverrais pas, j'ai voulu, moi aussi, un bref instant, charger mon vieux père sur mes épaules. Il précipita notre séparation.

— N'oublie jamais que tu es un Cornelius et rappelle-toi que tu dois relever la grandeur de notre famille.

J'avais dix-sept ans, je partais pour Athènes, j'entendais le vent de la vie gronder dans ma poitrine. Rien d'autre ne compta bientôt plus. Tout s'était passé en quelques heures, comme au théâtre. Je ne doutais point qu'un dieu eût pris soin de moi.

II

J'ARRIVAI à Athènes après avoir suivi le fabuleux sillage d'Ulysse, entendu le chant des sirènes, retrouvé la grotte de Calypso, longé la plage où Nausicaa aux bras blancs danse toujours avec ses sœurs. Les îles où nous nous étions arrêtés s'appelaient Corcyre, Leucade, Ithaque, Cythère, Egine. Un matin, le berger qui me tendit son outre d'eau fraîche s'appelait Hippolyte. Le même soir, Ismène, gardeuse de chèvres, nous vendit des fromages. Deux décades s'étaient à peine écoulées depuis que j'avais quitté l'école des gladiateurs mais je ne me considérais pas exilé. Les vignes, les cyprès, les murs de pierres sèches de toutes ces îles me rappelaient la Campanie, sauf que la mer et le ciel y étaient plus bleus, la lumière plus frémissante, les maisons plus blanches. Non, je n'étais pas un proscrit. Je rentrais au pays rêvé dans mon enfance.

Les couleurs et les bruits du Pirée, je les vois et je les entends encore. Pour amarrer son navire le long du quai, le patron avait dû prendre à partie d'autres marins qui avaient jeté l'ancre au même moment. La violence de leur querelle fut si vive qu'ignorant encore que tout commence et tout finit en Grèce par le verbe, je crus qu'ils allaient en venir aux mains et s'égorger. Plus de deux cents barques, serrées les unes contre les autres, grinçaient et frémissaient dans des bruits de clapotis. Vêtue d'étoffes plus légères et plus colorées qu'à Ostie ou même Pouzzoles, une foule innombrable déambulait, parlait fort, faisait de grands gestes, interpellait des hommes demi-nus chargeant ou déchargeant les navires venus de Marseille, Alexandrie, Syracuse, Délos, Ephèse, Ostie et Brindes où j'avais embarqué moi-même. Une odeur faite de vin, de poussière, d'huile, de suint et de poisson me sauta au nez. Je reconnus ces bruits, ces couleurs et ces odeurs. Télémaque, je le jugeais trop benêt pour m'identifier à son personnage, mais je ne doutais pas que Mentor eût pris l'apparence de mon vieux pédagogue pour me conduire en Hellade.

Je sautai sur le quai. Agathos, ses pieds à peine posés sur le sol, s'agenouilla, immobile pendant quelques instants, la tête inclinée. J'imaginais son trouble de revoir les lieux où il était né, avait vécu, étudié, aimé, avant de se vendre à Rome pour apprendre le grec aux enfants du vainqueur. Après vingt ans d'absence, il allait revoir sa famille, ses amis, sa maison où il se retirerait, la peau cuite de soleil en écoutant un joueur de flûte. Une fois de plus devinant ma pensée, Agathos, le visage toujours incliné vers le sol, murmura :

— Toi, Sylla, tu vas à la rencontre de la vie. Moi, personne ne m'attend ici. Qui me reconnaîtrait ? Pas même Ouros, le vieux chien aveugle qui salua le retour d'Ulysse à Ithaque. Si je veux rencontrer les dieux, il me faut aller à leur recherche pour autant que les Grecs ne les aient déjà tous tués.

Mon vieux pédagogue n'ayant jamais suivi à la lettre les principes philosophiques enseignés dans telle ou telle école, je le savais plus enclin à questionner qu'à affirmer. Utilisée autrefois par le maître de l'Académie, la maïeutique était devenue pour lui une manière de demeurer discret dans la discussion plus qu'une méthode de raisonnement. Entrant dans le jeu, je me rappelle lui avoir demandé s'il était convenable de penser qu'on puisse tuer ce qui est immortel par essence ? Agathos releva la tête. Cette phrase avait suffi pour faire briller son regard.

— L'air à peine respiré d'Athènes a déjà fait de toi un sophiste, dit-il en souriant.

Nous nous dirigeâmes vers le quartier des romaïoi, ainsi qu'on appelait les négociants, banquiers et publicains venus s'établir en Grèce après que Rome eut annexé la Macédoine. A dire vrai, ces Romains-là n'étaient encore que des Italiens, comme ce Lucius Babulius à qui était destinée une des deux lettres de mon père. Originaire de Campanie, il n'avait jamais habité autre part qu'à Pouzzoles avant de s'établir à Athènes où il se conduisait avec la fierté d'un authentique citoyen romain sans en avoir le titre.

Babulius, homme de poids quant au volume des affaires qu'il traitait, apprécia l'honneur que lui témoignait un Cornelius en lui demandant de remettre à son fils l'argent nécessaire pour un long séjour à Athènes. Je ne savais pas encore qu'un banquier se trouve toujours flatté de prêter un peu d'argent à un patricien, quitte à lui faire payer cet honneur un jour ou l'autre, soit en le ruinant, soit en l'obligeant à devenir son gendre. Plus tard, j'ai su que mon père avait payé au correspondant romain de Babulius le double de la somme qui me fut versée.

Cette première nuit d'Athènes, je l'ai passée sous le toit du romaïos. Il nous offrit l'hospitalité avec d'autant plus de générosité qu'il était fort inquiet de connaître la vérité sur des événements dont la rumeur nous avait précédés. Pouvions-nous confirmer la mort de Caius Gracchus ? L'ordre était-il rétabli ? Les honnêtes gens pouvaient-ils enfin dormir en paix ? Avait-on châtié les coupables ? Agathos fut seul à répondre à de telles questions. Le souvenir de Caius me brûlait si fort que je dus maîtriser le courroux qui m'échauffait en entendant Babulius applaudir le Sénat pour avoir fait égorger deux mille partisans du tribun. Ceux-là sont restés les compagnons de ma jeunesse. Je ne les ai jamais oubliés. Quand il m'a fallu, quarante ans plus tard, signer les terribles décrets de proscription, j'ai hésité un long moment avant de me décider. Aujourd'hui, je me demande s'il est possible de conduire l'Etat sans trahir le jeune homme que l'on fut ?

Veuf, notre hôte vivait avec ses deux fils jumeaux devenus ses associés à peine avaient-ils revêtu la toge virile. Achille et Patrocle nous rejoignirent à l'heure du repas du soir. Plus âgés que moi de quelques années, ils brûlaient de connaître Rome autant que j'avais désiré moi-même le voyage d'Athènes : ils n'en avaient pas encore trouvé l'occasion, tant leurs occupations étaient nombreuses, non seulement sur le continent, mais encore à Délos, Milet ou Ephèse. J'ai appris ce soir-là une leçon dont je me suis toujours souvenu : vaincue, dominée par Rome, même si le Sénat avait laissé à quelques cités grecques l'illusion de minces libertés municipales, Athènes demeurait la capitale du grand négoce grâce à sa position géographique, la proximité de l'Asie, ses navigateurs et ses courtiers. Lucius Babulius le savait depuis longtemps. Avec cette pointe d'orgueil que je ne méprise pas chez ceux qui ont bâti eux-mêmes leur puissance, il nous raconta qu'il faisait le commerce de l'argent, des grains, du vin et des œuvres d'art. Disposant d'un réseau de mandataires autour de la mer Intérieure, il vendait aux Italiens du blé de Numidie, prêtait des sommes importantes aux rois et aux cités de Bithynie et de Cappadoce, et faisait exécuter dans les ateliers d'Athènes, par des sculpteurs adroits mais sans génie, des milliers de bustes destinés à décorer l'atrium et les jardins des hommes nouveaux dont la magnificence s'étalait sur le Palatin.

Au cours de ma vie, j'ai rencontré de nombreux romaïoi installés en Afrique, en Espagne, en Egypte ou en Asie, partout où la République a planté ses aigles. Laborieux, entreprenants, âpres au gain, un peu hâbleurs, à la fois fastueux et sordides, ils se ressemblaient tous et paraissaient aussi sûrs de leur supériorité sur les indigènes que s'ils étaient nés sur les bords du Tibre dans la ville aux sept collines. De ces vertus et de ces faiblesses, Lucius Babulius portait témoignage à lui seul.

— Si j'étais demeuré à Pouzzoles, nous dit-il ingénument, j'aurais dû me contenter du modeste fonds légué par mon père et de six esclaves maladroits.

En venant s'installer dans un pays qui avait rayonné naguère sur le monde habité et dont les hommes n'étaient plus capables que de se détruire eux-mêmes, il avait acquis la notoriété et était devenu à son tour un conquérant ! Comme s'ils eussent deviné ma pensée, Achille et Patrocle me dirent en riant tandis que nous allions nous coucher :

— Un romaïos n'est pas tout à fait un citoyen romain, mais il appartient au camp des vainqueurs. C'est cela qui compte le plus.

Les dieux et les héros, convaincu qu'ils m'attendaient, je projetais d'aller à leur rencontre sur l'Acropole dès le petit matin. Agathos me conseilla d'attendre le coucher du soleil et me demanda de l'accompagner d'abord sur la colline du Lycabette d'où il voulait me faire découvrir Athènes. Nous partîmes au lever du jour. Malgré son grand âge, mon vieux pédagogue ne redoutait pas de marcher pendant deux heures sur des sentiers étroits, raides, pleins de cailloux et bordés de buissons épineux où bondissaient des chèvres noires. La joie de revoir sa patrie illuminait son visage autant qu'elle durcissait ses jarrets. Moi aussi, j'étais heureux et je riais parce que j'étais heureux. Le soleil enflamma bientôt tout le ciel. Poussé en avant par je ne sais quel élan, je me mis soudain à courir sans plus me soucier d'Agathos. Parvenu au sommet du Lycabette, je demeurai interdit.

A mes pieds, Athènes ruisselait de lumière. Ma vue s'étendait des montagnes de Corinthe à celles de l'Argolide et du golfe de Salamine au Pentélique. Avant d'avoir regardé le Parthénon, blanc vaisseau immobile sous le soleil, je le connaissais. Ce jour-là, je l'ai reconnu. Il vivait au fond de mes yeux, bien au-delà des premières leçons d'Agathos, dans l'éternité. Combien de temps mon extase dura-t-elle ? Les dieux, les héros, le soleil, l'Acropole, Athènes, la lumière, Phidias, tout se mêlait et se confondait en moi. Sorti enfin de ce rêve éveillé, je voulus, sans plus attendre, exprimer à mon vieux maître quelques mots d'amitié. Où aurais-je trouvé un site plus merveilleux que celui-ci vers lequel il m'avait conduit pendant plusieurs années ?

Je me retournai. Agathos ne me suivait plus. J'ai pensé que, surpris par ma course, il avait eu la sagesse montagnarde de ne pas presser le pas. A pleine voix, j'ai alors lancé une strophe de l'*Iliade* : « Ecoutez-moi, Troyens, afin que je dise ce que mon cœur en ma poitrine m'inspire. » C'était un jeu auquel nous aimions nous livrer tous les deux. Choisi au hasard, l'un de nous citait un vers d'Homère auquel l'autre devait immédiatement répondre en déclamant la suite. Jamais nous n'y manquions. Cette fois, entendant le seul écho de ma voix, il me fut impossible de continuer le jeu : l'inquiétude avait déjà noué ma gorge. En sens inverse, j'ai dévalé le sentier. Les pierres roulaient sous mes sandales. Agathos, couché près d'un jujubier, tenait ses deux mains serrées contre sa poitrine comme s'il eut voulu empêcher son cœur d'éclater. J'ai prononcé quelques mots et fait quelques gestes, ceux-ci aussi maladroits que ceux-là, mais je dus me taire parce que le regard de mon vieux maître l'exigeait. Comprenant qu'il voulait parler et attendait que sa respiration haletante le lui permît, j'ai seulement posé une main sur les siennes, je me suis étendu près de lui et j'ai placé mon oreille près de sa bouche. Combien de temps sommes-nous ainsi demeurés ? L'ombre maigre des buissons avait disparu et le soleil vertical nous donnait maintenant de grands coups de lance dans les yeux. Agathos entrouvrit enfin les lèvres. Ses paroles à peine entendues, je les sais par cœur. Sifflant plus qu'il nc parlait, il dit d'abord :

— Maîtrise de soi, courage.

Quelques instants plus tard, j'entendis :

— Chaque homme doit être au service d'autrui. Les plus déterminés ont le devoir de devenir les guides de la cité.

Il répéta deux fois :

— La cité, la cité.

Telle fut la dernière leçon de mon vieux pédagogue.

Agathos, je revois toujours son cadavre, les yeux grands ouverts et sans regard. Des oiseaux noirs tournaient dans le ciel au-dessus de nous. Une peur soudaine laboura mon ventre. Je ne me rappelle pas avoir ainsi tremblé dans n'importe quelle autre circonstance. Ce jour-là, j'ai manqué commettre le crime de laisser derrière moi un mort sans sépulture. Déjà, les cailloux roulaient sous mes pieds fuyards quand il me sembla entendre la voix d'Agathos me répéter les deux mots d'ordre, maîtrise de soi et courage, qui, résumant le mieux ce que j'avais retenu de ses discours sur la philosophie stoïcienne, donnèrent plus tard son sens véritable à ma vie publique, après que j'eus failli disparaître dans la mollesse et la débauche.

Je revins sur mes pas. Agenouillé près de mon vieux maître, je lui fermai les yeux et m'efforçai de protéger son corps en le dissimulant sous quelques branches de caroubier. Combien de temps ai-je ainsi passé, grattant la terre de mes ongles, telle Antigone devant le cadavre de son frère ? Le soleil était déjà parvenu à mi-course lorsque deux bergers qui paissaient leurs chèvres vinrent vers moi et m'aidèrent aussitôt, avec leurs bâtons, à creuser un trou où nous déposâmes enfin Agathos pour permettre à son âme, dirent-ils, de ne pas errer, malheureuse, à la porte des Enfers. Plus jeunes que moi, ils ressemblaient tous les deux aux mages qui décoraient la courbe d'un vase, souvent caressé par mes mains, dans l'atrium de notre maison de Campanie. J'avais faim et soif : ils m'ont donné du fromage, des oignons et de l'eau. A ma toge et à mes cheveux rouges, ils avaient vite reconnu que j'étais un romaïos. Nous avons joué aux osselets. Bien que cet exercice me fût enseigné naguère par un adroit Numide, je ne suis pas parvenu à gagner une seule partie. N'ayant pas la moindre obole sur moi, mes nouveaux amis ont bien voulu me laisser mes vêtements. Ils se contentèrent de mes sandales. Je rentrai à Athènes les pieds en sang.

Ce soir-là, Babulius se révéla le plus empressé des hôtes. L'état de mes orteils l'émouvait davantage que le cadavre d'Agathos, mon vieux maître n'étant jamais qu'un greculus aux yeux de ce marchand venu s'installer en Hellade derrière les légions victorieuses. Moi, j'étais un Cornelius. Si je n'en doutais jamais, j'avais toujours besoin de me l'entendre répéter. Babulius n'y manqua point et me pria de considérer désormais sa maison et ses domestiques comme les miens. Il me confia même à son esclave favori, un jeune Syrien au visage lisse et aux mains habiles qui, ayant pris soin de me masser, se révéla bon suceur. Je n'eus jamais de goût pour l'amour grec que nous appelons aussi à Rome la Vénus monstrueuse, mais les gestes du Syrien me semblaient si naturels et furent si adroits que je me laissai faire. Semblable à celle dont parle Platon, mon âme a toujours été tirée dans un char mené par deux chevaux, celui des plaisirs sensuels et celui des passions généreuses. Il arrive que l'un de ces chevaux tire parfois le plus fort. La vérité, c'est que je n'ai jamais résisté à l'appel du plaisir et que plus les années ont passé, moins le cheval des passions généreuses l'emporta.

J'avais perdu Agathos, je gagnai Achille et Patrocle. Où aurais-je trouvé de meilleurs compagnons pour me faire découvrir Athènes pendant les mois que je comptais y passer avant de partir pour la Macédoine ? Nous avions à peu près le même âge, le niveau de mes études n'était guère plus élevé que le leur. Sans doute, bien qu'il eût pris le plus grand soin de ne jamais paraître en donner, Agathos m'avait prodigué des leçons de rhétorique, art ignoré par Achille et Patrocle, mais ceux-ci avaient appris la vie en fréquentant surtout l'école de la rue et bientôt celle des affaires. Nés à Athènes d'un père romaïos et d'une mère grecque, ils s'étaient vu conférer, le jour de leur majorité, la citoyenneté athénienne par des prytanes attentifs à ne pas manquer une occasion de flatter les vainqueurs.

Tout savoir pour tout comprendre, tout comprendre pour tout aimer, c'était un des axiomes favoris d'Agathos. A Athènes, avide de tout voir, tout savoir, tout comprendre, je voulus tout aimer : les temples, les mythes, la philosophie, le théâtre, le ciel, le chant des cigales, les îles posées sur la mer, l'ombre des héros tombés à Marathon, les hétaïres et les éphèbes. Que ni les uns ni les autres ne se dérobèrent à mon désir, j'en acquis la certitude, quelques jours après mon arrivée, pendant une promenade solitaire, sous la lune, dans les jardins de l'Académie. Au détour d'un buisson de myrte en fleur, une déesse aux seins nus m'était apparue. Frappé par sa beauté, je l'avais reconnue avant d'avoir lu la dédicace gravée sur son socle : c'était Aphrodite, celle que nous nommons Vénus à Rome. La rondeur des seins, la largeur du ventre, la courbe des cuisses, le sourire du visage symbolisaient cette puissance mystérieuse que recèle un corps de femme dont les formes évoquent autant les gestes de l'amour que la générosité de la vie. Guidé par une main divine, le ciseau de Phidias avait donné à cette statue la taille d'un être humain. Jamais je ne m'étais trouvé si proche d'une telle beauté, située à mi-chemin des mortels et des immortels. Ni dans mes bras, ni dans mes jambes, je n'avais encore serré une femme aussi belle que cette déesse sous la lune. Animé d'un élan dont je n'étais plus maître, je l'étreignis et la tins embrassée. Je me sentais en harmonie avec moi-même et avec l'univers. Les arbres, la terre, les étoiles se confondaient en moi. Devenu tiède, le marbre s'anima soudain. Je ne doutais pas que, comme elle avait fait avec le berger Pâris, Aphrodite allait m'enlever dans un épais brouillard et me déposer dans sa chambre parfumée. La déesse s'est contentée de me donner un baiser dont la brûlure me projeta au même instant à la pointe du plaisir amoureux. Cette nuit-là, ayant regagné la demeure de Babulius, j'ai trouvé le jeune esclave syrien dans mon lit. Je l'en ai chassé. Vénus m'avait déjà comblé.

Un mois après mon arrivée à Athènes, j'en connaissais tous les temples sinon tous les bordels du Pirée, Achille et Patrocle s'étant révélés les bons guides que j'espérais. A Rome, je n'avais guère parlé grec qu'avec mon pédagogue, parfois avec mon père, l'un et l'autre demeurés curieux des problèmes posés par la grammaire ou la prosodie. A Athènes, mes deux compagnons eurent tôt fait de donner des ailes à mon langage trop scolaire et d'enrichir mon vocabulaire de mots que je n'aurais jamais osé prononcer devant Agathos, encore moins devant mon père. Le temps était arrivé de me faire inscrire dans une éphébie où des maîtres réputés m'aideraient à approfondir les notions morales et politiques enseignées par Agathos relatives à la justice, la piété, le courage, la sagesse, la tyrannie ou la patrie.

Comme au temps de l'Académie, du Lycée, ou de la Stoa, les élèves se rasssemblaient encore sous des portiques, au milieu de jardins peuplés de statues. C'est tout ce qui restait des leçons enseignées autrefois par Platon, Aristote et Zénon. Les géants étaient morts. Des rhéteurs réfugiés dans le doute et l'indifférence leur avaient succédé, destructeurs de la religion et négateurs du patriotisme au nom de la quiétude et de l'impassibilité. A mon besoin de certitude, des disputeurs subtils, plus passionnés de discussions que de vérités, proposaient des interrogations sur lesquelles s'engageaient d'interminables exercices de dialectique déclamatoire. Séduisant les uns, ces problèmes provoquaient les sarcasmes des autres. J'ai retenu quelques-unes de ces questions : « A quel moment peut-on dire qu'un homme se lève ? Quand il est déjà debout ou encore assis ? » ou encore : « A quel moment précis peut-on dire qu'un homme meurt ? Est-ce quand il est mort, ou bien encore en vie ? » Je dois à la vérité que nos maîtres nous posaient, au cours de promenades dans la campagne d'Athènes, des questions plus sérieuses. Par exemple : « Est-ce la richesse ou la vertu qui nous rend heureux ? Est-ce l'intérêt ou l'estime qui est le fondement de l'amitié ? Qu'est-ce que le Bien ? Et le souverain Bien ? »

Réservée aux étudiants athéniens, l'éphébie que je fréquentais acceptait cependant la présence de jeunes étrangers qui avaient entrepris de fréquenter ce sanctuaire réputé de la poésie, des arts, de l'éloquence et de la philosophie. C'est ainsi que j'y rencontrai quelques anciens compagnons romains, latins ou italiotes. Ensemble, nous avions écouté les mêmes maîtres. Nous nous étions souvent querellés, parfois battus. Metellus, Drusus, Catilina, Pompéius, Claudius, d'autres encore, connaissaient-ils ou non la cause exacte de ma venue à Athènes ? Ils m'accueillirent en me faisant fête. Puisque mon père avait pu subvenir aux frais de mon voyage en Grèce et m'y entretenir, plus rien ne nous séparait, je devenais un des leurs. Moi, je n'avais pas oublié les affronts subis, je les ai fait payer beaucoup plus tard. A Athènes, nous avons seulement voulu nous rappeler, eux et moi, les meilleurs moments de notre adolescence, nos plaisanteries de jeunes garçons, nos admirations, nos exercices à la palestre et plus tard au Champ de Mars.

Plus fort que nos souvenirs, un autre sentiment nous liait les uns aux autres, celui de notre supériorité. Nous n'en doutions jamais. Contraints de nous mêler aux Grecs pour assister aux exercices, nous nous rencontrions plus volontiers aux thermes ou à l'auberge où leurs propos spirituels et bavards déconcertaient peut-être les Romains mais ravissaient les Campaniens. Nous acceptions aussi de nous mesurer avec eux au stade ou à la palestre. Au contraire, nous tournions le dos aux parades pseudo-militaires que le règlement exigeait toujours des éphèbes comme au temps où les garçons d'Athènes se battaient pour la patrie et la liberté. Ce qui représentait naguère une volonté d'être toujours prêts pour défendre la cité et ses lois n'était plus qu'une cérémonie dérisoire. Nous étions tous d'accord pour refuser d'y assister.

Patrocle et Achille ayant quitté Athènes, l'un pour Délos, l'autre pour Milet, je réussis à me faire adopter par un groupe d'éphèbes sans que mes certitudes de supériorité romaine en souffrissent. En échange d'une protection illusoire que je leur accordais sans pudeur, comme si j'avais détenu une charge proconsulaire, ils me livrèrent leurs connaissances littéraires qui n'étaient pas minces. Ces jeunes gens m'ont fait découvrir des poètes encore inconnus à Rome : Alcée, Sapho, Anacréon, Tyrtée, dont je sais encore quelques vers. Qu'auraient-ils pu m'apprendre d'autre ? Ils ne croyaient plus en rien. Patrie, dieux, vertu, rectitude du jugement, toutes ces valeurs à l'intérieur desquelles je m'étais senti parfois à l'étroit, je savais qu'elles demeuraient la grandeur et la sécurité de Rome. Pour eux, elles n'avaient plus de sens. J'en acquis la certitude, un soir où, ayant bu de compagnie quelques coupes de mauvais vin grec, indigné de les entendre réduire la philosophie à la seule recherche du plaisir, j'entrepris de leur démontrer qu'elle signifiait d'abord la recherche de la sagesse, donc une certaine connaissance de la vérité et une pratique de la morale. On me répondit par une tempête de rires.

— Que racontes-tu là ? Le Lycée, l'Académie, la Stoa, tout cela est dépassé ! Ce sont des niaiseries de sophistes... Buvons plutôt à nous en faire éclater le ventre. Les commandements, les ambassades ? Vaine gloire, bruits inutiles, rêves menteurs. La mort posera sur toi sa main au jour fixé par les dieux, le destin, un mauvais coup de dés, appelle cela comme tu le veux. Que te restera-t-il ? Ce que tu auras bu et mangé. Le reste est poussière. Solon, Périclès, Clisthène, Thémistocle ? Poussière...

Ces paroles prononcées par moquerie, poursuivies bientôt sur un ton violent, le vin que nous avions bu en était sans doute responsable. Elles n'en demeuraient pas moins révélatrices. Je suis rentré chez Lucius Babulius, l'esprit déconcerté et me posant de nombreuses questions. Jeune Romain venu en Grèce pour m'abreuver aux sources de la sagesse et du patriotisme, je ne parvenais pas à comprendre comment la jeunesse d'Athènes pouvait se rouler dans la défaite. Pourquoi un tel reniement ? Où en chercher les causes ? Les batailles perdues par les phalanges avaient-elles détruit à ce point l'âme des éphèbes ? Je n'ignorais pas la main lourde de nos consuls, mais ceux-là qui avaient détruit Corinthe n'avaient-ils pas délivré aussi Athènes de l'oppression macédonienne ? N'était-ce pas plutôt un mauvais usage de la démocratie qui avait conduit ce grand peuple à la déchéance par les voies de la corruption, de la discorde, enfin de la tyrannie ?

La démocratie, je ne la connaissais guère qu'à travers les leçons de mon vieil Agathos, les discours réticents de mon père et les jugements des auteurs grecs qui, sauf Aristote, lui sont tous hostiles. Je l'avais entrevue à travers les harangues de Caius Gracchus. Son souvenir me brûlait encore et me permettait d'affirmer que la générosité de ses propos avait provoqué l'enthousiasme ou la colère, jamais l'égoïsme, la négation ou le refus du devoir civique. Il me fallait chercher autre part l'explication de la démission athénienne. Je m'endormis sans en avoir découvert une seule qui satisfît ma quête. Les vrais coupables se trouvaient cependant près de moi, je les connaissais, je les entendais, je les voyais tous les jours. Il m'a fallu de nombreuses années pour les débusquer et comprendre que le mal dont Athènes mourait, Rome risquait d'en être atteinte un jour. Les coupables étaient les maîtres auxquels la responsabilité d'éduquer la jeunesse avait été confiée. Rhéteurs sans passion, peut-être sans âme, ils ne croyaient plus à la mission dont ils étaient chargés et rayaient déjà de leur vocabulaire, tantôt par jeu, tantôt par système, quelques-uns des mots avec lesquels l'Hellade avait forgé naguère ses éphèbes. Ni dieux, ni héros, ni patrie. Ils avaient même falsifié les annales de la cité. Leurs élèves ignoraient qu'Eschyle s'était battu à Marathon et Sophocle à Samos, que Thucydide avait été stratège, que Xénophon et Polybe avaient commandé des ailes de cavalerie, et que Socrate lui-même s'était conduit en valeureux soldat.

Cette nuit-là, où je me posai tant de questions sans pouvoir y répondre, j'eus conscience qu'arrivé à Athènes comme à un rendez-vous d'amour, je risquais, en m'y attardant, de la quitter comme un amant trompé. Dès le lendemain, je décidai d'écourter mon séjour et de partir en Macédoine pour remplir mon devoir militaire. Surpris, demeuré obligeant, Lucius Babulius m'offrit de prendre passage à bord d'un de ses navires qui se rendait à Thessalonique pour y charger du minerai d'argent et me recommanda à son correspondant, un certain Lysimaque. Plus de huit mois s'étaient écoulés depuis que j'avais débarqué au Pirée en compagnie d'Agathos.

La veille de mon départ, je suis monté une dernière fois sur l'Acropole. Le soir tombait. Je suis resté longtemps à regarder les derniers feux du couchant sur le golfe Saronique, là où trois siècles auparavant la petite Grèce s'était dressée devant l'immense Asie. A un moment, je suis sûr d'avoir entendu l'appel lancé par le

Messager d'Eschyle[1] : « Allez, enfants de l'Hellade, délivrez la patrie, délivrez vos enfants et vos femmes, les sanctuaires des dieux de vos pères et les tombeaux de vos aïeux. C'est la lutte suprême ! » Quel meilleur enseignement Athènes aurait-elle pu me dispenser ? La leçon de Salamine effaça le discours des rhéteurs. Le lendemain, je partis rejoindre les légions.

1. Dans *Les Perses*.

III

LÉGAT du gouverneur de Macédoine, Marcus Lentullus à qui je devais remettre la lettre de mon père assumait le commandement des troupes romaines stationnées dans cette province. Au moment où je débarquai à Thessalonique, il était parti inspecter les postes militaires installés sur la frontière orientale pour surveiller les mouvements des populations thraces. Thessalonique n'est pas Athènes. Ni les dieux ni les héros ne m'y attendaient et je n'y rencontrerais pas de déesse comparable à celle que j'avais aimée, une nuit de lune, dans les jardins de l'Académie. Le correspondant de Babulius voulant bien m'héberger jusqu'au retour du légat, je me suis contenté de sa femme Lampito : mon état de patricien romain, mon âge et mes cheveux rouges l'avaient jetée dans le plus grand trouble. J'ai passé ainsi quelques décades à flâner sur le port, manger des poissons grillés et faire de lourdes siestes d'où, profitant de la moindre absence de son mari, mon hôtesse me tirait soudain avec une téméraire intrépidité. Surveillé de près par Lampito, redoutant d'être bientôt soupçonné par Lysimaque, j'avais décidé d'aller visiter la petite ville de Pella où , il y avait plus de deux siècles, était né le grand Alexandre dont les prodiges me faisaient rêver. Le retour de Lentullus ayant traversé mon projet, je dus me présenter aussitôt à son quartier général.

Le légat occupait une belle demeure de marbre construite au milieu d'un jardin, sur une hauteur d'où l'on dominait la ville et le golfe de Salonique. Sous un péristyle aux fines colonnes, des hommes en uniforme, affectant d'être affairés, allaient et venaient, mystérieux et graves comme si chacun eut porté sur ses seules épaules le destin de la République. L'un d'eux, surpris de voir un importun vêtu d'une toge romaine déambuler dans un lieu aussi sacré, m'interpella d'une voix rude et, avant que j'eusse prononcé un seul mot, me tira violemment en arrière pour demeurer lui-même immobile, les yeux sans regard, le menton raide, tandis qu'un personnage emplumé, escorté de quelques officiers, traversait l'atrium au son des trompettes. Ce fut mon premier contact avec le cérémonial militaire aux règles duquel nous attachons une importance souvent puérile dès que nous avons atteint les hauts grades. Un moment plus tard, j'expliquai le motif de ma présence : remettre au légat une lettre de mon père, Lucius Cornelius Sylla. Soudain détendu par ce seul nom, le centurion me conduisit auprès d'un groupe d'officiers qui, après m'avoir posé de nombreuses questions, s'empressèrent de porter mon message à leur général.

Après m'avoir fait attendre pendant cinq heures, debout, dans son vestibule, Marcus Lentullus me reçut enfin. J'ignorais encore que les grands chefs mesurent volontiers leur pouvoir à ces sortes de brimades que, plus tard, j'ai imposées moi-même à mes subordonnés. L'accueil du légat fut plus paternel et plus cordial que je ne m'y attendais.

— Je connais Lucius Cornelius Sylla, dit-il. Nous avons naguère combattu côte à côte, en Espagne, sous le commandement de Scipion Emilien, que les dieux infernaux engloutissent dans les ténèbres ceux qui l'ont assassiné ! J'ai appris que ton père avait été chargé d'une mission à Pergame et j'en fus réjoui parce qu'il est aussi capable de conduire une légion à la bataille que de mener à son terme une action diplomatique. J'espère qu'on se décidera bientôt à en faire un sénateur. Moi, on m'a oublié. Voilà cinq ans que je commande les troupes en Macédoine. On m'a nommé légat pour calmer mon impatience et me faire espérer que je serais le prochain gouverneur en titre de la province, mais j'ai déjà accueilli quatre nouveaux promus et je demeure toujours l'adjoint du dernier nommé à ce poste. A Rome, ils disent que j'accomplis trop bien la tâche difficile qui m'est confiée ici pour changer mon affectation. Ils ont sans doute raison, mais rien n'empêchera jamais un vieux soldat de vomir ses humeurs, pas plus qu'on ne pourrait freiner les ambitions ou calmer les illusions d'un jeune officier entrant dans la carrière. Mon langage t'étonne ? Dis-toi bien, fils, que les grognements des centurions et l'indiscipline des généraux sont indispensables à la valeur combative d'une armée.

Un énorme éclat de rire secoua le ventre de Lentullus. Ne sachant pas quelle attitude adopter, je pris le parti de le regarder avec un sourire à la fois respectueux et complice, correspondant à un élan de sympathie et de confiance qui me portait vers ce militaire imprévu. Par l'exemple paternel, je savais les officiers généraux volontiers discoureurs. Celui-ci poursuivit son propos avec d'autant plus de plaisir qu'il avait déjà flairé en moi un auditeur attentif.

— J'ai lu avec le plus grand intérêt la lettre de ton père qui me dit de quel état il dut te tirer à son retour de Pergame. Quand on entre dans une faction, mon garçon, il faut réussir son affaire, faute d'être tenu pour un imbécile avant même d'avoir été jeté en prison ou au Tibre. Ici, tout le monde ignorera la véritable raison de ton arrivée à Thessalonique. J'ai dit à mes plus proches officiers qu'après avoir poursuivi à Athènes tes études de rhétorique et de philosophie, tu nous avais rejoints volontairement pour accomplir une année du service militaire que tu dois à la République. Nous te souhaiterons donc la bienvenue parmi nous et nous te féliciterons d'avoir pris une telle décision à un moment où toutes les lettres reçues de Rome accusent la jeunesse d'inventer mille prétextes pour déserter le service de la Patrie avec la complicité de relations familiales. Etre citoyen romain, c'est d'abord être un soldat, n'oublie jamais cette loi. Elle nous permit de survivre après les désastres infligés par Hannibal et de le vaincre. J'ai réfléchi à ta position. Selon la coutume dont bénéficient le plus souvent les jeunes patriciens, tu seras affecté à mon état-major particulier et assimilé à un officier mais sans bénéficier de la solde. Ton père m'ayant demandé de veiller sur toi, tu logeras ici, tu prendras tes repas avec moi, tu m'accompagneras dans mes tournées d'inspection. Je t'avertis déjà que, sous peine de châtiments rigoureux, la tenue de mes soldats, quels que soient leur fonction ou leur grade, doit être exemplaire. C'est vrai pour leur uniforme autant que pour leur comportement envers la population indigène. Hommes à la fois farouches et paisibles, les Macédoniens sont très susceptibles dès qu'il s'agit de leurs femmes. Ne t'avise jamais de coucher avec l'une d'elles. Sitôt averti, son mari t'égorgerait. Va aux bordels, ils sont faits pour cela, mais ne fréquente pas la Vénus monstrueuse. Lors de ma dernière inspection, j'ai fait mettre à mort un centurion qui, abusant de son grade, avait enculé un jeune légionnaire. Maintenant, tu dois te mettre en tenue et revenir te présenter à moi pour prêter serment. Tu prendras immédiatement ton service. Va.

A Thessalonique, les soldats romains déambulaient dans les rues, fraternisaient avec la population, fréquentaient les gargotes, occupaient les bordels. Aux heures de liberté, on les voyait partout, bien que les troupes de Marcus Lentullus ne fussent pas si nombreuses : moins de l'effectif normal d'une légion auquel, il est vrai, il convenait d'ajouter un nombre égal d'auxiliaires, soit un total de huit mille hommes. Avec ceux-là dont un grand nombre étaient occupés à construire une route qui relierait Thessalonique à Dyrrachium et Apollonie, Marcus Lentullus faisait régner l'ordre romain sur la Macédoine et les régions que le Sénat y avait rattachées : Thessalie, Illyrie, Epire. Ni à Athènes ni à Corinthe, pas davantage dans les îles, aucune troupe romaine ne tenait garnison. De son quartier général, le légat surveillait l'ensemble de la Grèce sans y profiler l'ombre d'un javelot.

De toutes les observations que j'ai pu faire pendant l'année de mon séjour en Macédoine, celle-là demeure la plus présente. Elle exerça sans doute une influence souterraine, dont je ne me suis pas même douté, sur le choix de ma carrière. C'est un peu plus tard que j'ai compris comment un chef audacieux, commandant à des troupes solides, prêtes à lui obéir dans n'importe quelle circonstance et disposant d'un trésor de guerre bien pourvu, peut nourrir le dessein de s'emparer du pouvoir parce que celui-ci ne parvient plus à faire respecter l'ordre public. Dès lors que toutes les conditions du succès ont été réunies et étudiées avec soin, il ne lui reste plus qu'à agir.

Mon nouvel état fut celui d'un privilégié. L'uniforme m'allait bien, les officiers me considéraient comme l'un des leurs, les repas pris en commun étaient toujours gais, même lorsque les plaisanteries du général ne méritaient pas nos rires serviles. Chaque matin, au lever du jour, un valet d'écurie m'attendait avec deux chevaux de selle pour m'accompagner au camp militaire établi aux portes de la ville où trois cohortes de six cents hommes se tenaient toujours en alerte, prêtes à intervenir sur un point quelconque de la Province. J'y demeurais pendant la matinée, occupé à des leçons d'équitation et d'escrime, des exercices de combat rapproché ou des manœuvres de manipule. Parce qu'elle m'offrait une règle que j'avais toujours cherchée plus ou moins confusément et que je n'avais trouvée nulle part, pas davantage auprès de mes maîtres que de ma famille, celle-ci réduite à la seule personne de mon père le plus souvent absent de Rome, la discipline militaire me convenait mieux que la philosophie. Comment avais-je pu perdre mon temps à me poser tant de questions sur la vertu, la sagesse, le plaisir, le souverain bien, l'âme, les principes ou la liberté ? A l'armée, les problèmes ont disparu parce que le règlement ou bien les ignore ou bien est censé répondre à toutes les questions. Je m'y suis trouvé à l'aise. Je me demande même si les meilleurs jours de ma vie ne furent pas ceux où je ne m'inquiétais guère que de la boiterie de mon cheval, l'éclat de ma cuirasse, le jet de mon javelot, le parfait alignement de la petite troupe dont on me donna bientôt la responsabilité. Au cours de cette période où j'avais l'honneur de veiller sur une des frontières sensibles de la République, mon plus grave souci fut certainement de ne pas me faire égorger par le mari de Lampito. Inquiet des recommandations du légat, je ne la rencontrais plus chez elle mais à l'abri de quelque buisson d'épineux. Précaution utile mais incommode, mon épée ne me quittait jamais. L'après-midi, j'étais affecté au seul service du légat. Mon rôle se bornait à lui lire les rapports de ses lieutenants, faire patienter ses visiteurs, écouter les aphorismes qu'il cultivait volontiers. L'un d'eux fit longtemps mes délices : « La guerre est un jeu dangereux où il n'est pas toujours interdit d'être à la fois courageux et intelligent. »

Mon général savait qu'il ne deviendrait jamais sénateur ni premier magistrat de la Macédoine ou d'une autre province romaine, de telles fonctions demeurant réservées aux familles les plus riches et aux amis des consuls en exercice. Eloigné des affaires politiques ou financières qui dépendaient du seul gouverneur, il prenait sa revanche en donnant le plus d'éclat possible à ses fonctions militaires, surtout à ses tournées d'inspection. Celles-ci n'étaient pas injustifiées. Autant les citoyens d'Athènes, Corinthe, Thessalonique, Délos ou Rhodes demeuraient paisibles, autant les tribus thraces et scordisques situées au nord et à l'est de la Macédoine multipliaient leurs incursions dans la Province, ne craignant pas de s'attaquer aux petits postes échelonnés le long de la frontière. C'est pour intimider les Barbares et rassurer les garnisons romaines, peut-être pour se donner l'illusion d'un commandement en chef, que Lentullus organisait ces petites expéditions, en prélevant deux cohortes sur les troupes postées aux portes de la ville.

Vétérans ou jeunes recrues, quel que soit leur grade, tous paraissaient heureux de participer à ces manœuvres, comme s'ils partaient en promenade. Il leur faudrait cependant parcourir trente milles par jour et installer chaque soir un campement qui, si léger fût-il, exigeait de pénibles travaux de terrassement. Les hommes dressaient alors les tentes, allumaient des feux pour faire cuire des galettes de blé, racontaient des histoires de batailles ou de putains. Lorsque tout le monde paraissait dormir, Marcus Lentullus faisait le tour du camp pour s'assurer que les veilleurs occupaient bien leur poste et observaient les consignes de sécurité. Je l'ai vu réveiller un gradé pour lui demander s'il avait examiné les pieds de ses hommes avant de s'endormir. Comme l'autre baissait la tête : « Souviens-toi, dit le légat, que les batailles se gagnent davantage avec les pieds des soldats qu'avec la tête des centurions. Ta solde te sera retenue pendant un mois pour faute grave pendant le service en campagne. »

Si minces soient-ils, je note ces détails parce qu'il n'est pas impossible qu'ils aient contribué à façonner le Sylla que je suis devenu. La tournée d'inspection durait un mois environ. Au-delà des frontières que nous longions, des cavaliers thraces venaient parfois nous provoquer. Ils brandissaient des piques, poussaient des clameurs mais demeuraient à bonne distance. Tout à coup, ils disparaissaient dans un nuage de poussière. Tenté de les poursuivre, il m'est arrivé de demander à Marcus Lentullus de m'en confier la mission.

— Tu ne comprends rien, répondait-il. Ces provocations ne sont pas innocentes. Dès notre départ, ces chiens reviendraient en force avec une bonne raison de faire sauter nos postes isolés pour se venger.

Un matin, on trouva le corps d'une sentinelle poignardée pendant la nuit. Sa vue provoqua une grande agitation. « Un soldat qui meurt, me dit Marcus Lentullus, n'est jamais qu'un nom, ou un numéro, à rayer sur la liste des hommes qui composent une centurie. On en parle le soir devant les feux, on n'y pense plus le lendemain. Celui-là, la mort l'avait marqué depuis longtemps. Toi, tu portes un autre signe. Tu peux te permettre d'être téméraire, tu ne mourras pas au combat. Ce que nous appelons le secret des dieux, un chef expérimenté sait le lire sur le visage de ses hommes. »

Depuis qu'elle m'avait inondé de plaisir, je savais que Vénus me protégeait. Les paroles du légat ne m'ont pas étonné. Pendant de longues années, ni dans les camps ni dans les assemblées, je ne me suis guère soucié que, pour me frapper, la mort puisse prendre la forme d'une épée, ou même l'aspect de la vieillesse. J'ai ignoré l'une et l'autre. Plus tard, j'ai dû prendre garde à la menace des poignards. J'avais peur d'être frappé dans le dos comme le légionnaire tué naguère sur les frontières du pays thrace. Ici, à Baïa, je crains des armes plus subtiles, mais il se trompe, Lépide, s'il pense qu'on oubliera le nom de Sylla aussi vite que celui d'une sentinelle assassinée.

Le temps de mon service allait bientôt s'achever. Déjà, je songeais à m'informer d'un navire partant pour Le Pirée quand le légat me dit :

— Le gouverneur veut profiter du séjour du consul à Dyrrachium pour lui faire parvenir son rapport mensuel. Je t'ai choisi pour remplir cette mission de confiance. Tu partiras demain matin avec ton valet, deux cavaliers et quatre chevaux de remonte. Tu remettras le message à Lucius Caecilius Metellus en mains propres.

C'était un ordre. Sans doute, me chargeant de ce courrier consulaire, mon général m'honorait-il de sa confiance et me permettait-il ainsi de rejoindre Rome plus tôt, en m'embarquant à Dyrrachium pour Brindes. Il m'empêchait aussi de revenir à Athènes. Devinant mon humeur, il y trouva une occasion de persiflage :

— Comment oses-tu comparer le plaisir d'une promenade au Parthénon avec l'honneur de voir de près un personnage qui, à lui seul, incarne le Sénat et le peuple romain ? S'il s'agissait d'un simple consul en exercice tel que Rome en connut plusieurs centaines, je comprendrais ta déception, mais celui-là c'est Lucius Caecilius Metellus. Comprends-tu assez la différence ? Un Metellus, mon garçon, c'est le membre d'une famille plébéienne longtemps obscure, parvenue soudain à la noblesse et qui, en quelques décennies, a poussé tout son monde, fils, frères, beaux-frères, neveux et cousins, vers les plus hautes magistratures et a distribué des prébendes à tous ses clients. Un Metellus révère-t-il davantage les honneurs que l'argent ? Nul ne le sait, mais c'est là une question sans intérêt depuis que ces deux mots, à Rome, sont confondus. Sais-tu que le Metellus auquel tu remettras ce message vient de se couvrir de gloire ? Non ? Personne ne le sait. Apprends donc que notre consul en exercice vient de promener deux légions en Dalmatie pendant trois lunes. Je ne pense pas qu'il ait jamais entendu une flèche siffler à ses oreilles mais je parierais volontiers trois mois de solde qu'il réclamera les honneurs du triomphe et qu'il les obtiendra par acclamations. Comme beaucoup de nos grands chefs, ce Metellus-là ignore tout de la guerre, il se contente de faire manœuvrer ses soldats comme s'ils étaient des comédiens sur une scène de théâtre. Sans doute est-il moins dangereux qu'un véritable stratège. Personne ne s'en plaint, on en sourit. Lorsque tu te présenteras à lui, garde-toi bien de changer de tenue ou de te laver le visage. Au besoin, ajoute un peu de poussière sur tes cheveux et sur ta tunique pour mieux interpréter le personnage du messager recru de fatigue qui, mission accomplie, s'écroule aux pieds de son imperator. Si tu joues bien ton rôle, tu feras peut-être partie de ceux qu'il aura désignés pour se tenir derrière son char quand il montera au Capitole sous les applaudissements de la foule. Ce jour-là, tu apprendras comment la République fait un héros avec un imposteur. Va, mon garçon, salue ton père et porte-toi bien. J'aurai peut-être fait ta fortune. Que Mercure attache les ailes de la victoire à tes pieds rapides.

Un gros rire secoua le ventre de Lentullus. Après tant d'années, j'entends encore tinter les phalères d'or et d'argent qui le cuirassaient. Semblable à tous les militaires atteints par la limite d'âge sans avoir obtenu un grand commandement, il exprimait souvent son amertume en brocardant ceux de ses collègues pour lesquels les dés avaient mieux roulé. Mon vieux chef, j'ai appris qu'il termina sa carrière dans son lit, quelques mois après mon départ, un jour qu'il avait mangé trop de champignons. J'imagine que, jeune officier, il avait rêvé de mourir au combat. Le souvenir de ses sarcasmes demeure un des aspects de mon éducation militaire au même titre que le lancer du javelot, la protection des camps, ou le maniement du bouclier. Je me suis souvent demandé quel aurait été mon destin si Marcus Lentullus ne m'avait pas choisi pour porter ce message au consul Lucius Caecilius Metellus ?

Ces dernières lignes qui concernent mon séjour en Macédoine, je les ai écrites pendant plusieurs heures de la nuit. Le calame me tombe des doigts tandis que le jour se lève. Valeria dort d'un sommeil de petite fille, je ne la réveillerai pas. Pour faire quoi ? A Rome, on me croit encore jeune, amoureux, puissant, peut-être dangereux. Tout le monde ignore qu'une insupportable douleur me perce le bas-ventre. Raide, osseuse, pleine de taches brunes, ma main n'est plus celle d'un chef ni d'un amant, à peine celle d'un vieux scribe. Mes misères, je suis seul à les connaître. Demain, il faudra poursuivre cette rédaction.

Demain ? Un jour arrivera où il n'y aura plus de demain.

IV

La mort de mon père m'affligea plus qu'elle ne me surprit. Je l'appris en arrivant à Rome après une absence de vingt mois. Nous n'avions pas vécu souvent l'un près de l'autre et nous nous connaissions peu, malgré des efforts réciproques que nous affections de dissimuler comme si nous avions eu honte de nos sentiments. Tandis que mon grand-père avait été mon ami et Agathos mon confident, il avait fallu que mon père, après m'avoir tiré des plus grands périls, eût pris la décision de me faire partir pour la Grèce, lui-même déjà touché par la mort, pour que nous nous décidâmes enfin à manifester l'affection qui nous attachait l'un à l'autre.

Pendant mon séjour à Athènes et en Macédoine, nous nous écrivions de courts billets, les siens cordiaux, les miens révérencieux. A Rome, jeune garçon ébloui par l'éloquence et la générosité de Caius Gracchus, il m'était arrivé de défendre avec passion les droits du peuple contre l'autorité de l'Etat sans connaître le sens des mots que je prononçais. Mon père m'écoutait bientôt avec impatience : je lui tenais tête en prenant le plus grand soin de demeurer respectueux, à la limite de l'insolence. Au moment où nos propos prenaient tout à coup le son d'un objet fêlé, je me taisais brusquement comme si un signe mystérieux m'eut rendu soudain muet. Aujourd'hui, face à face avec moi-même, je ne regrette pas tant les propos déraisonnables prononcés devant mon père que tous les mots tus, tantôt par confusion, tantôt par pudeur.

Ce même jour de mon retour à Rome, j'ai appris aussi que notre maison palatine avait été vendue. Nous n'en étions que locataires. Déjà, des architectes entreprenaient de la raser au sol pour bâtir à son emplacement un palais de marbre destiné à quelque publicain décidé à s'installer enfin dans le plus beau quartier de la Ville. Des années de mon enfance, il ne restait aucun témoin. Mon grand-père, mon père, Agathos, Caninus, les colonnes de notre péristyle, la fontaine, mes jouets d'enfant, mes livres, même Lorca, tous avaient disparu. Après vingt mois d'absence, je n'avais pas oublié que de nombreuses maisons n'avaient pas accepté de me cacher. Maintenant que je n'étais plus recherché par le préteur urbain, les portes closes hier s'ouvriraient-elles davantage ? Les tenants du pouvoir n'appartenaient ni à la faction des Gracchus, ni au clan des Scipions. Je ne savais quelle décision prendre, étant toutefois moins inquiet de me voir refuser asile que de voir briller dans les yeux de ceux qui me l'accorderaient le plaisir de faire l'aumône à un Cornelius. J'ai préféré retourner chez Horatius, à l'école des gladiateurs, sûr d'y trouver un toit, de la nourriture et de l'argent, tout ce qu'un plébéien ne refuse jamais à un aristocrate.

Mon ancien maître d'armes me reçut avec une cordialité déférente. Son entreprise s'était développée, elle comptait plus de cinquante combattants. Par les relations qu'il entretenait maintenant avec les édiles et les jeunes gens auxquels il donnait des leçons, Horatius connaissait tous les bruits de la Ville. Il m'assura que je n'avais rien à craindre. Tout le monde voulait oublier les jours d'émeute à ce point que, pour attester un si profond désir de réconciliation, le Sénat avait fait élever un temple à la Concorde.

— Lorsque tu es parti pour Athènes, dit Horatius, l'eau du Tibre qui coulait sous le pont Sublicius était trop souvent rouge. Rome s'est juré de ne plus jamais revoir ce spectacle. Elle s'intéresse davantage à mes gladiateurs, aux courses de chars ou à la jeune danseuse Eucharis qu'à la loi agraire. Depuis quelques jours, on parle surtout au Forum du triomphe accordé au consul Metellus qui, à peine débarqué en Italie, et de son propre chef, a ajouté à son nom celui de Dalmaticus. Voilà qui nous prépare de belles fêtes. C'est un honneur pour un ancien centurion de recevoir un Cornelius, ma maison est la tienne, mais elle n'est pas digne de toi. Ton père aura sans doute rédigé quelque testament, informe-t'en auprès de ses amis, même auprès de la préture urbaine. Montre-toi. Permets-moi de te répéter que tu n'as rien à craindre.

J'admis volontiers que ma vie, voire ma liberté, demeureraient sauves. Déjà renard, pas encore lion, une certaine prudence, celle qui balança toujours mes actions les plus téméraires, me conseillait de connaître si mon nom avait définitivement disparu de la liste des suspects ou si quelque trace de cette affaire apparaissait encore dans les archives municipales. Bien rémunéré par les soins de mon hôte, un agent de l'édile me rassura : la voie était libre. A cette époque de ma vie, je ne pensais pas encore que j'entreprendrais d'affronter les obstacles du cursus honorum, mais me rappelant la mésaventure survenue à celui de mes aïeux exclu du Sénat pour une faute mineure, je voulais m'assurer qu'aucun censeur, vindicatif ou corrompu, ne pourrait dans l'avenir exhumer un dossier susceptible de compromettre mon élection à une magistrature curule.

M'y trouvant à l'aise et partageant avec eux les rigueurs de leur discipline quotidienne, je demeurai plusieurs jours au milieu des gladiateurs. J'en ai connu quelques-uns pour qui l'amour de la gloire populaire et le besoin des ovations dépassaient le goût de l'or dont on les comblait. Pour ceux-là, anciens esclaves devenus libres et plus comédiens que tueurs, l'arène devenait une scène de théâtre où la soif des applaudissements l'emportait sur la nécessité de la prudence. La foule les fêtait comme des héros. J'aimais me mesurer avec eux parce qu'en Macédoine les vétérans m'avaient appris les brutalités rapides et les feintes de ce genre d'escrime.

— C'est dommage que tu sois patricien, me dit un jour Horatius, je t'aurais volontiers engagé. Tu n'aurais pas eu besoin de chercher un métier pour gagner ta vie. Avec tes cheveux rouges, ton corps d'athlète et ton sens du combat rapproché, nous aurions tous les deux vite gagné une fortune !

Je me voyais, acclamé par la multitude, aller de ville en ville et de victoire en victoire. Cela ne valait-il pas le triomphe du consul Lucius Caecilius Metellus dont Rome déjà se moquait, alors que l'ordre du défilé n'était pas encore établi ? A moins d'être ce qu'on nomme à Athènes un béotien, dépourvu d'imagination, quel jeune homme ne rêva jamais de quitter tout à coup ses habitudes, sa maison, ses amis, son nom, tourner le dos à son milieu social, partir sans se retourner sur la route ou sur la mer et se perdre pour toujours dans la foule afin de mieux se retrouver soi-même ? N'ayant ni maison ni amis à abandonner, mais fier d'être né Cornelius, j'entendais le rester. Au lieu de changer mon nom, ne serait-il pas plus profitable de le prêter à quelque fille de riche négociant impatiente de devenir l'épouse d'un patricien, si démuni fût-il ? La procédure du divorce romain n'était-elle pas devenue plus rapide que la cérémonie du mariage ?

Réaliser un tel dessein supposait ma réapparition dans la société. Sur le conseil d'Horatius, je me décidai à rendre visite aux héritiers de Scipion Emilien, le consul assassiné qui avait été le protecteur de mon père.

Le plus clair de cette visite demeura que je pouvais disposer tout de suite d'une somme mise en dépôt par mon père. Elle m'apparut si mince qu'en la recevant des mains d'un Scipion, je sentis mon front devenir aussi rouge que mes cheveux. Quelle voie choisir ? Le mariage, les dettes, l'armée, ces trois solutions sont toujours offertes à un patricien. Il y avait aussi la procédure. Mes études et ma facilité d'élocution me permettaient d'y penser mais, le droit romain interdisant aux avocats de toucher des honoraires, il me faudrait attendre le moment, plus ou moins long, de m'être fait une réputation avant de recevoir des cadeaux substantiels.

J'avais décidé de ne pas vivre chichement, impatient de profiter moi aussi du luxe que j'avais à peine entrevu lorsque quelques-uns de mes compagnons d'école m'avaient invité dans leurs demeures pleines d'objets précieux. Leur souvenir m'avait poursuivi en Macédoine où j'avais cependant accepté avec bonne humeur de coucher sous la tente, partager la ration de pain d'un légionnaire, ou boire l'eau vinaigrée d'un centurion. Ce goût du luxe et de l'apparat que j'éprouve encore aujourd'hui, confiné dans cette bibliothèque où les pièces rares ne sont pas absentes, j'ai dû l'hériter de mon aïeul qui aimait trop l'orfèvrerie. La vérité, c'est que j'étais déjà, à vingt ans, énergique et insouciant, léger et sérieux, dur et faible, simple et fastueux. Rien n'a changé après quarante ans. La vie n'aura guère abîmé que ma vessie. Pour ne rien me cacher, je dois admettre aussi que je cultivais un certain dédain des autres. Est-ce la raison profonde pour laquelle je ne me faisais aucun ami véritable ?

Agathos croyait répondre à cette question en me répétant un de ses aphorismes favoris : « Trop s'aimer soi-même, c'est s'interdire d'éprouver des sentiments d'amitié pour les autres. » Je pense que mon maître se trompait. Convaincu de ma supériorité sur les garçons de mon âge, je ne m'aimais pas pour autant. Il m'est arrivé de me détester. Plus tard, j'ai commis la grave erreur de n'avoir jamais confiance dans les hommes. Je les ai même méprisés. Mais j'avais de bonnes raisons.

Qu'il ait agi par amitié ou par intérêt, Horatius fut l'instrument du destin le jour où, me reposant dans ma chambre après un exercice, il vint me prévenir qu'un personnage important désirait me rencontrer. Sans attendre ma réponse, le centurion s'était déjà effacé devant Nicopolis dont je ne connaissais pas encore le nom. Je la reconnus aussitôt : c'était une des femmes qui venaient à l'école des gladiateurs pour y choisir le mâle dont elles avaient besoin pendant un instant. Celle-là qui m'avait désigné naguère, je ne l'avais pas oubliée.

Souvent, en Grèce ou en Macédoine, le souvenir de ses caresses m'avait conduit jusqu'au plaisir, à ce point que je la confondais avec la Vénus du jardin de l'Académie dont le souvenir me trouble encore à mon âge.

— Je suis venue chercher ma récompense, me dit-elle en souriant.

Ce sourire n'était pas celui d'une putain mais d'une grande dame romaine, au moins telle que je pouvais l'imaginer. Sorti du sommeil, à peu près nu, une toile nouée autour de mes reins, je me sentis mal à l'aise. Elle s'en aperçut, posa doucement sa main sur ma poitrine, eut l'air de me soupeser comme je l'ai vu faire aux marchands d'esclaves, et convint sans cesser de sourire :

— Tu es devenu un homme mais tu es demeuré un petit garçon. J'aime la jeunesse. Sais-tu que j'ai souvent pensé à toi ?

Elle s'était rapprochée, appuyant son ventre contre le mien. Je la bousculai sur le sol. Brève, sans un mot, notre première étreinte s'acheva dans le même cri. Plus tard, étendus côte à côte sur mon lit, fourbus tous les deux de caresses innommables, Nicopolis répéta :

— Tu me devais cette récompense.

Que voulait-elle dire ? Quel était ce mystère ? Depuis l'âge de treize ans, je m'étais fixé pour règle de ne devoir jamais rien à personne, ni argent ni gratitude. Nicopolis me révéla alors que je lui devais d'avoir été rayé de la liste des suspects.

— La première fois que je t'ai observé, il y a deux années, tu te mesurais avec un rétiaire. Tu n'avais pas l'âge, ni le corps, ni les manières d'un gladiateur. Tout de suite, j'ai deviné que tu étais un bon taurillon. Après, j'ai voulu savoir ton nom et la raison de ta présence dans un tel lieu. Horatius m'a raconté ton affaire. Ne pouvant supporter que ta vie puisse être menacée, je suis intervenue le même jour auprès du consul et j'ai fait prévenir ton père.

Ainsi, je devais à une femme mon voyage en Grèce, ma liberté, peut-être ma vie. A quelle grande famille romaine devait-elle appartenir pour obtenir si rapidement une telle décision du premier magistrat de la République ? Insolent, je lui ai demandé :

— Comment as-tu payé le consul ?

— Comme cela ! dit Nicopolis en m'enfourchant joyeusement.

Le même soir, Nicopolis m'emmena chez elle pour y souper. J'y demeurai huit ans.

Cette période de ma vie n'apparaîtra pas dans les Annales dont Epicadus assume la rédaction : elle ne mérite pas d'y figurer. Mon propos est plus personnel. Si j'ai entrepris d'allumer la lanterne de Diogène, c'est pour chercher un homme, moi, Sylla. Dans cette entreprise, il ne faut rien négliger. Semblable à une demeure, une vie se construit pierre à pierre, tuile après tuile, avec une chaux de plus ou moins bonne qualité pour lier l'ensemble. Chaque matériau compte. Médiocre ou noble, il fera partie de l'édifice, même si celui-ci se fissure et s'écroule. L'important, c'est de ne pas être englouti sous les décombres. Cette première partie de mon âge adulte n'a pas été toujours honorable, il me faut en assumer la responsabilité, sans donner dans le travers d'accuser les dieux de mes propres faiblesses.

Nicopolis avait fait bâtir sur les hauteurs du Palatin une demeure qui me parut, au moins à ce moment de ma vie, le comble du luxe et de la splendeur architecturale. Les marbres, les bronzes, les jets d'eau, les peintures murales, le nombre et la beauté des esclaves, les jardins en terrasse, tout ce que ma jeunesse avait à la fois détesté et souffert de ne pas posséder, devinrent tout à coup le décor quotidien de ma vie, comme si la Vénus du jardin de l'Académie m'eut transporté dans son palais sur l'Olympe pour me dérober à la vue des autres mortels. J'ai gardé un souvenir précis de ces premiers jours où je me laissais faire plus que je ne besognais moi-même, ayant tout à apprendre des danses de l'amour, réduites jusqu'ici aux gestes de la nécessité. Pour la première fois, je pouvais tenir entre mes jambes une femme sans vêtements. Pressée par la peur de son mari et par le besoin de son amant, Lampito n'avait jamais eu le temps de se déshabiller. En Grèce, les hétaïres de bordels se contentaient de relever leur chiton. Ici, je découvrais le mystère soyeux et tiède d'une femme mûre. Un autre mystère, celui de sa vie, Nicopolis me l'a confié dès notre première nuit, sans le moindre embarras.

Bien qu'elle ne fût pas la grande dame imaginée par mon innocence, Nicopolis n'en était pas moins un personnage de la société romaine d'alors. Fille d'une esclave affranchie d'origine ionienne, elle avait été élevée, vite déflorée et éduquée par un sénateur enrichi de rapines proconsulaires, qui en avait fait son héritière. Rare, le fait n'était pas unique, les bénéficiaires de ce genre de testament se trouvant davantage chez les garçons. Non adoptée par son protecteur, encore moins par les dames romaines pour qui elle demeurerait toujours une affranchie, Nicopolis, jeune, riche et belle, n'avait jamais été reçue par la société. Humiliée d'être ignorée des matrones, elle avait alors ouvert aux hommes sa maison, son lit et sa bourse. Quelques-uns parmi ses amants occupaient aujourd'hui les hautes magistratures de la République et lui remboursaient avec largesse l'aide consentie hier pour le financement d'une élection.

J'avais écouté Nicopolis sans broncher. Ignorant que je fusse encore des mœurs pratiquées dans ces milieux dits politiques, où chaque commis croit être un des rouages essentiels de l'Etat, je n'étais pas parvenu à mon âge sans avoir entendu ce qu'on racontait ici ou là, même à Thessalonique, sur le rôle joué à Rome par quelques courtisanes. C'est à leur table et dans leur lit, disait-on, que se décidaient le choix d'un ambassadeur, la nomination d'un général, l'attribution d'une province, la paix ou la guerre. Ces propos, je les avais toujours tenus pour commérages, et voilà que je me trouvais dans le lit d'une de ces rares femmes dont les intrigues ne me déplaisaient pas plus que le reste. Ne doutant pas que je puisse devenir, moi aussi, et avec son aide, un personnage important, j'allais lui dire sur le ton de la plaisanterie : « Pourquoi pas moi ? », mais elle m'avait déjà devancé pour soupirer :

— Avec toi, ça n'est pas la même chose.

Je m'aperçus bientôt que j'étais devenu le prisonnier de la passion et du palais de Nicopolis. Ne plus répondre à celle-là, c'était quitter celui-ci où j'avais vite trouvé mes aises, comme si j'avais toujours habité la demeure d'un prince et mangé des mets exquis dans de la vaisselle d'argent, servis par des esclaves silencieux dont les pieds nus glissaient sur des pavements de mosaïque semblables à des rivières gelées. Il me faudrait brûler d'un même feu ardent sans jamais manifester la moindre lassitude. Ces sortes de femmes qui savent conduire leurs affaires d'argent savent aussi garder la tête froide. Nicopolis pouvait me rejeter à la rue, il lui suffisait de donner l'ordre à son cocher de me reconduire à l'école des gladiateurs. Qu'avait-elle voulu dire en soupirant qu'avec moi ça n'était pas la même chose ?

Comme si elle eut compris que, malgré mon goût pour une telle vie, je ne resterais pas toujours captif de son luxe et de ses caresses, Nicopolis me déclara un jour :

— J'ai de grandes ambitions pour toi. Si tu suis mes conseils, je te promets d'aider tes premiers pas sur le chemin du cursus honorum. Un jour, tu seras consul.

Elle se tut un instant et ajouta :

— Il faudra aussi que tu m'aimes un peu.

Nicopolis avait prononcé ces derniers mots sur un ton plus grave. Une émotion dont je la croyais incapable creusa soudain son visage au point de la faire apparaître plus âgée qu'elle ne l'avouait, ou aussi vieille qu'elle l'était réellement. Je me suis efforcé de la regarder avec des yeux sans lumière tandis que je me livrais à un rapide calcul. Nicopolis prétendait avoir trente ans, mais d'après le récit de sa carrière, elle n'était pas loin d'en avoir dix de plus : elle était de ces êtres sur lesquels, étant peu sensibles aux joies ou aux chagrins, le temps ne laisse aucune trace jusqu'au jour où, tout à coup, il les massacre. Moi, j'avais vingt ans. Je devrais donc attendre sept années avant d'atteindre l'âge légal pour me présenter à la questure où je ne doutais pas d'être élu. Pendant cette période, il me faudrait tenir ferme mon propos, me laisser cajoler, jurer d'être fidèle, apprendre jusqu'où il est possible de faire un peu trop souffrir une femme qui vous a demandé de l'aimer. Parvenue au terme de cette période, Nicopolis aurait donc quarante-sept ans. Moi, je n'en aurais que vingt-sept et je n'aurais plus besoin d'elle.

Nicopolis s'était vite ressaisie. L'ombre avait disparu qui, un instant, avait alourdi son front et creusé ses joues. Je la revis telle qu'elle m'était apparue la première fois, lumineuse comme une dryade dansant dans une clairière, pulpeuse comme un fruit d'été, dominatrice et gaie. Ce jour-là, je la désirai le premier. J'arrachai sa robe : elle était aussi belle que Phryné avait dû l'être. Apaisé, je conclus que je pouvais demeurer chez Nicopolis pendant quelque temps et l'assurer que je l'aimais, sans mentir tout à fait, ni à elle, ni à moi-même. De toutes les leçons qu'elle me prodigua pendant ces huit années, j'ai au moins retenu qu'il convient de dominer ses passions, surtout amoureuses, parce que, là plus qu'ailleurs, la règle, sinon la sagesse, est de prendre sans être pris.

Ni l'un ni l'autre n'entendions garder secret le pacte que nous venions de conclure. Nicopolis se chargea de rendre notoires nos relations : pour elle, c'était une façon de montrer à Rome qu'elle pouvait s'offrir un jeune patricien ; c'était pour moi un moyen de réapparaître dans la société sans être démuni. Comment les censeurs chargés de veiller sur les mœurs pourraient-ils me reprocher d'être devenu l'amant entretenu d'une riche courtisane alors que la plupart parmi eux se ruinaient pour des gitons de quatorze ans ? Nicopolis n'appartenait à aucune grande famille de la ville mais, à sa manière, elle avait franchi elle aussi les étapes d'un cursus honorum, qui l'avait conduite à une sorte de magistrature parallèle. Je n'en fus pas moins surpris quand elle pria à un dîner de fête plus de cent convives qui s'y rendirent avec la même hâte qu'ils eussent accepté, quelques années auparavant, de répondre à une invitation de la mère des Gracques.

De ce banquet date cette période de ma vie dont le seul souvenir fait encore rougir mes oreilles. Nicopolis avait pris soin d'inscrire sur la liste de ses invités des jeunes gens de mon âge, flambeaux de la société romaine. J'en avais connu quelques-uns chez le grammaticus, le rhéteur ou à la palestre, plus tard à Athènes où nous avions partagé les mêmes émerveillements, les mêmes désillusions et les mêmes hétaïres. En fait, très fiers d'appartenir à une élite de jeunes garçons qui avaient connu le privilège d'aller parfaire leurs études là où s'étaient désaltérés les dieux, mes compagnons s'étaient surtout intéressés aux doctrines d'Epicure pour n'en retenir que l'interprétation la plus vulgaire. Liés les uns aux autres par des souvenirs communs, le même âge, un même appétit vorace de la vie, nos soucis de carrière ne faisaient pas encore de nous les adversaires impitoyables que nous sommes devenus plus tard. Nous avons formé un petit groupe auquel Nicopolis proposa parfois d'organiser à ses frais les débauches nécessaires à notre jeunesse. Les rires, l'insouciance, la gaieté de mes compagnons lui étaient devenus nécessaires. Lisant dans leurs yeux qu'elle demeurait belle et désirable, ses regards, parfois ses gestes, devenaient provocateurs, autant pour allumer ma jalousie que pour aiguiser son propre plaisir. Seul profiteur de tant d'artifices, je l'observais et la laissais faire, quitte à me venger dans son lit, la rudoyant et exigeant fibules, bracelets, bagues ou pièces d'or avant de lui accorder enfin ce qu'elle réclamait telle une ménade. Le matin, je sortais de sa chambre le visage défait. Aucune ride ne creusait le sien. Quel était ce prodige ? Je ne doutais pas que les dieux m'eussent choisi, moi, Sylla, pour en être le témoin.

Chaque soir, mes amis arrivaient chez Nicopolis où un festin les attendait. Un nombre égal de femmes était convié, souvent danseuses ou comédiennes, aussi quelques jeunes veuves, parfois des épouses intrépides venues se consoler d'une mission lointaine confiée à leur mari pour la plus grande gloire de la République. C'était l'époque des fêtes saturnales pendant lesquelles toutes les licences sont permises, mais où les femmes mariées doivent être respectées autant que les jeunes filles, même les jeunes garçons. On se contentait de manger, boire, chanter, jusqu'au moment où, sur un signe discret de Nicopolis, les esclaves éteignaient toutes les lampes. Les premiers cris de joie, surprise ou inquiétude, poussés par les convives, étaient vite submergés de rire, plaintes, râles, gémissements, bruits de vaisselle tombant à terre. Dans l'obscurité, on devinait que des couples se désunissaient pour en former d'autres, au hasard des rencontres. Ma maîtresse avait saisi mon poignet et le tenait prisonnier tandis que ma main serrait son épaule contre la mienne, nous donnant ainsi la preuve mutuelle et muette des complicités qui nous garrottaient tous les deux. Si l'un de nous s'était échappé pour participer à ces copulations anonymes, l'autre l'aurait tué.

Loin de se calmer, la tempête que nous avions

déchaînée devenait tout à coup plus violente. Telle une chienne flairant le danger, Nicopolis faisait aussitôt rallumer les lampes et donnait l'ordre aux flûtistes et aux tambourineurs de cesser de jouer. Les esclaves versaient une dernière fois du vin. Interrompus dans la besogne, des hommes vomissaient des injures, des femmes hurlaient qu'on leur avait volé leur collier. Tout finissait par se calmer. Derrière les joueurs de flûte, un cortège se dirigeait alors vers le seuil du palais où attendaient les cochers et les porteurs de torches. Un matin, nous fûmes prévenus qu'on avait trouvé une femme inanimée sous un lit. Elle était morte, étranglée, le chiton relevé sur ses cuisses. Ça n'était qu'une danseuse. Nicopolis n'attacha pas beaucoup d'importance à la chose mais, inquiète de sa propre réputation, elle décida d'interrompre ces fêtes quotidiennes avant la clôture des saturnales.

Ainsi, Nicopolis fermait sa porte au petit groupe dont j'étais devenu rapidement le chef et, du même coup, me privait de la compagnie d'hommes de mon âge. Elle me murait dans son palais. Cela, je ne pouvais pas l'accepter. Tel un cheval qu'aucun cavalier n'aurait encore réussi à débourrer, je me suis cabré. Nicopolis ne céda pas. Elle m'autorisa cependant à fréquenter mes amis autant que je le voudrais, hors de sa maison. Ne doutant pas que je rentre à l'écurie, elle me permettait quelques écarts. Comment aurait-elle pu prévoir que nous allions commettre des actes que les plus mauvais garçons des bas quartiers de Rome n'eussent jamais osé perpétrer ?

La demeure de Nicopolis nous étant interdite, il nous était impossible d'organiser dans les maisons familiales des uns et des autres des orgies semblables à celles que ma maîtresse avait décidé d'interrompre. Nous avons envahi les lupanars, les plus renommés et les plus sordides, les uns ressemblant à des palais, les autres à des gargotes. Egyptiennes aux tuniques transparentes, Syriennes aux jambes lourdes, Etrusques aux mamelles fatiguées, filles ou garçons, putains, gitons ou maquerelles, tout nous était bon. Le seuil du bordel à peine franchi, nous exigions que les clients nous laissent la place libre, occupés ou non à la besogne. Ceux qui se rebiffaient, nous les rossions et les jetions dans la rue. Maîtres du lupanar, la fête commençait. A l'aube, les plus riches payaient pour les plus démunis. Il arrivait que nous refusions de verser la moindre somme, tantôt par jeu, tantôt parce que nous n'avions pas un seul as dans notre bourse. Entourée de filles, la maîtresse du lieu se contentait le plus souvent de nous insulter. Elle appelait parfois son leno à son secours. De solides gaillards, armés de bâtons, surgis on ne sait d'où, tombaient sur nous et me prenaient toujours à partie, sans doute attirés par mes cheveux rouges. Il fallait encore se battre. J'en assommais quelques-uns sans m'en sortir indemne. Nicopolis, qui avait attendu mon retour, lavait mon visage ensanglanté, me déshabillait, me baignait et me couchait avec des gestes très doux, sans avoir prononcé le moindre reproche. C'est elle qui m'a fait regretter pour la première fois d'avoir été un petit garçon sans mère, et comprendre tout ce que mon enfance avait perdu. Notre petite bande devint bientôt plus importante. De nombreux jeunes garçons de la société voulant nous rejoindre, je dus les choisir d'après des critères impératifs. Peu soucieux de les savoir riches ou ruinés, de connaître s'ils vivaient d'emprunts ou de revenus peu avouables, j'exigeais qu'ils soient bien élevés, cultivés, gais, insolents, courageux, querelleurs, à la fois orgueilleux et près du petit peuple, impies et volontiers superstitieux. On prit l'habitude de nous voir arriver ensemble au théâtre, aux arènes ou au cirque pour applaudir ou siffler les acteurs, cochers et gladiateurs dont le succès ou l'échec dépendait de notre décision. Plus passionnés par les chevaux que par les femmes ou les garçons, quelques-uns parmi nous jouaient de grosses sommes aux courses de chars, et parvenaient à en rafler de plus grosses encore parce qu'ils avaient passé avec les valets d'écurie des accords très secrets. Tous leurs gains disparaissaient bientôt, soit reperdus, soit déboursés dans ces mêmes bordels d'où nous étions sortis un jour sans payer le leno et ses putains, mais après les avoir saccagés.

Tous les Romains n'approuvaient pas nos fredaines, surtout les nouveaux nobles et les publicains de l'ordre équestre devenus riches sans avoir pris le temps d'être jeunes, et qui vantaient avec des mines hypocrites la prétendue austérité des anciens temps. Ceux-là nous accablaient d'opprobre. Prononcés à mi-voix, leurs propos parvenaient toujours à nos oreilles et les échauffaient jusqu'au moment choisi par nous pour corriger les plus bavards. A cette époque où les édiles ne disposaient d'aucune force publique, il fallait s'entourer d'une solide escorte pour oser s'aventurer la nuit dans les venelles, impasses, passages couverts, même les rues centrales, si on ne voulait pas se faire détrousser ou égorger. Quelques-uns de nos consulaires ont ainsi payé très cher leur imprudence de n'avoir pas pris les dispositions nécessaires pour assurer leur sécurité. Plus tard, ayant été élu édile et pensant à eux, j'ai doté Rome d'un corps permanent de vigiles.

Comment avons-nous pu ainsi bafouer les lois écrites et non écrites? Nous ne respections plus rien. Une étrange rage nous possédait et nous commandait, certaines nuits où cependant nous ne nous étions pas enivrés, de profaner et de détruire tout ce qui nous tombait sous la main : meubles, échoppes, effigies, animaux, hommes et femmes roués de coups et laissés plus morts que vifs. S'il nous arriva de barbouiller des statues de dieux avec de la peinture rouge et d'en rire, je n'affirmerais pas aujourd'hui que nous étions sûrs de l'impunité. Sans doute, nous n'avions pas eu besoin de lire Anaxagore pour savoir que le soleil n'est qu'une boule de feu et non Apollon, mais nous savions aussi que, le consul Flaminius s'étant moqué des poulets sacrés avant d'engager la bataille de Trasimène, une terrible défaite l'en avait châtié le soir même. La vérité, c'est que nous avions déjà perdu le sens du sacré pour y substituer la superstition de je ne sais quelles forces mystérieuses. L'avons-nous jamais retrouvé? Le respect des dieux, même des plus grands, ne m'arrêta jamais quand, devenu chef d'armée, il me parut nécessaire, pour la survie de mes légions, de prendre l'argent caché dans les sanctuaires, mais j'invoquais et portais à mes lèvres, dans les moments les plus critiques de ma vie, une médaille d'or figurant Apollon qui ne me quittait pas. Tendrement grondeuse, Nicopolis ne manquait pas de me dire : « Ne l'enlève jamais, elle te protège ! » lorsque je revenais au mont Palatin après quelques jours d'absence et lui contais mes orgies. Parce qu'elle m'en avait fait cadeau, elle pensait peut-être que je ne lui échapperais pas tant que cette médaille pendrait sur ma poitrine.

Je revenais chez elle parce que j'avais reçu quelque mauvais coup ou que mes vêtements étaient déchirés. Le besoin d'argent me pressait davantage, tantôt pour régler des dettes de jeu, tantôt pour acheter la patience de quelque publicain à qui j'avais emprunté depuis trop longtemps. Une fois de plus, Nicopolis pansait, habillait, payait et trouvait un plaisir égal sinon comparable à celui que j'éprouvais moi-même en me laissant faire. Il arriva que je reste auprès d'elle plusieurs décades, même plusieurs mois, heureux de retrouver une cuisine délicate, de nombreux domestiques, des tuniques de soie ou de lin, des bagues et, plus que tout, une qualité de caresses auxquelles mon corps s'était plus habitué qu'à l'inquiétude des femmes mariées ou la violence des putains, les unes et les autres devenues mes compagnes de débauche. Que de nombreux personnages de la République aient naguère fréquenté la maison de Nicopolis, certains son lit, et qu'ils aient conservé un souvenir assez fidèle pour y revenir de temps à autre, cela ne me gênait pas. J'en avais profité et je comptais bien utiliser de telles relations le moment venu. En attendant, je la laissais m'apprendre son expérience des affaires comme elle m'avait initié aux pratiques de l'amour : ici ou là, je pense que mon ardeur développa mes dispositions naturelles.

La faim de nos retrouvailles à peine apaisée, Nicopolis sortait d'un coffre de lourds dossiers. Les uns concernaient des exploitations de mines, salines ou forêts, les autres des projets de travaux publics. Les documents relatifs à la ferme des impôts dans la province d'Asie étaient classés dans un coffre spécial à clef de bronze. Mes premières leçons de droit administratif, je les dois à Nicopolis. Avec elle, j'ai appris que, pour percevoir les impôts directs, les redevances des domaines de l'Etat ou le produit des douanes, le gouvernement s'adressait à des traitants. Les mieux-disants en obtenaient la ferme par adjudication après avoir fourni au Trésor public d'énormes cautions qu'ils se rembourseraient plus tard en tondant de près les contribuables. Pour construire une route, un égout ou un temple, ravitailler la flotte, fournir des armes aux légionnaires et assurer leur solde, les entrepreneurs étaient astreints aux mêmes obligations.

— Tous les citoyens peuvent donc être soumissionnaires ? ai-je demandé un jour à Nicopolis.

— Oui, répondit-elle, sauf les sénateurs, parce que ce sont eux qui rédigent le cahier des charges exigées des entrepreneurs. Tu dois comprendre, gros benêt, qu'il convient d'être respectueux de la morale quand on est un bon républicain.

Ces derniers mots, Nicopolis les avait dits en riant. Elle m'expliqua alors qu'elle était liée à plusieurs entrepreneurs qui avaient mis leurs fonds en commun pour pouvoir soumissionner les grands travaux et les grosses fermes. Les sénateurs se gardaient bien de participer à ces compagnies, mais ne répugnaient pas à communiquer à leur belle amie les éléments confidentiels des cahiers des charges connus d'eux seuls. Tantôt en espèces, tantôt en nature, Nicopolis les rémunérait de leur obligeance.

Ces explications me jetèrent dans le plus grand trouble. Quel que fût le niveau de cynisme auquel j'étais parvenu, j'avais toujours conservé au fond de moi un certain respect de l'Etat parce qu'il se confondait avec le culte de la patrie. Que la ferme des impôts, la construction des routes, la solde des légionnaires et l'exploitation du domaine public soient l'objet de telles forfaitures me révoltait. A Nicopolis qui éclata de rire, je fis part de mon indignation.

— Il était temps que je te déniaise, dit-elle. Si tu prétends faire carrière, il te faut connaître les liens plus ou moins visibles qui unissent la politique, l'administration et les affaires. Les imbéciles et ceux qui ne parviennent jamais à se faire élire ne manquent pas de proclamer que la démocratie sécrète la corruption. C'est peut-être vrai, mais celle-ci est devenue nécessaire à la bonne marche des affaires. Sans corruption, pas de chantiers, pas de marine, pas de légions, pas de perception d'impôts. A cause d'elle, le Trésor public n'est jamais vide.

J'entends encore Nicopolis me dire d'une voix railleuse et un peu vulgaire que je ne lui connaissais pas encore :

— Où crois-tu donc que je puise assez d'argent pour payer tout cela ?

Sa main désignait les objets luxueux de l'atrium. Son doigt se pointa aussi sur les bagues dont elle m'avait fait cadeau. J'ai baissé les yeux, la honte au front.

— Tu n'es plus un petit garçon, continua-t-elle. Dans deux ans, tu auras l'âge d'affronter le cursus honorum. Une campagne électorale coûte très cher, ne l'oublie jamais. Notre compagnie d'entrepreneurs et de publicains dispose d'une caisse spéciale pour obtenir les suffrages nécessaires à la victoire des questeurs, édiles ou tribuns dont le concours nous est indispensable pour obtenir des marchés. Ne joue pas avec moi l'innocence. Voilà cinq ans que tu profites de cette organisation.

Cette nuit-là, je me rappelle avoir brutalisé Nicopolis. Je la quittai à l'aube, lui ayant emprunté une forte somme.

J'avais accumulé de grosses dettes. Lassés d'être remis, mes créanciers menaçaient de saisir la maison de Baïa trouvée dans mon humble héritage. Je courus vers la Campanie et y arrivai à temps pour sauver la demeure familiale. Le couple d'affranchis auquel était confié le soin du domaine depuis de nombreuses années était demeuré fidèle sinon à moi-même, du moins aux murs, à la vigne et aux oliviers. Sans recevoir de ma part le moindre sesterce, ils avaient assuré les vendanges, les cueillettes et les moissons, soigné les bêtes, changé les tuiles rondes du toit. Ils m'accueillirent avec la déférence amicale qu'il convient de témoigner au patricien fatigué des bruits de la ville et venu chercher le silence dans sa villa des champs. Quel âge pouvaient avoir atteint ces deux vieux ? On vit longtemps à la campagne, à croire que certains maux, semblables par exemple à ceux dont je souffre aujourd'hui, n'atteignent que les citadins. A-t-on jamais vu un laboureur se plaindre de mal pisser ? C'est là une maladie de sénateur ou de général.

Je suis resté une lune à Baïa, remettant mes pas dans les chemins où mon grand-père m'avait conduit, et trouvant autant de plaisir à aider les valets de ferme à fourrager qu'à chercher des livres dans la bibliothèque. Agathos avait deviné mon goût de la solitude. « Je ne suis jamais moins seul que lorsque je suis seul » : cette réflexion de celui que nous appelons l'Africain pour le distinguer des autres Scipions, je me la suis rappelée souvent au cours d'une vie à la fois hasardeuse et calculée où j'ai dû prendre de graves décisions, tantôt en face de la multitude, tantôt en face de moi-même. A Baïa, les ombres de mon père et de mon grand-père me tinrent compagnie. Tous les deux avaient été des stoïciens sans complaisance. Etait-il possible que, là où la mort les avait conduits, Champs élyséens ou simples trous dans la terre, ils puissent juger ma conduite ? Cette question, je me la posais chaque soir, avant le sommeil, brutalement, comme on porte un coup droit en escrime. J'y trouvais toujours ces sortes de parades malhonnêtes dont usent les adolescents demeurés tricheurs pour se justifier : les mœurs d'aujourd'hui n'étaient plus celles d'hier, l'indulgence s'était substituée à la rigueur. Je n'ignorais pas non plus que nos débauches provoquaient plus de sourires que d'indignation. Parvenu à ce point de mes réflexions solitaires, je m'endormais enfin, la conscience apaisée. Le chant du coq et la corde du puits me réveillaient.

Un réveil moins bucolique me sortit un matin de mon lit. Voyageant jour et nuit, un de mes compagnons de débauche, Rutilius, arriva à Baïa tandis que je dormais encore. Il avait forcé plusieurs chevaux. Son récit me bouleversa. Dénoncés par quelque traître, tous les membres de notre groupe étaient accusés d'avoir déshonoré trois vestales. Ne souriant plus à nos fredaines, Rome réclamait cette fois le châtiment suprême pour tous ceux qui seraient compromis dans cette affaire. Choisi pour sa sévérité quand il s'agissait de défendre les antiques vertus, le vieux consulaire à qui l'enquête avait été confiée avait aussitôt mis en prison les trois vestales. Il entreprenait maintenant de dresser une liste de tous les jeunes hommes susceptibles d'avoir profané à la fois des vierges et un lieu sacré. Je n'ignorais pas les noms d'Emilia, Licinia et Maria, pas davantage ce qu'elles donnaient de bon cœur sans qu'on ait jamais besoin de les y contraindre. L'inquiétude de figurer une fois de plus sur une liste de suspects me tordit soudain le ventre au point de vouloir quitter immédiatement Baïa, partir n'importe où, mettre le plus grand nombre de milles entre moi, Sylla, et le terrible juge. De l'argent emprunté à Nicopolis, il me restait une somme suffisante pour gagner Brindes, m'y embarquer et rejoindre mes amis Achille et Patrocle, à Athènes, Rhodes ou Milet.

— N'agis pas ainsi ! s'exclama Rutilius. Tu t'accuserais. Le seul moyen de te disculper, c'est de revenir tout de suite à Rome et de t'y montrer. Absent, tu seras soupçonné, recherché, arrêté un jour ou l'autre. Ta présence plaidera pour ta bonne foi et permettra à Nicopolis de jurer que le soir du viol présumé tu étais dans son lit.

Revenir à Rome, n'était-ce pas provoquer le destin ? A la réflexion, j'ai jugé que Rutilius avait raison. J'ai pensé aussi qu'on venait de me donner une preuve d'amitié à laquelle je n'osais pas croire parce que je ne croyais pas davantage à la gratuité de tels gestes.

Rome tremblait à la pensée que le ciel pût se venger du sacrilège commis par mes compagnons et redoutait déjà d'être frappée d'un fléau comparable à celui qu'elle avait subi au temps des guerres d'Hannibal. En Numidie, la rébellion d'un certain Jugurtha tourmentait le

Sénat autant que les incursions de peuplades hier inconnues, Cimbres, Teutons, Scordisques, alarmaient les proconsuls. Pour calmer le courroux des dieux, on avait fait voter au peuple des lois interdisant les banquets trop luxueux et les représentations théâtrales trop indécentes. Pour autant, Jupiter ne paraissait pas apaisé. Soutenu par une opinion plus soucieuse de la vertu de ses filles que de l'honneur de ses élus, le vieillard chargé de l'instruction livra alors au tueur public les trois vestales et une dizaine de leurs amants. Ceux-ci et celles-là, qui avaient partagé mes jeux interdits, leur supplice me remplit d'épouvante et de pitié. Mais comment ne pas m'avouer que leur condamnation me tira plus encore d'une lourde inquiétude : elle mettait un terme aux poursuites engagées.

Cette affaire, même si j'ai échappé aux recherches d'un vieillard vertueux, n'aura pas moins changé le cours de ma vie en me faisant emprunter une voie où je ne voulais pas encore m'aventurer. Quittant Baïa, j'étais revenu une fois encore au mont Palatin. Inquiète de mon absence, heureuse de mon retour, Nicopolis s'empressa de me rassurer : redoutant le pire, elle avait fait diligence pour que mon nom fût rayé des listes où j'étais déjà inscrit. Avec quelle monnaie Nicopolis avait-elle payé le succès de son intervention ? Cette question n'a pas troublé ma conscience. Je savais maintenant que, tout étant à vendre, tout s'achetait. Ainsi, Nicopolis m'avait encore sauvé. La première fois, en venant chercher sa récompense à l'école des gladiateurs, elle m'avait fait découvrir le luxe dont je rêvais et la vie débauchée dont je connaissais maintenant les périls après que sa mauvaise odeur m'avait soudain sauté au nez. Même si l'idée m'était venue de lui témoigner quelque reconnaissance, je ne lui avais jamais adressé la moindre parole qui eût pu lui faire croire que je me considérais son débiteur. Mon sexe la payait. Nous étions quittes. Qu'elle m'ait tiré une deuxième fois des mains de l'étrangleur public ne lui conférait aucun droit. Je le lui dis, elle s'inclina. Nicopolis consentit alors à me prêter l'argent nécessaire pour louer une petite maison sur l'Aventin où je serais libre de vivre à ma guise.

Là, j'ai passé quelques décades, les plus heureuses de ma vie. Après les orgies du mont Palatin, les méfaits des mauvais garçons et le scandale des trois vestales, je retrouvais ce goût de méditer qui fut toujours pour moi inséparable du besoin d'agir. Ceux de mes compagnons qui avaient échappé eux aussi à la corde de l'étrangleur éprouvaient autant que moi la nécessité d'une vie respectable. Nous nous réunissions les uns chez les autres pour discourir sur les problèmes de la Ville, plus souvent chez notre aîné, Catulus, qui organisait des soirées littéraires. Nous y rencontrions le vieux poète Lucilius dont les satires ne ménageaient personne, ou Posidinos d'Apamée qui humanisait la doctrine stoïcienne et dissertait de l'influence de la lune sur les marées. Certains poursuivaient leurs études de droit, d'autres songeaient à se marier, les plus âgés entretenaient déjà les clients qui les soutiendraient pendant la prochaine campagne électorale. Moi-même, je m'exerçais à écrire des petites comédies, sans déchoir pour autant, puisque Scipion Emilien en avait composé lui-même quelques dizaines signées du nom de son esclave affranchi, le Numide Térence. Périodiquement, je passais la nuit auprès de Nicopolis.

Il m'est arrivé un jour de commettre l'imprudence

d'ouvrir ma porte à Aelia, la sœur de mon ami Rutilius. Elle avait seize ans. L'inconscience, peut-être l'audace, des très jeunes filles, je ne les connaissais pas encore. A dire vrai, j'ignorais tout de ces êtres intouchés, non intouchables. Son corps est vite devenu pour moi une révélation merveilleuse sans cesse recommencée jusqu'au jour où Aelia me dit en larmes qu'elle était enceinte. Je m'aperçus tout à coup que ma déesse était illettrée, sotte, goinfre, veule, pleurnicharde, autant de certitudes qui s'ajoutaient à son teint brouillé. L'enchantement avait duré deux mois. Dans d'autres circonstances, j'aurais refusé la responsabilité de l'événement ou bien j'aurais confié Aelia aux soins d'une matrone réputée pour son habileté à manier la tige de persil. Il n'en manque pas à Rome. Je dus m'interdire l'un et l'autre de ces expédients parce que je soupçonnais Aelia capable de m'accuser de l'avoir violée. Après le tumulte provoqué par l'affaire des vestales, c'en serait fait de ma carrière. Consultée, Nicopolis me traita d'abord de benêt et m'adjura de ne rien décider qui puisse compromettre, le moment venu, l'inscription de mon nom sur la liste des candidats aux élections.

Il ne me restait plus que la solution du mariage forcé. Sept mois plus tard, Cornelia est née. J'avoue n'avoir ressenti aucune émotion devant ce petit amas sanglant qu'on m'a montré pour que je le reconnaisse. Loin de m'émerveiller, je me suis demandé pourquoi la nature protège si mal les petits d'hommes. Fille d'un négociant parvenu à l'ordre équestre, Aelia avait cru devenir patricienne en épousant un Cornelius. Elle s'était trompée. Je la répudiai bientôt.

Divorcé, je ne retournai pas chez Nicopolis. Ayant échappé deux fois au tribunal et m'étant évadé d'un hymen intolérable, j'étais heureux de retrouver mes habitudes de célibataire en attendant de me remarier. A Rome, bien que le divorce soit devenu une banale formalité, on s'accorde toujours pour reconnaître dans la famille la meilleure assise de la société. Un homme âgé de vingt-cinq ans, s'il ne s'est pas marié au moins une fois, on le considère suspect de fréquenter la Vénus monstrueuse. Parce que je ne m'étais pas dérobé au devoir civique, ayant épousé Aelia et lui ayant fait un enfant, j'étais devenu un homme estimable, pas encore un citoyen respecté, mais né patricien, je ne pouvais plus me permettre une autre mésalliance. Pour siéger un jour à la Curie, il me faudrait entrer dans une de ces familles dont dépendent le pouvoir et l'argent.

Celui-ci me faisait toujours défaut. Nicopolis ne payait guère que mes dettes les plus criardes et ne m'assurait pas un train de vie auquel un Cornelius pouvait prétendre. Dans quelle mesure assumerait-elle, le moment venu, les dépenses d'une campagne électorale? Ses cadeaux ne se révélaient jamais gratuits. Utiliser son trésor personnel, ou bien les fonds de la caisse gérée par les publicains pour faire élire les candidats de leur choix, ce serait devenir prisonnier et esclave. Depuis que Nicopolis m'avait révélé les bases du système mis en place par quelques-uns pour s'emparer des plus hautes magistratures de l'Etat, je pensais plus souvent à cette période de ma jeunesse où je courais aux rostres pour entendre Caius Gracchus dénoncer ceux dont les manœuvres asservissaient le peuple pour le seul profit d'un petit nombre de nantis. Je ne reniais pas davantage le souvenir d'Agathos ou l'exemple de mon père. Je ne voulais pas non plus rompre les liens qui m'attachaient à Nicopolis.

Dans le moment où je me débattais le plus au milieu d'un tel carrefour de contradictions, j'ai eu la chance de retrouver un ancien compagnon d'études perdu de vue depuis quelques années. Ce Metellus, que nous avions surnommé Pius à cause de ses mœurs exemplaires, faisait partie du petit groupe de garçons retrouvés à Athènes. Nous avions souvent soutenu tous les deux des thèses opposées à celles des rhéteurs, visité les mêmes temples ou admiré les mêmes statues, mais Pius ne m'avait jamais accompagné chez les éphèbes négateurs, encore moins dans les bordels. Jeune homme grave, il symbolisait les vertus que je tournais volontiers en dérision, encore que je fusse prêt à les défendre l'épée à la main. Pius qui ne l'ignorait pas, témoin ou victime de mes sarcasmes, m'avait toujours témoigné une certaine admiration dont je me délectais sans en abuser trop. Mon départ inattendu pour la Macédoine nous avait séparés. Après avoir passé deux années en Grèce, Pius était rentré à Rome : c'était l'époque où je m'y conduisais le plus mal. Volontairement, m'avoua-t-il, il avait préféré ne pas me revoir et adopté une attitude de discrète désapprobation. Nos retrouvailles n'en furent pas moins amicales.

Des nombreux signes que les dieux m'adressaient et qui n'ont cessé de jalonner ma vie, cette rencontre avec Pius n'est pas le moins éclatant puisqu'elle devait faire de Sylla un familier du clan Metellus. En fait, elle prolongeait la chance qui m'avait été offerte naguère par Marcus Lentullus, en Macédoine, lorsque celui-ci m'avait chargé de porter un courrier à L. C. Metellus qui se trouvait être un des oncles de mon ami Pius. Après huit années, devenu un des personnages les plus influents de la Curie, l'ancien consul se rappelait encore l'arrivée du jeune messager couvert de poussière auquel il avait dit :

— Il est bon que les patriciens donnent l'exemple du devoir. La République aime les garçons courageux, elle se souviendra de toi.

Heureux d'avoir prononcé naguère une phrase si superbe, L. C. Metellus m'ouvrit d'autant plus larges les portes de son palais que j'étais un ancien compagnon d'études de son neveu. Tout de suite, j'ai su que ces nouvelles relations me seraient profitables, mais comment aurais-je pu imaginer que, quelques années plus tard, j'épouserais la fille d'un personnage aussi considérable ?

Le vieux légat de Macédoine ne m'avait pas trompé : les Metelli, on les voyait partout. Ils occupaient la Curie, l'administration, l'armée, les ambassades. Les plus âgés, qui avaient déjà atteint la magistrature suprême et connu les honneurs du triomphe, apprenaient aux plus jeunes ce qu'il convient d'entreprendre ou d'éviter pour devenir et demeurer un homme public. Nicopolis m'avait donné quelques leçons relevant de pratiques assez sordides, les Metelli m'ont ouvert l'esprit sur les grands problèmes auxquels un consul en exercice est confronté tous les jours. Avec eux, j'ai compris comment Rome avait été amenée à lancer les légions d'abord sur l'Italie, bientôt en Afrique, en Gaule, en Espagne, en Grèce, en Asie. Nos sénateurs avaient-ils conçu un tel plan d'expansion territoriale ? Je ne le pense pas. Les assemblées élues sont peu capables d'imaginer, à plus forte raison de construire l'avenir. J'ai retenu cette réflexion de notre hôte :

— Les Samnites disent que les Romains sont un peuple de loups. Nous sommes des loups organisés, soucieux de mettre le droit autant que les dieux de notre côté. Voilà ce qui fera un jour la grandeur de Rome. La vérité, c'est qu'on se bat pour prendre ce qu'il y a sur l'autre versant du col, sur l'autre rive du fleuve, au-delà de la mer. Il n'y a pas de guerre sans butin. Tout le reste est palabre.

Quelle meilleure école politique aurais-je pu trouver que cette famille Metella où j'apprenais les moyens les plus sûrs d'affronter ou de déjouer les pièges du cursus honorum pour m'installer enfin dans la sécurité d'une haute charge ? Les exemples que j'avais sous les yeux me prouvaient la nécessité, sinon de descendre d'une famille où la tradition de la fonction publique est honorée, au moins d'appartenir à un clan décidé à soutenir ses candidats contre l'audace des hommes nouveaux. J'observais que, devant les urnes, le mérite est moins nécessaire que l'éloquence, le savoir moins utile que le savoir-faire, la ruse plus indispensable que l'honnêteté. Tous ces Metelli que je regardais sans les admirer, et dont une dizaine avaient accédé aux hautes magistratures, étaient loin cependant d'être des demi-dieux. Pius, bon garçon, cultivé et scrupuleux, je l'aimais bien, mais à l'idée qu'il pourrait parvenir un jour au sommet de l'Etat, tandis que moi, Sylla, je n'atteindrais peut-être même pas le tribunat, la révolte grondait dans ma tête. Pourquoi pas moi ?

Cette pensée s'est développée avec d'autant plus de rapidité que de très graves événements survenus en Numidie ne manquèrent pas de la nourrir : fuyant honteusement devant les bandes de Jugurtha, une armée romaine s'était rendue avec armes et bagages en rase campagne. Parvenue à Rome, la nouvelle d'un tel désastre atterrait tous les citoyens et leur faisait craindre les pires infortunes. Ce Jugurtha n'était-il pas un nouvel Hannibal contre lequel la République devrait bientôt mobiliser tous ses fils ? Le rebelle avait déjà défait deux consuls, l'un par la ruse, peut-être par l'or, l'autre par les armes.

Dans l'entourage immédiat du père de mon ami Pius, candidat aux prochaines élections, nous étions quelques-uns à manifester notre impatience et notre colère devant l'incapacité des sénateurs chargés d'enquêter sur ces affaires d'où montait une puanteur de corruption. De nous tous, un certain Marius se montrait le plus virulent et le plus brutal dans ses propos. Si nous sommes devenus plus tard des ennemis, je n'oublie pas aujourd'hui l'amitié que me témoigna ce personnage qui fut un grand soldat avant de devenir un détestable chef d'Etat.

Bien qu'il fût plus âgé d'une vingtaine d'années, Marius faisait partie de notre cercle malgré ses origines paysannes et le dédain qu'il affectait envers ceux dont l'esprit s'ornait de quelques études. Son âge, son manque de manières sinon sa grossièreté, ses hâbleries, son ignorance du grec, tout nous éloignait de ce vieil officier sorti du rang qui avait conquis ses grades et ses phalères à la pointe du javelot, plus tard de l'épée. Moi, c'est tout ce que les autres lui reprochaient qui m'attirait vers lui, son intransigeance, sa brutalité, ses colères, surtout sa bravoure : devenu préfet de légion, il se battait toujours au premier rang et partageait volontiers la ration du soldat. Naguère un Metellus, commandant en chef en Espagne, remarquant son ardeur et son sens du combat, l'avait poussé vers les hauts grades. Plus tard, il l'avait fait élire tribun du peuple et même préteur avant de le marier à une fille de petite noblesse. Cette histoire m'émerveillait. Elle tenait pour moi du prodige, je l'apparentais à quelque épisode homérique, et je me demandais parfois si, pour sauver Rome de la défaite et de la trahison, il ne serait pas nécessaire que des hommes nouveaux, tel ce Marius, puissent obtenir la magistrature suprême ? Dans le même moment, j'avais conscience que moi, Sylla, je n'étais pas indifférent à Marius. Il m'observait, demandait souvent mon avis et en tenait compte. Je pense même que mon comportement naturel, ma façon de m'exprimer, mon éducation patricienne, si contraires à sa manière d'être, provoquaient en lui des sentiments contradictoires où une jalousie puérile se mêlait curieusement à une sorte d'admiration honteuse contre laquelle il se révoltait.

L'élection au consulat du père de mon ami Pius apaisa notre crainte de voir un jour prochain les Africains débarquer en Italie et menacer Rome. Je ne doutais plus que le sort du chef rebelle fût bientôt réglé quand j'appris que le même Metellus, désigné pour le commandement des légions en Numidie, avait choisi Marius pour adjoint. Réputés l'un et l'autre pour leur énergie autant que pour leur honnêteté, Metellus représentait le parti des nobles, et son légat, celui des populaires. Le jour de leur départ, je me suis senti d'autant plus seul que le nouveau consul emmenait avec lui son fils, mon ami Pius. Dans d'autres circonstances, je n'aurais pas manqué de partir moi aussi pour l'Afrique. Tout m'y invitait : ma confiance dans les chefs d'une nouvelle armée, mon goût de participer à de grandes choses et de m'y distinguer, ma certitude que, pour faire carrière, il convient d'avoir été un soldat heureux. Je n'ai suivi ni Metellus, ni Marius, ni Pius, parce que, déjà fixée, la date de mon prochain remariage me retenait à Rome.

Cette nouvelle, je l'avais tenue secrète. Lorsque je l'ai annoncée à Nicopolis, j'ai vu son visage se durcir : cela lui arrivait chaque fois que je lui tenais tête au cours d'une discussion, ou que j'avais besoin d'argent. S'agissant d'Aelia, la nécessité d'épouser où je m'étais trouvé l'avait contrainte à se taire, voire à m'aider. Cette fois, elle comprit tout de suite ma volonté d'engager désormais ma vie dans une voie qui m'éloignait d'elle d'une façon définitive. Nicopolis parut l'admettre en souriant et convint qu'arrivé à mon âge, il était normal que je veuille fonder une famille. Elle ne put s'empêcher de demander, perfide :

— J'espère que tu ne vas pas t'établir pour une simple question d'argent. De quelle somme as-tu besoin ?

Il fallut lui raconter que ma fiancée, rencontrée chez les Metelli, appartenait à une famille patricienne moins illustre que celle des Corneli, mais alliée à celle des Claude. J'ai dit aussi que Clelia avait vingt ans, qu'elle était blonde, douce, vertueuse, savait un peu de grec, et que sa dot me permettrait de justifier auprès du censeur les quatre cent mille sesterces qu'un citoyen romain doit au moins posséder pour faire acte de candidature aux élections. C'était signifier à Nicopolis que je n'avais plus besoin d'elle. Elle ne broncha pas. Dans les premières années de notre liaison, il m'était arrivé de la faire souffrir, par simple jeu, comme au temps de mon enfance lorsque je m'amusais à arracher les ailes d'une mouche. Cette fois, ne jouant plus, il m'a fallu lui dire que si elle voulait toujours aider ma carrière, nous ne devrions plus jamais nous revoir. La cruauté exprimée par ces mots, je l'ai ressentie autant que Nicopolis et j'ai dû me faire violence pour ne pas retomber dans le lit de cette femme qui m'avait aimé, comblé, pardonné. Après huit années, elle m'apparaissait toujours aussi désirable, aussi tiède que la Vénus du jardin de l'Académie inondée de ma semence de jeune homme, une nuit de lune à Athènes. Troublé, j'ai dit tout bas :

— Tu es encore belle !

— Encore ? répondit-elle à ma maladresse, plus bas que moi.

Je la désirais toujours. Tout allait recommencer comme autrefois. Je me suis élancé vers elle. D'un geste impérieux, Nicopolis m'a montré la porte de sa chambre :

— Va-t'en ! dit-elle.

Sa voix avait pris le ton de commandement affecté par les centurions. Je suis parti à reculons.

Mon mariage avec Clelia a été célébré quelques jours plus tard, avec la solennité qui convient à l'union de deux glorieuses familles. Acte religieux, le grand pontife et le flamine de Jupiter y assistaient, entourés de dix témoins choisis parmi les personnages les plus importants de la société romaine.

Le lendemain de mes noces, le majordome de Nicopolis est venu m'annoncer la mort de sa maîtresse. Immédiatement, je me suis rendu au mont Palatin.

Nicopolis, vêtue d'une robe de fête et ornée de bijoux, était étendue sur un lit de parade dressé au milieu de l'atrium. Son visage raviné de rides, taché de meurtrissures, était horrible à voir malgré la couche de fard étendue par l'ornatrix. J'avais quitté une déesse, je retrouvais un cadavre. L'immortelle qui l'avait habitée était retournée dans l'Olympe, abandonnant une dépouille semblable à ces vieilles femmes qui jettent des sorts. Saisi d'épouvante, je me suis sauvé.

V

Les manuscrits sont semblables aux vins, il faut laisser à la lie le temps de tomber au fond de la bouteille. Levé avant le soleil, me voici installé devant la table où je viens de relire la narration entreprise le mois dernier, interrompue pendant plusieurs jours. J'ai relu ces pages, j'en ai déchiré quelques-unes. Sans doute ai-je eu tort. Agissant ainsi, je me suis conduit comme un scribe, alors que je m'étais promis de n'être plus qu'un homme en face de soi. Dans la recherche que j'entreprends, il n'est pas de grands ou de petits souvenirs. Tous demeurent des témoins d'égale valeur. Les uns et les autres interviennent au moment précis où je les sollicite sans faire le moindre effort de mémoire. Ainsi, je me persuade chaque jour davantage que le Sylla d'aujourd'hui n'est pas tout à fait le même que celui d'hier. Quel géomètre d'Alexandrie assura-t-il qu'une ligne droite ou courbe est faite d'une quantité innombrable de points infinitésimaux ? Avant de devenir ma mémoire, ces points ont été des visages, des paroles prononcées ou entendues, des odeurs, des paysages, des sentiments inavoués ou généreux, des plaisirs et des chagrins, des actes dont je suis honteux et d'autres qui demeurent ma fierté. Ils ont fait de moi ce que je suis devenu ce matin, le spectateur des trente premières années de ma vie.

Le jour se lève. J'ai passé une bonne nuit après avoir donné assez de plaisir à Valeria pour la voir s'écrouler dans le sommeil après l'amour. Cela m'arrive encore. Elle ne se doute de rien. Mon médecin me fait prendre plusieurs drogues de sa composition, les unes apaisent la douleur, les autres m'aident à pisser, les troisièmes me permettent d'honorer encore Vénus. Par la fenêtre ouverte de la bibliothèque, j'écoute les premiers bruits de la campagne qui s'éveille. Pourquoi Rome n'enfanterait-elle pas un poète qui chanterait les travaux des champs, l'odeur du pressoir ou le miel des abeilles ? J'aurais pu être celui-là si, au lieu de consacrer ma vie aux affaires de la République, j'avais agrandi le domaine familial, planté des oliviers et de la vigne, écrit des poèmes bucoliques à la manière de Théocrite dont je sais encore par cœur plusieurs strophes. Demeuré obscur, fuyant les honneurs, j'aurais conservé quelques amis sûrs. J'ai peut-être manqué ma vie.

Chaque fois que je suis revenu en Campanie, j'ai entendu cet appel de la terre, des animaux, des arbres, des bêtes dans l'étable, des oiseaux dans le ciel, tout ce que nous appelons aujourd'hui la nature. Tous me disaient que je ne trouverais pas autre part ma vérité. Je les écoutais avec complaisance et je rentrais à Rome comme si je les fuyais.

Lorsque je suis sorti de la maison de Nicopolis où je venais de voir son cadavre, j'ai couru jusqu'ici où je me suis réfugié bien que mon mariage avec Clelia eût été célébré la veille. Un messager est arrivé quelques jours plus tard à Baïa pour m'apprendre que Nicopolis m'avait légué tous ses biens, meubles et immeubles.

Ceux-là valaient plusieurs millions de sesterces. Mon désir d'entrer rapidement en possession l'emporta sur mon besoin d'être seul. Je suis aussitôt parti pour la Ville. Pourquoi n'aurais-je pas été satisfait d'un tel héritage ? Seuls les riches dédaignent l'argent. Je ne l'étais pas encore.

Personne n'osa critiquer, au moins en ma présence, l'origine de ma fortune : on me savait très prompt à la violence. Né Cornelius, je venais d'épouser une fille de la gens Claudia et voilà que les dieux déversaient sur notre union les trésors d'une corne d'abondance. Ma position s'en trouva renforcée à ce point que la société oublia définitivement l'œil crevé de Lucinus, mon séjour chez les gladiateurs, ma vie de débauche protégée par une putain fastueuse, et voulut honorer le descendant direct d'une illustre famille qui avait donné à la République de grands serviteurs. Je n'étais pas devenu seulement propriétaire de la demeure que Nicopolis avait fait construire sur le Palatin, mais de deux latifundia situées en pays étrusque et de nombreuses parts dans des sociétés de publicains chargées de la ferme des impôts. Plus jeune, au temps où j'enrageais de voir des imbéciles, gros de leur suffisance, se pavaner dans leurs palais de marbre servis par trois cents domestiques, si Jupiter m'eut comblé d'une telle pluie d'or, j'aurais peuplé ma maison d'esclaves, mon lit de jolies filles, mes écuries de chevaux syriens, mon vivier de murènes. J'avais connu tout cela, sans rien posséder, sauf le modeste domaine de Baïa. Devenu riche, j'étais bien décidé à vivre comme je l'entendais : coucher sur un matelas doux et large, semblable à ceux que Nicopolis m'avait fait découvrir, ou bien dormir sur une natte de cordes si j'en avais envie, fréquenter un préteur ou un comédien, dîner d'une lamproie au vin rouge ou d'une galette de blé. Dès le moment que j'eus entre les mains les titres de propriété qui faisaient de moi un multimillionnaire, la servilité de tous ceux que je rencontrais, homme ou femme, citoyen anonyme ou consulaire, centurion ou légat, sénateur ou scribe, édile ou publicain, me persuada que la possession de l'argent ouvre la route au pouvoir. Ma décision fut vite prise d'être candidat aux prochaines élections.

Quelques jours après mon retour de Baïa, le temps des fumigations funèbres passé, je m'étais installé au Palatin, dans la demeure qui m'appartenait désormais. Au nom de quelles convenances aurais-je attendu? Plusieurs bijoux de grande valeur avaient déjà disparu. Bien qu'elle n'eût que vingt ans, ma femme prit vite la direction de la maison, renvoya l'intendant avec une cinquantaine de domestiques, et entreprit de dresser un inventaire de nos objets les plus précieux. Clelia avait été élevée selon les vieilles traditions et entendait que l'ordre régnât sous son toit, palais ou modeste villa. Je m'en suis félicité. A Rome où tout est permis, on exige des élus que leurs épouses pratiquent les vertus ménagères parce qu'il est rassurant pour le peuple de savoir que la femme du consul dirige elle-même le train de sa maison et épluche les comptes du cuisinier. Avec Clelia, j'étais tranquille. Sans doute le plaisir qu'elle me donnait au lit se résumait-il à peu de chose, mais je ne m'étais pas marié pour qu'elle me fasse l'amour. Je ne lui demandais que de me faire des enfants, sachant qu'une nombreuse famille joue, dans une campagne électorale, un rôle aussi important qu'une cohorte de clients bien rémunérés. Pour la finance et la politique, toutes deux inséparables, je m'en remis à un vieux sénateur qui connaissait mieux que d'autres la pratique des élections. Faute d'avoir jamais obtenu une magistrature fructueuse au cours de sa carrière, Cassius ne s'était pas enrichi. Il accepta de me vendre son expérience des urnes. Grâce à lui, j'ai engagé plusieurs secrétaires et un groupe de jeunes gens chargés de réunir autour de moi, dès mon lever, un cortège de citoyens qui m'ont accompagné partout où je me rendais. Parmi eux, on pouvait dénombrer quelques nobles et des chevaliers, mais aussi des petites gens de condition modeste et un plus grand nombre d'individus avec lesquels je n'aurais jamais pensé échanger un jour le moindre regard. Rétif à la pensée de devoir caresser cette racaille, il fallut me rendre aux bonnes raisons de Cassius :

— La situation de candidat, me fit-il observer, présente cet avantage : tu peux sans honte admettre dans ton entourage des gens qu'en d'autres circonstances tes esclaves éloigneraient du vestibule de ta maison. Donneleur du « mes amis » en te frappant la poitrine. En retour, ils frapperont à ta bourse mais ils te donneront leurs voix. Apprends par cœur leurs noms, même celui de leurs enfants, feins de t'intéresser à leurs problèmes quotidiens, laisse couler sur ton visage le miel apparent de la bonté, adapte ton langage aux façons de penser et de sentir de tous ceux que tu abordes. Promets toujours, même l'impossible : les électeurs oublient les mensonges d'un candidat, ils ne lui pardonnent jamais un refus.

Chaque matin, entouré de mon escorte, je me suis trouvé au Forum au milieu de la foule romaine, bavarde et agitée, avide d'apprendre des secrets politiques et empressée de les colporter. On prit l'habitude de m'y rencontrer, bientôt de me demander mon avis sur telle ou telle question. Comme au temps de ma jeunesse, je me tenais devant la tribune aux harangues, écoutant des orateurs auxquels je donnais parfois la contradiction pour m'exercer à parler devant la multitude. Mon style n'est pas celui d'un rhéteur, j'aime les discours brefs, incisifs, allant tout de suite au but et appelant les choses par leur nom. Cette manière de s'exprimer plaît surtout aux soldats parce qu'il est difficile d'en conter à des hommes dont le métier est de tuer ou d'être tué. Au Forum, le populaire préfère l'emphase des mauvais comédiens tel ce Petrus Mauricius, personnage ridicule et pompeux que ni Plaute ni Térence n'eussent osé inventer et qui fut élu cependant consul. M'adaptant à l'éloquence des rostres, je dus corriger la sécheresse de mes interventions. J'ai appris aussi à fignoler la phrase arrondie et à simuler l'onction magistrale. La démocratie exige d'un candidat qu'il présente un visage grave et adopte le ton d'un jurisconsulte. Cela masque l'ignorance, farde la duperie et rassure le peuple. A Rome, depuis les premiers rois, tout le monde connaît le nom de ma famille mais, à ce moment de ma vie, on m'ignorait encore, mes nombreuses aventures et mes deux mariages n'ayant intéressé que ce petit nombre de personnes qui croient faire, à elles seules, la société. Dirigé par un mentor bien rétribué, mes secrétaires n'hésitèrent pas à me présenter comme le meilleur modèle des hommes de ma génération. Je les entends encore vanter mes mérites, ma grande culture, ma piété filiale, le sens civique dont j'avais fait preuve en m'engageant dans une armée opérant en Macédoine, ma mission dangereuse auprès de Metellus Dalmaticus.

Soldat exemplaire, j'étais aussi bon époux que bon père de famille.

— En Lucius Cornelius Sylla, concluaient-ils, Rome retrouve le parfait continuateur d'une lignée d'hommes dévoués au bien public, au culte des dieux protecteurs et à la grandeur de la République.

Le trait était-il trop forcé ? Etant seul à le penser, j'en ai déduit que le peuple romain, semblable au plus piètre histrion ou au plus médiocre écrivain, exige que l'éloge soit démesuré. Il se trouva cependant quelques sénateurs pour s'inquiéter de mon passé. Mon conseiller leur dit : « Il est moins dangereux pour la cité d'avoir été un jeune homme dissipé que d'être un vieillard désordonné. »

Cette parole admirable rendit muets ces vertueux pères conscrits dont l'inconduite était à la fois clandestine et notoire.

On connaît tout en fréquentant le Forum : les nouvelles les plus sérieuses et les commérages les plus drôles, les mariages et les décès, l'arrivée de la flotte frumentaire à Ostie, la dernière mode pour nouer le cordon de sa tunique, la victoire ou la débâcle d'une légion, l'indigestion d'un tribun ou la venue d'une ambassade égyptienne. Chacun prétend être le premier et le mieux informé, qu'il s'agisse d'un secret d'Etat ou de l'infortune d'un mari trop confiant. Certains bruits dont on ne sait la source s'éteignent à peine entendus. Au contraire, des rumeurs sans fondement, nées on ne sait où, circulent de bouche à oreille et deviennent tout à coup des affaires qui seront consignées dans les annales. A Rome, le Forum crée l'événement. Si on en interdisait l'accès, il ne se passerait plus rien.

Avant d'en être averti par les lettres de mon ami Pius,

le Forum m'avait déjà fait connaître les dangers courus en Numidie par le corps expéditionnaire. Après avoir dû reprendre en main les troupes avachies par de trop nombreuses défaites, Metellus les avait enfin conduites en pays ennemi. Insaisissables, habiles à se dissimuler dans le moindre pli du terrain, les cavaliers numides fondaient soudain sur nos arrières et disparaissaient aussitôt. Le consul était cependant parvenu à engager et gagner une bataille d'où il était sorti plus affaibli que son adversaire, mais qui lui avait permis d'obtenir du Sénat la prorogation de son commandement. L'intérêt que je portais aux questions militaires me faisait regretter de n'être pas parti en Afrique avec les autres et m'invitait à m'inquiéter des nouvelles officielles ou officieuses souvent contradictoires, qui en parvenaient. De celles-ci, on pouvait déduire que Jugurtha, malgré quelques succcès sans lendemain remportés par les nôtres, nous contraignait à des opérations de guérilla où nos légions, empêtrées dans leur lourd appareil, ne parvenaient pas à se mouvoir sans être immédiatement repérées et harcelées.

Ce ne fut d'abord qu'un murmure, bientôt une rumeur, plus tard la grande question débattue par les habitués du Forum, que ceux-ci soient magistrats ou gargotiers, publicains ou vétérans. Le Sénat avait-il eu raison de confirmer Metellus dans son commandement pour une année supplémentaire alors que les résultats obtenus en Numidie ne correspondaient ni aux promesses du consul ni aux crédits de campagne consentis par le Trésor public, encore moins aux espérances du peuple? Quel que fût mon attachement au clan des Metelli, je me rendais compte, comme la plupart des Romains, que cette guerre traînait trop en longueur.

Nous n'avions jamais remporté de succès décisif. Au contraire, il nous était arrivé de tomber dans des pièges grossiers organisés par Jugurtha devenu maître de la guerre invisible. D'évidence, la conduite des opérations en Numidie exigeait d'autres plans. Parvenu au faîte de sa carrière, un général en chef peut-il s'adapter à des situations imprévues qui bouleversent ses principes de commandement et d'action ? De telles questions, je n'étais pas seul à les poser, tantôt à moi-même, tantôt à mes clients. Impatients d'entreprendre en Afrique, des négociants, gens d'affaires, autres publicains auxquels s'alliait curieusement le populaire, réclamaient le rappel immédiat de Metellus. Par définition, une conjuration n'est jamais spontanée. Qui donc avait noué et tirait les fils de celle-là ? Ayant subi plus d'une traverse et connu quelques déceptions, je ne me faisais guère d'illusions quant à la vertu des hommes dont, par disposition naturelle, je doutais depuis mon enfance, mais je croyais encore à la fraternité des compagnons d'armes. Surprise, tristesse ou dégoût, j'ignore quel sentiment l'emporta quand je sus que Marius, le propre légat du général, animait lui-même ce complot en écrivant ou faisant écrire des lettres destinées à ruiner le crédit de Metellus. Acheminées jusqu'au Forum par des chemins secrets, elles avaient atteint leur but en troublant la conscience du plus grand nombre. Dès lors, tout devenait clair : Marius briguait la place de Metellus. Un message de mon ami Pius m'apprit bientôt que son père, après s'y être opposé, avait finalement accordé à son légat la permission de se présenter aux prochaines élections.

Depuis la mort de Caius Gracchus, je n'avais pas vu une telle multitude, entendu de telles clameurs envahir les rues. Arrivé la veille à Rome, Marius occupait déjà la tribune aux harangues. Simples curieux, adversaires déterminés ou partisans exaltés étaient accourus pour soutenir ou huer ce soldat sorti du rang et parvenu aux grades élevés, qui demandait aujourd'hui qu'on lui confie la direction des affaires de la République avec le commandement de l'armée. Son visage massif, ses épaules énormes, ses poignets de forgeron, la lourdeur de sa taille, autant que la sonorité de sa voix faite pour commander sur le champ de bataille, composaient un de ces personnages dont la simplicité brutale plaît au peuple et lui fait croire qu'il a enfin trouvé un homme loyal, honnête et de jugement solide. Moi-même, je n'y étais pas insensible.

— Mes adversaires, disait Marius, sont défendus par l'ancienneté de leur famille, les exploits de leurs ancêtres, la fortune de leurs parents. Personne n'a été noble devant moi, c'est vrai. Ne vaut-il pas mieux créer soi-même sa noblesse que d'avilir celle qu'on a reçue ? A ces hommes pleins de vanité, comparez, citoyens, l'homme nouveau que je suis. Ce qu'ils ont appris dans les livres, je le sais, moi, par mes campagnes. Pour mériter vos suffrages, il m'est impossible d'étaler sous vos yeux les statues de mes aïeux, mais je puis vous montrer mes blessures. Vous verrez qu'elles ont toujours été reçues face à l'ennemi : voilà ma noblesse.

J'ai conservé la mémoire de ces harangues dont la démagogie avait au moins le mérite de la franchise. Elles m'avaient jeté dans un trouble d'autant plus grand que je me présentais moi-même à ces élections pour obtenir la questure, première étape d'une carrière politique qui pourrait me conduire, moi aussi, dans quelques années, à la magistrature suprême avec le soutien des sénateurs. Si Marius était élu dans le moment que je deviendrais moi-même questeur, le nouveau consul pouvait, sinon aider ma fortune, au moins ne pas s'y opposer. Encore faudrait-il que je ne me compromette pas dans le camp de ses adversaires où me situaient déjà mon nom, ma position patricienne, mon récent mariage, mon affiliation au clan Metellus, voire l'argent hérité de Nicopolis. Me rallier à Marius, c'était trahir le clan Metellus auquel je devais mon retour dans la haute société romaine, et provoquer des ressentiments dont j'aurais à pâtir longtemps. Pouvais-je prendre un tel risque alors que je n'étais pas sûr des véritables sentiments que pouvait éprouver Marius pour Sylla ? Dans ses harangues, le candidat au consulat ne s'était pas contenté de proclamer avec orgueil sa basse origine, il avait aussi fustigé ceux qui se déshonoraient dans la débauche. J'entends encore sa voix pleine de fureur : « Je connais des Romains de haute lignée dont la jeunesse s'est vautrée dans l'orgie, la boisson et le stupre. Eh bien, qu'ils continuent à boire et à forniquer, qu'ils demeurent les esclaves de leur ventre et de leur bas-ventre, mais qu'ils nous laissent la sueur, la poussière et le soin de la République ! » L'allusion était trop nette pour que je n'y reconnaisse pas mon propre portrait.

Quelques jours avant la date fixée pour le scrutin, Marius me fit demander un entretien sans témoin. Etait-ce pour me tirer de l'embarras où je me trouvais ? Il arriva au milieu de la nuit, protégé par une mince escorte de cavaliers. Nous nous enfermâmes tous les deux dans un cabinet décoré d'objets précieux que le futur consul affecta d'ignorer. Marius alla droit au but. Je résume ses paroles :

— Je vais être consul, et toi questeur. Ma victoire à ces élections est aussi certaine que la tienne. Le peuple votera pour moi, la noblesse pour toi. Il faut que nous nous entendions tous les deux pour réussir là où les autres ont échoué : briser Jugurtha. J'ai brigué le commandement de l'armée parce que je suis sûr d'être le plus apte à l'assumer. Metellus a obtenu quelques succès mais il est trop lent et il n'a pas su préparer ses forces à la guérilla. Il faut inventer de nouvelles méthodes, refuser la routine, secouer les centurions empêtrés dans des traditions sans valeur. Parallèlement à la guerre d'embuscade que je vais mener moi aussi, il faudra imaginer des actions plus secrètes qui saperont tout le pays numide sous les pieds de Jugurtha sans même qu'il s'en doute. Les autres consuls ont fait massacrer des cohortes entières pour obtenir des gains dérisoires, sauf le butin dont ils se sont gorgés. Moi, je veux enchaîner Jugurtha et le ramener vivant à Rome. Cette affaire difficile, ça n'est pas avec des épées ou des machines de siège que nous la réussirons. Elle devra être conduite dans l'ombre, avec sang-froid et ruse, une bonne foi apparente, une absence totale de scrupules et une certaine habitude de distribuer l'argent où il convient. Je la confierai à un de mes lieutenants immédiats. Veux-tu être celui-là ? Ne me dis pas que l'affectation des questeurs doit être tirée au sort, rappelle-toi plutôt que, semblable aux dés, le destin ne refuse jamais un adroit coup de main. Je connais les liens qui t'attachent aux Metelli. Oublie-les. Les hommes tels que nous font taire leurs scrupules quand il y va du salut de la patrie.

Quelques jours plus tard, nous étions élus tous les deux et j'avais accepté la proposition de Marius. Je n'ai pas oublié le moment où nous nous sommes présentés devant les citoyens. Pour montrer sa détermination à assumer le commandement de l'armée d'Afrique, le nouveau consul avait revêtu une cuirasse sur laquelle flamboyait un paludamentum écarlate. La foule l'acclama avec frénésie. Observant sa joie grossière à se vautrer dans les clameurs de la populace, j'aurais dû me méfier davantage. J'ai seulement souri et pensé que l'habitude de la pourpre corrigerait bientôt la vulgarité d'un soldat sans naissance. Moi-même, né Cornelius, je ne fus pas insensible aux applaudissements qui me saluèrent, lorsque j'ai traversé Rome, précédé de deux licteurs porteurs de faisceaux pour me rendre dans ma maison du Palatin où m'attendaient des musiciens et des porteurs de flambeaux. Préparée par les soins de Clelia, la fête donnée en l'honneur de mon élection dura jusqu'à l'aube. Tous les invités de notre récent mariage étaient présents. Aucun ne manquait parmi ceux-là dont les familles sont installées depuis plusieurs générations dans les grandes charges de l'Etat. Ils étaient tous revenus, comme s'ils avaient voulu m'enfermer dans leur appareil et m'opposer à l'homme nouveau que la plèbe venait de porter au pouvoir.

De l'accord secret passé avec Marius, personne n'eut jamais connaissance. A cette époque, Rome élisait chaque année quatre questeurs chargés de gérer les finances de l'Etat. Mon affectation en Numidie est toujours demeurée pour moi un mystère. Sans l'aide du nouveau consul, j'aurais été confiné, soit au Trésor public, soit auprès de quelque gouverneur de province, dans des besognes administratives pour lesquelles je n'éprouvais aucun goût, mes dispositions naturelles m'inclinant davantage aux dépenses qu'aux recettes.

« La situation du questeur aux armées est différente, m'avait expliqué Marius. Il ne s'occupe pas des seuls problèmes d'approvisionnement ou des questions comptables. Trésorier-payeur, il est surtout le collaborateur immédiat du consul. »

Si décidé que je fusse à devenir le confident du général, j'entendais demeurer très fidèle à mes amis Metelli.

Sauf au moment de la dernière décision, un bon chef militaire c'est d'abord une équipe : j'en eus la révélation pendant ces quelques mois passés à Rome avant de rejoindre les légions en Numidie. Marius avait réuni autour de lui un conseil permanent de six officiers pour l'aider à préparer la prochaine campagne. Sauf moi, nouveau venu dans l'armée par le jeu de je ne sais quel adroit coup de dés, ils avaient tous fait carrière dans la troupe, parlaient le même langage, se comprenaient à mi-mot, exprimaient des idées simples. Il y avait là des officiers de haut grade et un centurion. Liés les uns aux autres par de nombreux souvenirs communs qu'ils évoquaient avec bonne humeur, il leur arrivait d'être entraînés dans ces bavardages enfantins où se complaisent les militaires. Leur chef les rappelait alors à l'ordre avec une brutalité apparente, mais, le travail fini, les invitait à dîner et les emmenait au bordel. Ma condition de jeune marié me permit parfois de ne pas les accompagner dans ces maisons que je connaissais mieux qu'eux tous.

J'ai noté que Marius interrogeait souvent ses compagnons, non pas tant pour connaître leur avis que pour leur donner l'illusion de participer à l'élaboration des plans médités par lui seul. Il lui arrivait d'en tenir compte, mais il trouvait un malin plaisir à opposer, lors d'une discussion serrée, l'opinion de son légat à celle du centurion. Moi qui ne savais rien, j'ai appris, pendant ces réunions, tout le soin qu'un chef de guerre doit apporter aux équipements comme aux approvisionnements, qu'il s'agisse des armes de jet ou des plus grandes machines de siège. La minutie apportée par Marcus Lentullus pour monter les opérations de police dont j'avais été témoin en Macédoine, Marius la décuplait à ce point qu'on eût pu penser qu'un tel souci du détail relevait davantage d'un gradé que d'un général. L'expérience m'a montré plus tard que, faute d'avoir été préparée avec rigueur, une bataille peut être perdue sur le terrain par des soldats cependant valeureux. Je n'ai jamais oublié les leçons de Marius. Il m'apprit aussi que les situations à imaginer et les problèmes à résoudre demeurent, pendant une campagne, toujours les mêmes et n'exigent pour les résoudre que du courage, du bon sens et de la ruse. Le plus difficile pour un général d'armée, c'est de demeurer calme et ferme de caractère dans une circonstance grave et d'imposer sa volonté à ses hauts subordonnés. Là seulement se reconnaît le chef authentique. Le reste est palabres et demeure à la portée de tous.

Marius, quand il partit prendre le commandement des légions en Numidie, me laissa à Rome pour mener à bonne fin une mission importante : recruter dans le Latium trois mille cavaliers auxiliaires, les équiper et les conduire en Afrique. Moins que n'importe quel autre consul, Marius ne pouvait compter sur sa cavalerie où ne servaient que des jeunes gens peu disposés à obéir à un homme nouveau. Metellus lui-même avait été contraint de réduire le rôle de la cavalerie à celui d'une garde d'honneur. Moi qui avais vécu au milieu de la jeunesse fortunée, je savais avec quel dédain un homme de cheval peut considérer un homme de pied, mais si ignorant que je fusse du métier des armes, je savais aussi que, le jour du combat, une aile de cavalerie jetée au bon moment dans la bataille peut assurer la victoire.

Ma mission, je l'ai accomplie avec le plus grand soin, comme je l'avais vu faire en Macédoine par les officiers de Lentullus chargés de la remonte. Dès leur arrivée dans la Ville, hommes et chevaux étaient examinés de près dans le Grand Cirque où ils étaient réunis avant d'être dirigés vers Ostie où j'avais fait rassembler de grandes quantités d'orge et de fourrage. Moi-même, je montais tous les jours plusieurs étalons que je lançais dans la campagne romaine jusqu'aux limites de l'épuisement, pour mieux apprécier leurs possibilités de résistance, et peut-être, sans que j'ose me l'avouer, pour contenter cette terrible exigence de domination qui, jusqu'à ces derniers mois, a toujours grondé dans ma poitrine. Je n'avais personne d'autre à faire souffrir. Nicopolis, Aelia, mes anciens compagnons de débauche, les uns étaient morts, les autres avaient disparu de ma vie. Tous, tantôt par la séduction, tantôt par la brutalité, je les avais soumis autant par jeu que par besoin, et voilà que, pour calmer les puissances infernales, je devais me contenter de serrer entre mes cuisses une cavale aux flancs écumants. M'étant promis de tout dire, pourquoi cacherais-je cet appétit de puissance qui me dévora si longtemps ?

Ces courses m'apaisaient. J'ai forcé six chevaux le même jour. Une litière me ramenait au Palatin où je retrouvais avec plaisir une maison qui n'était plus tout à fait la même que celle de Nicopolis. Discrète autant qu'adroite, Clelia s'était ingéniée à estomper le faste un peu trop éclatant de cette demeure. Ni altière ni soumise, elle y régnait comme il convient à une matrone née de ces familles patriciennes où le culte des vieilles vertus fut toujours honoré, et où le patrimoine demeure d'autant plus réel que l'argent est moins apparent. Son visage lisse, ses yeux clairs et sa voix douce m'attendaient. Je venais d'avoir trente ans. M'aimait-elle ? Je me pose ce soir cette question pour la première fois. Si j'avais aimé Clelia, comme j'ai aimé Caecilia plus tard, et Valeria aujourd'hui, je n'aurais pas attendu si longtemps pour m'en inquiéter. Ce dont je suis sûr, c'est que je la traitais avec un grand respect. Ce sentiment, je ne l'avais jamais éprouvé avant elle. Clelia fut-elle heureuse au lit ? Un homme jeune, solide comme je l'étais, ne s'intéresse qu'à lui-même. Moi, je voulais avoir des enfants. Je ne me suis pas soucié du reste. Le plaisir amoureux, je pensais alors qu'il était réservé aux seuls hommes ou à des femmes comme Nicopolis, pas aux matrones. Imaginer Clelia dans le rôle d'une bacchante, c'eût été l'offenser. Cette idée ne m'est même pas venue à l'esprit pendant les dix années de mon mariage avec elle. Plus tard, avec Caecilia Metella, j'ai découvert le mystère de l'amour partagé au-delà de la fornication. Si les dieux m'ont fait aujourd'hui le mari et l'amant de Valeria, ma quatrième épouse, pourquoi me menacent-ils de la foudre au moment où, ayant rejeté la pourpre et renvoyé mes vingt-quatre licteurs, je ne suis plus qu'un homme heureux de vivre entre sa femme et ses enfants au milieu des vignes et des oliviers ?

Le consul Metellus rentra à Rome deux décades avant mon départ pour l'Afrique. Répugnant à l'idée de remettre lui-même le commandement de l'armée à celui qui avait été hier son lieutenant, il avait laissé ce soin à un préfet de légion et s'était embarqué avec son fils, mon ami Pius, au moment où Marius arrivait lui-même à Utique. Son apparition sur le Forum fut saluée par autant d'acclamations que son seul nom avait provoqué de huées quelques semaines auparavant pendant la période des élections. Toujours solide, le clan Metellus demeurait le pilier du parti des nobles autour duquel se rassemblait l'opposition à Marius. Moi-même, j'entendais toujours lui demeurer fidèle. Mais comment aurais-je pu faire taire la voix de Caius Gracchus tonnant encore dans ma mémoire pour me dire que Rome devait se débarrasser de son oligarchie et donner enfin le pouvoir au peuple ? Malgré ses défauts, à cause d'eux peut-être, le consul Marius n'était-il pas le général prédestiné, l'homme nouveau qui, sans manières, sans culture et sans aïeux, chasserait les corrupteurs et permettrait de bâtir une république nouvelle, ouverte à tous les citoyens et non plus confisquée au profit de quelques clans, dont celui de Metellus ?

Il me fallut marcher sur un chemin étroit, bordé de précipices. Je ne détestais pas cette aventure périlleuse. Je dus l'entreprendre et la réussir en peu de jours, dans le même temps que j'achevais les préparatifs de mon départ en Afrique où j'emmenais trois mille cavaliers. Dans cette affaire, Clelia fut une incomparable alliée.

Née patricienne, elle bénéficiait d'une grande considération auprès des Metelli auxquels il manquait encore, malgré leurs nombreuses magistratures, leurs alliances et leur or, quelques générations pour être décrassés tout à fait. Elle me conseilla d'organiser, avant mon départ, une grande fête en l'honneur du général Metellus. Celui-ci me dit en souriant :

— Puisque le sort t'a désigné pour être le questeur de Marius, je ne peux t'en vouloir de le rejoindre en Numidie. C'est un bon général, il le sait un peu trop et joue volontiers au soldat glorieux. J'espère que ses nouvelles recrues et ses prochaines victoires ne lui tourneront pas la tête. Surveille-le. Te voilà questeur, c'est le premier échelon. Souviens-toi que les Metelli te soutiendront.

Quelques jours plus tard, je débarquai à Utique, au nord de Carthage. Un vaste campement y était installé pour abriter les approvisionnements expédiés par Rome et pour permettre aux unités de renfort de s'exercer.

Pendant que ma cavalerie recrutée dans le Latium se remettait de son voyage en mer avant de rejoindre l'armée en opérations, je me suis rendu à Carthage. Un double sentiment fait de curiosité et de crainte conduisait mes pas vers cette ville qui avait terrifié Rome pendant un siècle, au point que les hommes de toute une génération, nés cependant après la victoire, tremblaient encore aux seuls noms des défaites subies à Trasimène ou à Cannes, plus tard à celui d'Hannibal, au souvenir des récits entendus dans leur enfance. Compagnon de Scipion Emilien, mon père m'avait raconté comment ses légionnaires, après un long siège, avaient escaladé les murailles de Carthage défendues par des soldats mourant de faim. Il avait fallu prendre la ville rue par rue, maison par maison, et y mettre le feu pour parvenir à bout d'une résistance désespérée. Le Sénat avait alors ordonné à Scipion Emilien de raser Carthage, d'y faire passer des charrues, et de déclarer maudits pour l'éternité le sol et les champs environnants, de sorte qu'on ne puisse plus jamais y voir ni toits ni moissons. Mon père disait ces mots à voix basse, sa tête fixant le sol. Son attitude n'était pas celle d'un soldat fier de sa victoire.

J'ai mieux compris la pensée de mon père lorsque je me suis trouvé moi-même devant le site où s'élevaient, quarante ans auparavant, des murs qui avaient abrité plus de trois cent mille habitants. De la fameuse cité fondée par la reine Didon, où tant de palais et d'arsenaux avaient été bâtis, et d'où tant de navigateurs étaient partis au-delà des Colonnes d'Hercule, vers les îles Fortunées, l'Espagne et jusqu'au pays de Thulé où le soleil demeure allumé jusqu'à la mi-nuit, il ne restait rien. La terre elle-même avait disparu. Mes pieds ne foulèrent qu'un tas de cendres grises et noires. Moi aussi, j'ai baissé la tête. Pour me donner bonne conscience, j'ai pensé que si Hannibal avait été victorieux, ses soldats ne nous eussent rien épargné. Ils auraient rougi le Tibre du sang romain et leurs éléphants auraient saccagé la voie sacrée qui mène au Capitole. Assis sur une pierre calcinée, je suis resté immobile sans me soucier de l'heure, solitaire devant un petit lac sans reflets, en dehors du temps que mesurent les sabliers. Tout me paraissait dérisoire : ma tunique bordée de rouge, mon épée, ma demeure du mont Palatin, mon élection à la questure, mon orgueil d'être né patricien et citoyen romain. Retrouvant le même ton grave de mon père, j'ai récité tout bas un fameux vers d'Homère sur la fragilité des traditions, des lois, des légions, de tout ce nous croyons le plus solide et qu'une chiquenaude renverse soudain : « Un jour aussi verra tomber Troie, la cité sainte et son peuple invincible. »

Ce soir-là, rentré au camp, j'ai noyé mon inquiétude dans quelques cratères de vin épais. Le lendemain matin, passant en revue mes trois mille cavaliers auxiliaires déjà alignés dans un ordre convenable, j'ai bientôt retrouvé cette confiance dans la vie qui m'animait encore hier et que je devais à ma volonté d'être toujours le premier là où j'avais décidé d'entreprendre. Le moment était venu de rejoindre le gros de l'armée. Mon expérience des combats était aussi nulle que celle de mes recrues, je leur ai assuré cependant que, dans la bataille, les braves ne risquent rien, seuls les fuyards sont toujours pris ou tués. Je ne doutais plus, ni de moi, ni de mes cavaliers, ni de la pérennité romaine. Nous avons quitté Utique au son des trompettes.

La vie quotidienne d'une légion en marche, entrevue pendant l'année de mon service en Macédoine, j'en avais conservé un gai souvenir. En Numidie, j'ai revécu les mêmes joies simples. J'ai découvert aussi la misère, l'inquiétude et la souffrance des hommes, tout ce qui donne à la guerre son vrai visage, celui d'une méduse dégoulinante de sang. Il m'est apparu le premier jour de mon arrivée au camp de Marius où régnait une grande agitation. Avant même de m'être présenté au général enfermé dans son prétoire avec ses lieutenants, j'appris la cause d'un tel trouble peu compatible avec la discipline militaire telle que la concevait Marius. Surpris pendant une corvée d'eau, une centaine des nôtres avaient été égorgés, émasculés, dépouillés de leurs tuniques, ficelés nus sur leurs chevaux et poussés au galop devant les lignes romaines. Avant que l'alerte fût donnée, les Numides avaient déjà disparu.

Marius me reçut bientôt. La colère flambait dans ses yeux autant que dans sa gorge. Il me reprocha d'arriver si tard, se radoucit, parut heureux de me revoir, me félicita dès qu'il vit les trois mille soldats bien équipés et bien armés que je lui amenais. Il n'en espérait pas tant. « Sans eux, dit-il après les avoir passés en revue, cette guerre ne serait jamais gagnée. Les cavaliers de Jugurtha nous harcèlent, nous tombent dessus à l'improviste et s'évanouissent comme des ombres. J'ai essayé d'en faire autant, mais je n'ai jamais assez de chevaux pour leur rendre coup pour coup. Nos légionnaires doivent être toujours protégés en flanc-garde. Ce qui s'est passé aujourd'hui ne se reproduira plus. Je te charge de cette mission, tu as recruté ces hommes, tu les connais, tu les as conduits jusqu'ici, tu ne dois pas les quitter au combat. Cela ne serait pas digne du nom que tu portes. A partir d'aujourd'hui, tu prends le commandement de la cavalerie auxiliaire. Mon légat mettra à ta disposition les décurions nécessaires à l'encadrement de ta troupe et à ton instruction pour ce qui concerne les consignes élémentaires de sûreté. Tu apprendras vite si tu oublies tout le reste, par exemple tes philosophes grecs ! Je te confie cette mission parce que tu ne connais rien à la stratégie. Ainsi, tu ne seras ni paralysé par les règles ni empêtré dans les routines. L'injure que vient de m'adresser Jugurtha ne doit pas demeurer impunie plus d'un jour. Dès demain, tu l'auras vengée en rasant au sol un village numide. N'épargne personne. »

Marius, je ne connaissais guère que sa réputation, sa faconde autant que sa rudesse, aussi une certaine habileté à tirer le meilleur parti de ses lieutenants puisqu'il m'avait choisi, moi, Sylla, entre quelques autres pour l'aider à penser et conduire la forme de guerre qu'il voulait imposer à Jugurtha. Depuis six mois qu'il assumait le commandement des légions en Afrique, plusieurs combats avaient été engagés, souvent gagnés : une cité importante, Capra, avait même été enlevée. Il fallait bien admettre que ces demi-succès correspondaient peu aux bulletins de victoire adressés au Sénat, divulgués aussitôt au Forum. Je ne savais pas encore que, pour être crédible et assurer son commandement, un général se doit de diviser par deux ses pertes et multiplier par dix le nombre de ses prisonniers. En fait, aucun résultat décisif n'avait été obtenu. Je ne crois pas que le massacre d'une centaine d'hommes, femmes et enfants auquel je me livrai, le lendemain de mon arrivée, ait fait avancer d'un iota la guerre en Numidie. Je pense plutôt que Marius a voulu apprécier immédiatement mon aptitude à tuer. « Un soldat qui vient d'arriver en renfort, aimait-il à dire, est comparable à une jeune fille qu'on vient d'épouser : tu dois la dépuceler le soir même des noces. » Ni mes cavaliers ni moi nous ne sommes sortis très fiers de cette affaire, mais le général estima sans doute qu'il pouvait désormais tout nous demander.

Comment puis-je admettre aujourd'hui que j'ai alors servi cet homme avec une certaine admiration ? Véritable chef de guerre, Marius savait imaginer des coups de main en profondeur pour prévenir les attaques d'un ennemi insaisissable, choisissait lui-même l'emplacement des camps, n'hésitait pas à se lancer au cœur de la mêlée pour aider une troupe en difficulté. A l'exemple d'un tel chef, je m'étais vite aguerri. J'éprouve encore du plaisir à me rappeler comment j'avais réparti les hommes placés sous mon commandement en dix ailes de trois cents cavaliers dont les deux tiers étaient occupés, jour et nuit, soit à éclairer la marche de l'armée, soit à la protéger en flanc-garde, tantôt pour lancer des opérations de terre brûlée, tantôt pour négocier la dissidence des tribus lasses d'une guerre qui durait depuis sept années, et prêtes à devenir transfuges pour peu que Rome leur livrât quelques armes et un peu d'or.

Ma première grande bataille, je l'ai vécue tandis que nous remontions l'oued Mellègue vers une ville nommée Cirta pour y établir nos quartiers d'hiver. Informé par ses espions que Jugurtha se préparait à lancer sur nous une grande attaque, Marius rayonnait. L'attente de la bataille le rassurait autant que la crainte du harcèlement quotidien le tourmentait. Sûr de sa supériorité, il allait enfin pouvoir écraser les Numides jusqu'alors insaisissables. Prudent, il n'en prenait pas moins les sûretés d'usage et veillait à tout dans l'attente de l'ennemi. Flanquées à droite par ma cavalerie, à gauche par les frondeurs et les archers, tandis que l'avant et l'arrière-garde étaient tenues par des manipules de troupes légères, nos cinq légions avançaient en formation carrée. Qui pouvait réunir assez de force, de courage et d'audace pour oser attaquer une telle machine de guerre, hérissée de lances et de javelots, bardée de métal et de cuir ?

Les Numides tombèrent sur nous comme la foudre, nous enveloppant de tous les côtés : les éclaireurs avaient eu juste le temps de prévenir qu'une armée innombrable barrait la route. Un moment, le bruit ayant couru que Jugurtha avait tué Marius de sa propre main, je crus que la bataille à peine engagée était perdue. Déjà, plusieurs cohortes avaient été massacrées, d'autres cédaient devant les escadrons hurleurs aux sabres courbes. Je savais que je ne fuirais pas. Il ne restait qu'à mourir, sauf à être protégé par les dieux. L'apparition du général à la tête de sa garde personnelle prévint la débâcle. Déjà, je m'étais jeté dans la mêlée. Mon secrétaire Epicadus devra insister sur le rôle joué par Sylla pour renverser une situation désespérée et mettre l'ennemi en fuite.

Je pense souvent à la nuit qui suivit cette fameuse bataille de Cirta. Les nôtres avaient allumé des grands feux. Aussi loin que le regard pouvait porter, on découvrait un amoncellement de cadavres, d'armes, de casques et de chevaux morts aux ventres énormes d'où montait l'odeur qui attire les oiseaux noirs. La joie riait dans les yeux de Marius. Moi, je savais maintenant que les dieux me protégeaient. Cette même nuit, j'ai rêvé que moi aussi, je serais un jour un général victorieux.

Le calame me tombe des mains, je suis las. J'ai dû interrompre deux fois ce récit parce que je ne parvenais pas à dominer la bête qui perce mon bas-ventre et va faire de moi un vieillard dont les enfants riront bientôt en se cachant. J'aurais dû mourir le jour de la bataille de Cirta : j'avais trente ans, je venais d'être élu questeur et je commandais la cavalerie de l'armée romaine en Numidie.

Cirta, ce n'était qu'une bataille gagnée, sans lendemain, semblable à d'autres remportées par Metellus, mais un certain Bocchus, roi de Maurétanie, qui s'était rallié à la cause de Jugurtha, avait subi ce jour-là des pertes assez sévères pour vouloir abandonner la cause des rebelles. L'arrivée à notre camp des émissaires de ce roi Bocchus, venus nous demander de conférer sur les intérêts de leur maître et ceux du peuple romain, ne me surprit pas. Glorieux de sa récente victoire, Marius voulait les renvoyer. Déjà, il avait pris lui-même le commandement d'un corps de poursuite pour empêcher Jugurtha d'avoir le temps de se ressaisir. Je parvins à le convaincre que les deux actions n'étaient pas inconciliables : pousser l'épée dans les reins du Numide n'interdisait pas d'entrer en pourparlers avec le Maure. A ce moment de sa vie et de nos relations, Marius croyait encore qu'il était plus fait pour conduire la guerre que pour mener une action politique, et sa confiance en moi était devenue assez grande pour balancer celle qu'il témoignait à ses légats les plus proches. Sans doute m'étais-je conduit comme il convenait pour séduire un personnage aussi sensible au courage qu'à la flatterie excessive. Je n'avais mesuré ni celle-ci ni celui-là, quitte à subir moi-même les sarcasmes d'un homme nouveau toujours prêt à railler chez les autres les manières, la naissance et la culture qui lui manquaient le plus.

Enfin chargé par mon général d'entamer avec le roi Bocchus des pourparlers en vue d'une paix séparée, je ne me faisais guère d'illusions lorsque je me suis présenté devant celui-ci. Dissocier le Numide du Maure ne suffirait pas à mettre fin à une guerre dont Rome n'était pas venue à bout en sept ans. Moi, j'avais déjà mon plan. N'en ayant pas soufflé mot à Marius, je l'ai tu devant le légat Manlius qui m'accompagnait. Ai-je trahi la confiance de Marius en agissant ainsi ? Mon général, quand il avait promis au peuple qu'il lui ramènerait le Numide enchaîné, pensait qu'il le ferait prisonnier au cours d'un combat. C'était mal connaître un tel adversaire. Trop rusé pour être pris et trop fier pour se rendre, il fallait pour s'emparer de Jugurtha tendre des filets dans le plus grand mystère. Bavard et satisfait de lui, Marius eût été incapable de taire longtemps une telle affaire sans la confier à l'un ou l'autre de ses lieutenants pour lui faire accroire qu'il en était l'inventeur. Ai-je gardé le secret de mon entreprise dans le seul but de la réussir ? N'ai-je pas plutôt pensé à en tirer un profit personnel ? Je dois avouer que la haute ambition m'a saisi dès ce moment. Elle ne m'a plus lâché.

Lors de mon premier entretien avec le roi Bocchus, ne révélant rien de mon plan, mais me rappelant les leçons apprises chez les rhéteurs à Rome et à Athènes, je lui ai exprimé notre joie qu'un homme de sa valeur et de sa probité ait, grâce aux dieux, préféré enfin la paix à la guerre. Je pense que mes anciens maîtres n'auraient pas désavoué une harangue que je terminai comme un pêcheur lance son filet dans le fleuve : « Tu as plusieurs moyens à ta portée, de nous rendre des services qui effaceront tes fautes. » Je n'en dis pas davantage. Bocchus, attentif au début de mon discours, avait fait mine de ne pas écouter sa conclusion. Il se contenta de répondre qu'il était prêt à envoyer une ambassade à Rome. Je l'observai. L'affabilité de son sourire ne parvenait pas à calmer la fébrilité de ses mains. Ou bien le roi mentait, ou bien il avait peur d'en dire trop devant un des personnages de sa suite, sans doute un espion de Jugurtha. Nous nous sommes quittés sans plus préciser notre pensée. Quelques jours plus tard, le roi Bocchus fit connaître qu'il ne voulait plus envoyer une mission auprès du Sénat. Reprises un peu plus tard, rompues à nouveau, recommencées, nos conversations demeuraient sans objet. Comment auraient-elles pu aboutir puisqu'elles ne se passaient jamais sans témoin, et que le but que je me promettais d'atteindre était tout autre qu'un accord de paix séparée ? Finalement, une petite ambassade maure était partie pour Rome d'où elle était revenue bredouille, les pères conscrits, vieux renards qui avaient de bonnes raisons de se méfier de tout ce qui venait de cette région, ayant fait connaître qu'un traité d'amitié et d'alliance serait accordé à Bocchus quand il l'aurait mérité.

Pouvais-je espérer meilleure réponse ? Maintenant, occupé à conduire la guerre, Marius me laissait le soin des affaires politiques. Il me fallait agir avec la plus grande prudence, dans le mystère, pour rencontrer Bocchus sans que Jugurtha le sache. Je ne lui mesurais ni mes promesses ni mon amitié, sans préciser ce qu'il lui faudrait donner en échange. Etait-ce nécessaire ? Il avait compris, dès le premier jour, le jeu dangereux que je menais. Lui-même ne jouait-il pas un double jeu dont je risquais d'être la première victime ? Ne se battait-il pas contre lui-même pour savoir s'il livrerait Jugurtha à Sylla, ou Sylla à Jugurtha ?

Il fallut attendre plusieurs lunes pour parvenir à organiser une rencontre sans témoin, sous la seule protection d'un petit nombre d'hommes sûrs. Epicadus racontera en détail les dangers que je dus courir pour parvenir jusqu'au lieu du rendez-vous, situé en pays ennemi. Bien que je ne lui eusse encore rien demandé, Bocchus n'ignorait rien de ce que j'allais, cette fois, exiger. Volubile, les yeux écarquillés, les doigts toujours agités, il commença par me souffler au visage que mon amitié lui était devenue aussi indispensable que ses yeux, il m'offrait armes, soldats, argent, déclarant avec émotion qu'un roi perd moins à être vaincu dans un combat qu'à manquer de générosité. Moi, Sylla, les mots semblables à ceux-là m'ont toujours laissé indifférent. Je demeurai immobile, sans regard, muet. Décontenancé, Bocchus dit alors qu'il abandonnait Jugurtha, qu'il était prêt à signer la paix, s'allier avec nous, répondre d'une façon favorable à tout ce que je pourrais demander qui fût digne de lui-même et de Rome.

L'honnêteté ruisselait comme un miel, à la fois sucré et poisseux, sur son visage. Ces gens-là, nés de l'autre côté de la mer Intérieure, Numides, Maures, Gétules, Egyptiens, Syriens, s'imaginent que nous autres, Romains, sommes moins habiles qu'eux à négocier un traité. Le moment était arrivé pour le pêcheur de tirer brutalement la nasse lancée dans le fleuve depuis quelques mois. J'ai répondu à Bocchus :

— Vainqueurs, nous n'avons que faire de tes promesses. Si tu veux obtenir tout de suite un traité d'amitié et la moitié de la Numidie, livre-moi Jugurtha.

Bocchus porta les deux mains à son cou : il refusait de commettre une telle félonie.

— Tu m'étrangles ! dit-il. Jugurtha est l'époux de ma fille. Nos deux familles sont liées comme le sont nos deux pays. Tu veux me déshonorer. Prends plutôt ma vie !

J'avais déjà gagné mon affaire. Mauvais acteur, Bocchus s'était trop compromis pour choisir une autre voie. Ma longue patience l'avait conduit jusqu'au but final, sans même qu'il s'en doute. Notre palabre commencée avant le coucher du soleil ne se termina qu'à l'aube. La résistance de Bocchus s'était peu à peu amollie. Pour en finir, il me fallut jurer par les dieux immortels que le Sénat lui accorderait la moitié de la Numidie. Moi aussi, je sais faire couler le miel. Le reste de la nuit fut occupé à préciser les détails d'un guet-apens au cours duquel Jugurtha serait enchaîné et livré, non à Marius, mais à moi, Sylla.

Mon arrivée au camp des légions fut saluée par d'immenses ovations. Chacun voulait me témoigner son admiration et son amitié. Me pressant contre lui, Marius me félicita d'avoir réussi une entreprise difficile. Pourquoi ai-je cru voir une ombre passer sur ses yeux ? La cage où se trouvait Jugurtha fut amenée devant le prétoire où il resta pendant de longues heures pour que chacun puisse venir contempler l'ennemi du peuple romain qui avait fait trembler la République. Le Numide était nu, chargé de chaînes, accroupi, silencieux. Quand il nous vit arriver, il m'adressa un regard lourd de haine autant que de mépris, puis, les yeux toujours fixés sur moi, cracha à travers les barreaux de sa prison. Déjà, les officiers qui nous entouraient avaient dégainé. Marius les arrêta. Je compris son geste : soldat valeureux, il respectait le courage malheureux ; général ambitieux, il entendait ramener vivant le Numide à Rome pour décorer sa propre gloire. J'ai baissé la tête. Un homme tel que Jugurtha méritait que son destin fût scellé à l'issue d'un combat singulier, non d'un guet-apens indigne de lui et de moi.

En Numidie, plus rapides qu'ailleurs, les nouvelles n'ont pas besoin de messagers : elles sont portées par le vent. Avant que le soleil ne fût couché, plusieurs chefs de tribus étaient venus faire leur soumission et prêter serment d'allégeance. Marius les reçut. Il était rayonnant et grave, comme s'il eut personnifié à lui seul toute la majesté du peuple romain. Ce soir-là, les rations furent doublées par ordre du général. Rompu de fatigue, je m'étais retiré de bonne heure, n'ayant pas dormi depuis plusieurs jours, la main toujours posée sur mon épée dans la crainte qu'un revirement subit du roi Bocchus ne me fît tomber dans mon propre piège. Au milieu de la nuit, Marius me réveilla. Il voulait me faire lire un message adressé au Sénat pour annoncer la capture de Jugurtha et faire connaître les premières soumissions numides. Mon général, exigeant de tous ses officiers qu'ils restent à sa disposition jour et nuit, avait pris l'habitude de me demander conseil pour rédiger ses lettres. Sa présence sous ma tente ne me surprit pas. Le fait qu'il ait dicté à son secrétaire une lettre aussi importante sans me consulter m'inquiéta davantage. Je la lus. C'était un dithyrambe à la gloire du seul consul, chef victorieux de l'armée d'Afrique. Mon nom n'était pas même cité une fois. La stupéfaction devait se lire sur mon visage avant que je l'aie exprimée. Marius me dit, la ruse aux yeux :

— Ignores-tu donc que les victoires sont toujours gagnées par les généraux, non par les lieutenants ?

Ayant pris la précaution d'envoyer moi-même à mes amis romains un courrier pour leur apprendre l'exploit dont j'étais l'auteur, je savais que mon message arriverait au Forum en même temps que celui de Marius, peut-être avant. Je me suis contenté d'adresser à mon général un sourire de patricien. Nos regards se croisèrent comme deux épées.

Jugurtha prisonnier, toutes les tribus furent bientôt pacifiées. La Numidie était soumise à l'ordre romain. J'avais hâte de rentrer à Rome. Encore que je l'accomplisse avec conscience sinon zèle, mon rôle désormais réduit aux fonctions d'un trésorier-payeur ne m'intéressait plus, après l'aventure que je venais de vivre et de conduire à son heureux terme. Marius se pavanait dans la suffisance. Sans aucun doute, le Sénat lui accorderait le triomphe et quelque proconsulat qui ferait de lui un homme riche et glorieux. Ni l'un ni l'autre nous n'avions oublié le regard échangé le jour où j'avais ramené le Numide encagé, mais aux yeux de tous, la victoire paraissait avoir renforcé les liens d'amitié qui unissaient le général à son questeur. Moi, j'étais sûr que Marius m'en voulait. La rivalité masculine, je connaissais assez la vie pour savoir qu'elle peut inspirer les pires coups bas aux hommes dès qu'ils sont élus du peuple, gladiateurs ou comédiens, leur avenir dépendant du succès de leur racolage, mais j'ignorais encore que la rivalité militaire l'emportait sur toutes les autres. En attendant de savoir qui, à la fin, serait le plus berné des deux, j'ai mené la vie insouciante et gaie de tout officier au terme d'une heureuse campagne.

Attendues avec impatience, les premières réponses de nos messages adressés à Rome parvinrent enfin à Utique où les légions s'étaient rassemblées. Le Sénat accordait le triomphe au vainqueur de Jugurtha et adressait aux troupes les félicitations du peuple romain reconnaissant. N'ayant pas oublié que les pères conscrits ne l'avaient nommé à la tête de l'armée de Numidie que contraints et forcés par la pression populaire, Marius me lut ce message avec un accent où je ne sus démêler exactement les parts d'orgueil, de vanité et de revanche qui s'y mêlaient. Moi aussi, j'avais reçu plusieurs lettres. Ecrites par ma femme, mon ami Pius ou d'autres, elles me félicitaient et m'assuraient que mes amis s'étaient empressés de faire connaître aux clients du clan Metellus mon rôle capital dans la capture de Jugurtha. La haute société romaine savait désormais que j'étais capable d'assumer un grand devoir, mais en me faisant son héros elle me faisait aussi son prisonnier.

En une seule année, ma position s'était affermie au-delà de mes espérances : l'armée m'avait adopté, j'avais réussi un coup de maître en mettant fin à la guerre de Numidie, un parti politique me soutenait. Il ne me restait plus qu'à attendre le retour des légions pour profiter de la gloire qui m'attendait à Rome, au moins dans les maisons du mont Palatin. Au Forum, c'est Marius qui l'emportait.

La terrible nouvelle tomba sur le camp, au cours d'un grand dîner offert par le général au roi Bocchus. Celui-ci, oubliant qu'il avait été la veille un ennemi implacable et tortueux, nous comblait de cadeaux. Prié par le vainqueur à un repas de fête, il nous avait envoyé des femmes pour la nuit, des garçons pour la sieste et une cinquantaine de moutons avec des esclaves pour les préparer. Ma bouche a conservé le goût de cette viande rôtie et le souvenir des grains de sable qui s'y mêlaient. Tout à coup, franchissant la haie formée par la garde prétorienne, un centurion se dirige vers Marius, s'arrête à la distance exigée par le règlement, salue et lui remet une lettre. Pressentant l'urgence, le général l'ouvre aussitôt. Dès les premières lignes, je vois que son visage est bouleversé. Il se lève, fait signe à son légat Manlius et à moi-même de le suivre sous sa tente de commandement où il nous lit le message du Sénat. Deux armées romaines massées dans la région d'Orange, en Gaule narbonnaise, ont été anéanties par des bandes germaniques. Il y aurait quatre-vingt mille morts. Je demande à Marius : « Qui commandait ? » L'écume aux lèvres, il répond d'un ton dédaigneux : « Des aristocrates, des hommes de ton clan, des incapables, Mallius et Coepio », et poursuit, brutal : « Ces deux-là, s'ils n'ont pas crevé au combat, il leur faudra rendre des comptes au peuple ! »

Ces Barbares assez puissants pour exterminer deux armées romaines au moment où nous en finissions avec le cauchemar africain, qui étaient-ils ? Insoucieux, je m'étais peu préoccupé des dangers permanents qui menaçaient les frontières gauloises de la République, alors que les autres officiers avaient participé à des opérations menées par les légions au-delà des Alpes. Ils m'apprirent l'existence de peuplades venues du nord lointain, là où s'opérait la traite de l'ambre au temps du grand Alexandre. Elles marchaient à travers le pays celtique, détruisant tout sur leur passage, faisaient soudain demi-tour, repartaient à droite ou à gauche, ne s'arrêtaient jamais. Hommes, femmes, enfants, ils vivaient dans des chariots couverts de cuir épais. Les jours de combat, les guerriers s'enchaînaient les uns aux autres. Ils étaient grands, blonds aux yeux clairs, armés de larges épées. C'étaient les Teutons et les Cimbres.

De nombreux courriers apportèrent des précisions sur le drame d'Orange : la débâcle des légions avait été provoquée par la mésentente des deux chefs militaires, chacun prétendant devoir exercer le commandement suprême. Tous les messages exprimaient la terreur que l'Italie soit envahie par les Barbares qui campaient maintenant au pied des Alpes. A Rome, la levée en masse était déjà décrétée pour rassembler une nouvelle armée. Qui la commanderait ? Pius me fit connaître que le Sénat aurait souhaité voir Metellus reprendre du service. « Hélas, écrivait-il, l'autorité des pères conscrits s'écroule au profit des tribuns qui font campagne pour Marius, fils du peuple et seul vainqueur de Jugurtha. »

Je n'en fus pas surpris ni fâché. Mon ressentiment ne m'aveuglait pas au point de méconnaître la valeur du général. Ma revanche, je la remettais à plus tard. Je décidai de ne pas solliciter une autre magistrature, mais de demeurer sous les armes et même d'accepter de servir Marius s'il me le demandait, parce qu'un homme de sa trempe, je le savais capable d'arrêter l'ouragan des Barbares qui s'apprêtaient à déferler vers les pays où les fruits et les légumes sont meilleurs à manger que les lanières de bœuf séché. Le jour que nous avons appris sa réélection au consulat et sa nomination en Gaule avec le commandement en chef des légions, je n'ai pas été le dernier à le féliciter et à l'assurer de mon dévouement. Tout calcul ne fut pas absent de mon attitude. Un certain goût pour le risque quotidien et le jeu dangereux de la guerre n'y fut pas étranger non plus. Dans l'immédiat, j'avais encore besoin de Marius. Je n'oubliai pas davantage qu'un patricien né Cornelius se doit de combattre au premier rang dès lors que la patrie est menacée.

VI

Hier, à la fin de l'après-midi, Valeria m'a demandé de faire une promenade dans notre jardin avant le repas du soir. Nous marchions tous les deux, sa main dans la mienne, vers la grande allée où j'ai fait planter des cytises pour me rappeler les bosquets de l'Académie. Lorsque nous nous fûmes éloignés de la maison, sûre que personne d'autre ne l'entendrait que moi, elle posa sa main sur ma poitrine et dit, le rouge aux joues, ses yeux dans mes yeux :

— Je crois que je suis enceinte.

Ces mots, elle les a prononcés, non comme un aveu, mais comme une victoire. Jamais je ne l'ai vue si belle et si désirable. C'est peu dire qu'elle rayonnait. Moi, j'étais saisi de joie et d'émotion. Un sentiment d'orgueil élémentaire, celui d'un vieux mâle qui a fécondé sa jeune femelle, l'emportait sur tous les autres. Sans souci de me montrer ridicule auprès des vétérans qui, chargés de ma sécurité, surveillaient tous mes pas, j'ai pris Valeria dans mes bras et, riant tous les deux, nous avons fait des projets de jeunes époux en nous posant, entre deux baisers, les plus vieilles questions du monde. Serait-ce un garçon ? Une fille ? Aurait-il les cheveux rouges de son père ? Les yeux dorés de sa mère ?

Invisibles, cachés dans les buissons, mes gardes du corps ont dû croire que je venais de sombrer dans la sénilité amoureuse, la pire de toutes. Qu'était donc devenu leur général, celui qui les avait conduits sur tant de champs de bataille et les avait fait entrer à Rome, la flamme au poing, pour sauver la République ? Allait-il leur faire tenir la quenouille tandis qu'il tournerait lui-même le rouet ?

La nuit dernière, j'ai fait l'amour à Valeria sans défaillance. J'avais prié les dieux immortels, avec la sincérité retrouvée d'un enfant, de ne pas m'abandonner dans mon affaire. Je me suis levé de bonne heure alors que ma femme dormait encore. Je l'ai embrassée sur l'épaule, sans la réveiller, et je suis allé me jeter dans la piscine. Depuis deux jours, la bête qui me croche le bas-ventre s'est endormie. Il me semble que je pisse mieux. Ce matin, je ne suis même pas fatigué. Les dieux m'auraient-ils entendu ? S'ils m'entendent, ils existent et tout devient possible, même l'espérance de demeurer vivant pendant huit mois. Huit mois, c'est le temps qui m'est nécessaire pour connaître notre enfant. Ce dernier mot me fait penser à un trésor que le destin pourrait me dérober à chaque instant, ou à ces rêves à peine ébauchés que le réveil efface soudain. Lorsque ma première épouse Aelia m'a dit qu'elle était enceinte, j'en avais éprouvé un vif mécontentement. En m'annonçant une nouvelle semblable, Caecilia, ma troisième femme, avait fait naître en moi un sentiment nouveau : j'étais sûr désormais de ne pas l'avoir épousée seulement parce qu'elle appartenait aux Metelli. Clelia, la seconde, était demeurée stérile. Qui peut savoir quel aurait été le chemin de ma vie si elle m'avait donné alors le garçon que j'espérais ? Valeria va me faire un fils, j'en suis sûr parce que notre amour est lui-même un prodige depuis notre premier regard échangé, il y a à peine dix-huit mois, lors d'un combat de gladiateurs où le destin nous avait conduits tous les deux. J'étais encore le maître de Rome.

Débarquant à Ostie, après avoir passé trente mois en Afrique dans les camps, bu de l'eau vinaigrée, mangé du pain dur, forniqué avec des filles à soldats, caressé des petits Numides et ri aux plaisanteries de mon général, j'avais hâte de retrouver ma demeure du Palatin, des vêtements souples, une cuisine raffinée, des esclaves silencieux. Ce luxe qui m'est aussi nécessaire que la vie rustique, je l'associais encore à Nicopolis alors que j'attendais le sommeil, allongé sur le sable sous les étoiles. L'image de son cadavre, j'étais parvenu à l'effacer pour ne me rappeler que le merveilleux visage penché sur ma poitrine le jour où elle m'avait choisi chez le centurion Horatius, à l'école des gladiateurs. Je ne fus pas moins content de retrouver Clelia, épouse parfaite, maîtresse de maison accomplie pour tenir ses gens et surveiller la dépense, sans doute agréable à regarder et à entendre, mais plus éloquente à table qu'au lit. Professant toutes les vertus domestiques, elle était de ces femmes avec lesquelles un homme s'ennuie.

La crainte de voir surgir les Barbares aux portes de Rome n'avait pas empêché les citoyens d'honorer les combattants revenus d'Afrique. On me fit fête. Pour le parti des nobles, le mérite de la victoire revenait sans conteste à deux seuls hommes, Metellus et Sylla, le premier parce qu'il avait remporté de nombreuses batailles contre les Numides, le second parce qu'il s'était emparé de leur roi. Mon rôle dans cette affaire était encore plus applaudi par les comédiens, danseurs, mimes, cochers et gladiateurs où mon souvenir demeurait vif et que j'aimais toujours fréquenter au point de passer des soirées plus nombreuses en leur compagnie qu'en celle de ma femme. Que serait-il arrivé si un intérêt imprévu ne m'avait tiré de ce milieu où je me sens à l'aise telle une carpe dans son étang ?

La veille du triomphe de Marius, à la fin d'un repas où j'avais convié quelques amis de notre clan, la mère de ma femme, Clitumna, m'offrit en leur nom une grosse bague d'or où un artiste avait gravé la scène du roi Bocchus me livrant Jugurtha enchaîné. Passer cet anneau que je porte toujours à mon doigt et qui est devenu le sceau de Sylla me causa le plus vif plaisir. Nous bûmes plusieurs coupes de ce vin blanc produit par mes vignes de Baïa et le dîner se prolongea tard. Comme nos amis se retiraient, une soudaine envie d'air frais m'ayant tenté, je pris moi-même en main les rênes des deux chevaux attelés à une voiture légère pour reconduire ma belle-mère chez elle, au grand galop dans la nuit. Elle se taisait. Je savais qu'elle avait peur. De la voix, j'ai excité les bêtes pour forcer leur allure. Palais, arbres, temples, toute la Ville basculait sous la lune dans le grondement des sabots. Clitumna a poussé un léger cri et s'est blottie contre moi. Je me suis rappelé à ce moment que ma belle-mère n'était guère plus âgée que moi et qu'elle était veuve. Arrivée devant sa maison, sans se soucier des gardiens, elle a pris ma main, m'a conduit dans sa chambre, s'est étendue sur le lit et a relevé sa robe. Elle n'avait pas dit un seul mot. Elle poussa enfin un gémissement qui, n'en finissant pas, me vida deux fois. Plus fourbu que les chevaux, je dus me lever de bonne heure pour participer aux cérémonies du triomphe décerné à Marius. Quand j'arrivai au Champ de Mars, le long cortège achevait de se mettre en place. J'étais en retard. Vêtus de la robe blanche à larges bandes pourpres et chaussés de cuir rouge, trois cents sénateurs se dirigeaient déjà vers le cirque Flaminius. J'ai vu les longs chariots alourdis par des caisses pleines de barres d'or et d'argent qui, disait la rumeur, pesaient plus de huit mille livres. Ils étaient suivis par des taureaux blancs promis au sacrifice et enfin par Jugurtha, chargé de chaînes, marchant la tête haute devant ses six garçons. Précédé par cent trompettes et douze licteurs porteurs de faisceaux, attelé à quatre chevaux blancs, le char du triomphateur s'ébranla à son tour : Marius s'y tenait debout, rutilant de pourpre et d'or, la tête laurée et le visage peinturluré, histrion sans le savoir et se prenant pour le dieu auquel son costume l'identifiait déjà. A cheval, les officiers de son état-major, au premier rang desquels je me trouvais moi-même, l'accompagnaient aussitôt, laissant derrière eux un grand intervalle pour permettre aux légions de se mettre en ordre de marche et de défiler en chantant.

Suivant l'itinéraire établi depuis deux siècles, le cortège suivit la Voie sacrée, traversa le Forum et monta enfin au Capitole. Nous entendions gronder la Ville sur notre passage : la plèbe huait les pères conscrits, s'extasiait devant le butin, insultait les captifs. Les clameurs s'enflaient au fur et à mesure que le char du vainqueur avançait. A sa vue, la foule hurla les mêmes cris que j'avais entendus naguère dans la bouche des citoyens fanatisés par Caius Gracchus. Mon général demeurait immobile, au-delà de la démesure. J'aurais été curieux de voir à ce moment précis la vraie couleur de son visage. Sous la couche de peinture qui le fardait, je suis sûr qu'elle était rouge, de ce rouge plébéien qui monte aux joues des hommes devenus trop vite des personnages trop grands pour eux. La vulgarité de cette gloire m'aurait fait vomir si je n'avais compris le sens plus profond des clameurs et des vivats populaires : devant la menace d'un demi-million de Barbares, Rome, terrifiée, voulait se rassurer en s'admirant dans son armée victorieuse en Afrique. C'était pendant les calendes de janvier. Ce jour-là, au cœur de l'hiver, le soleil brilla sur les casques, les cuirasses et les épées. Moi, Sylla, je ne participai pas à l'allégresse générale. Le triomphe de Marius, je l'ai fêté à ma manière, en allant passer la nuit chez Clitumna au lieu de me rendre dans un banquet populaire. Ça n'était pas seulement par dépit.

Contraint de lever une nouvelle armée et d'en faire rapidement une machine de guerre, Marius comptait sur ses vétérans pour instruire et entraîner six légions de recrues auxquelles s'ajouteraient de nombreuses cohortes auxiliaires. Aucun d'eux ne manqua à l'appel du général. Moi aussi, j'acceptai de servir auprès de lui, non plus en qualité de questeur, mais comme officier de son état-major. Le sens de l'Etat l'ayant emporté sur les inimitiés de clans, une sorte d'union sacrée paraissait alors rassembler les élus aux comices, les tribuns aux sénateurs, la noblesse à la plèbe, ainsi qu'il arrive toujours à Rome dès que l'ennemi est aux portes. Le plus étrange, c'est que cet esprit de concorde demeura vif, au moins en apparence, quand on apprit que les Barbares, au lieu d'envahir l'Italie, s'étaient divisés en deux groupes, les Cimbres se dirigeant vers la Gaule septentrionale et les Teutons vers l'Espagne.

Je me suis souvent demandé si la seule convoitise des terres fortunées explique les apparitions brutales et les va-et-vient des nomades qui se mettent soudain en marche, ébranlent les peuples rencontrés sur leur passage, les absorbent et, tout à coup, disparaissent comme il arrive à ces fleuves qui s'effacent dans le sable pour resurgir plus loin, un jour d'orage, et tout balayer devant eux. N'obéissent-elles pas à des lois dont notre entendement ne peut pas plus déchiffrer le mystère que celui qui commande la migration des oiseaux ? Bon paysan d'Arpinum, Marius ne se posait sans doute pas les mêmes questions, mais il était assez prudent pour poursuivre le recrutement et l'entraînement de son armée afin qu'elle fût toujours prête à affronter les retours possibles des Barbares. Autour de la Ville, de nombreux camps avaient été élevés. Les soldats s'y exerçaient à l'escrime, au lancer du javelot, aux mouvements de masse comme aux combats rapprochés, aux charges de cavalerie comme aux travaux de terrassement ou au service des balistes. Encore que la direction de ces manœuvres fût confiée aux seuls centurions, j'y participai volontiers. Je fus plus souvent chargé de surveiller la fabrication et la livraison du matériel considérable qu'exige une armée en campagne. J'ai accompli ces tâches avec loyauté et bonne humeur, souvent avec plaisir. Il m'est même arrivé de surprendre la main dans le sac des fournisseurs trop malhonnêtes et trop maladroits pour mériter mon indulgence : je les livrai aux juges sans plus me soucier de leur sort. Me laissant libre d'organiser mes journées, ces occupations me retenaient davantage à Rome que dans les camps situés au-delà des murs. J'en ai profité pour rendre à Clitumna de nombreuses visites auxquelles je prenais de plus en plus de goût. La perversité d'un trouble encore inconnu m'attirait vers ma belle-mère et m'épouvantait. Il m'est arrivé d'aller dormir au camp parce que je n'osais pas rentrer chez moi, comme si j'eusse eu peur du regard de Clelia. L'ordre donné à l'armée de quitter Rome pour se diriger vers la Gaule me libéra malgré moi.

Epicadus a terminé le récit des événements auxquels je fus mêlé de près pendant les quatre années qui suivirent mon retour d'Afrique. L'ayant lu, j'ai apporté quelques précisions à sa narration de la guerre menée par Marius contre les Barbares venus du nord. La victoire remportée à Aix contre les Teutons et à Vercelli contre les Cimbres, Rome la doit autant aux bonnes dispositions prises par Marius qu'à celles prises par Catulus. Je le sais mieux que personne parce que j'étais devenu le légat de ce dernier, n'ayant pu supporter plus de deux années de servir sous les ordres directs d'un grand chef devenu mégalomane.

Installer les légions au-delà des Alpes pour y attendre les Barbares, c'était vouloir pacifier la province narbonnaise et épargner à l'Italie les ravages de la guerre inévitable. Mon secrétaire Epicadus n'a pas assez montré cet aspect de la campagne dont le mérite revient à Marius. Au contact quotidien de la troupe, celui-ci paraissait avoir retrouvé les dimensions d'un vrai chef de guerre. Pendant ces longs mois passés en Gaule, nous ne nous sommes pas contentés d'espérer le retour des bandes germaines. Sachant que la paresse menace souvent les militaires, Marius exigeait de ses soldats des exercices de plus en plus pénibles. Il leur mit la pioche à la main pour réparer la via Domitia, ouvrir de nouvelles routes, creuser un canal reliant le Rhône à la mer. Pour ma part, avec les mille cavaliers dont j'assumais le commandement, j'ai ramené dans le giron romain des populations de la région toulousaine qui, sous la pression des Barbares, avaient été contraintes à la dissidence. Je suis même parvenu à me saisir de leur roi comme je l'avais fait avec celui des Numides. Cette fois, je n'ai pas recouru à la félonie d'un Bocchus, mais j'ai commis l'imprudence, non innocente, d'en rendre compte à mon général en lui adressant un message de victoire signé du sceau où se trouve gravée la capture de Jugurtha par Sylla. C'était le provoquer. Dès mon retour au camp, le commandement de mes cavaliers m'était retiré et j'étais chargé d'une mission subalterne. Marius venait d'être élu consul pour la quatrième fois. Je le savais maintenant prêt à toutes les vilenies dont sont capables les hommes de médiocre qualité à qui le succès des autres est insupportable.

Cette disgrâce ne me permit pas de participer à la grande bataille d'Aix remportée sur les Teutons qui, chassés d'Espagne, avaient enfin reflué vers la Gaule méridionale où Marius les attendait. Ma mission terminée, j'avais rejoint la petite armée commandée par le deuxième consul, Catulus, où l'on m'offrait un poste de légat. Les Cimbres qui venaient de franchir le Brenner s'apprêtaient à descendre dans la plaine. C'était l'hiver. J'ai dû organiser, dès mon arrivée sur les rives de l'Adige, des mouvements de repli pour éviter à nos deux légions des combats trop inégaux. Piétinant dans la neige, transies de froid, mal ravitaillées, comment auraient-elles pu résister aux innombrables géants qui, demi-nus, se servaient de leurs boucliers pour glisser sur les pentes verglacées et, poussant des cris de bêtes, tombaient sur elles ? Soucieux de la vie de ses troupes, Catulus avait pris la sage décision d'abandonner la Vénétie pour se rétablir dans le pays ligure et y attendre les forces de Marius qui devaient nous rejoindre aux environs de Vercelli. C'est là que les deux armées romaines réunies ont barré la route aux Cimbres.

La tradition militaire veut qu'un général donne son nom à une victoire. Marius s'est aussitôt approprié celle de Vercelli. Son exemple m'aura au moins permis d'apprendre qu'un chef d'armée doit prendre soin de sa propre gloire. Je demanderai à Epicadus de souligner dans ses Annales le rôle joué par Catulus dans cette bataille de Vercelli. Commandant le centre du dispositif romain, il dut supporter le poids le plus lourd de l'ennemi pour permettre à Marius une manœuvre d'enveloppement. Qui dira jamais comment une guerre est gagnée et par qui ? Est-ce le goût de la vérité qui m'anime aujourd'hui ? Ne serait-ce pas un sentiment de vindicte que la mort de Marius n'a pas encore apaisé ?

Par la fenêtre de ma bibliothèque ouverte sur le jardin, j'entends les rires de Faustus et de Fausta, les deux jumeaux que me donna Caecilia, ma troisième épouse, peu de temps avant sa mort. Ils viennent d'avoir quatre ans. Valeria joue avec eux comme si elle était leur propre mère. Je les regarde, les écoute et l'envie me prend tout à coup, moi, Sylla, de me mêler à eux et de courir derrière la balle qu'ils jettent en l'air avec des gestes maladroits. Celui que porte Valeria ne sera guère moins âgé qu'eux. Trois frères et sœurs, ils embelliront mes vieux jours, je les verrai grandir ensemble. Perdrais-je la raison ? Mon médecin m'a assuré que je verrais naître un autre petit Sylla, mais il ne me disait pas la vérité. Ces gens-là ne mentent bien qu'aux malades décidés à les croire. Comment leur accorderais-je plus de confiance qu'aux augures ? Ceux-ci savent au moins ce qu'il y a dans le ventre d'un poulet, alors que ceux-là ignorent ce qui se passe dans ma vessie.

Pendant les trois années de cette guerre contre les Cimbres et les Teutons, je ne m'étais pas ménagé. Un long repos me fut nécessaire, autant pour réparer mon corps que pour amener mon esprit à réfléchir sur les événements que j'avais vécus auprès des deux consuls. Marius et Catulus, je les ai laissés monter sans moi au Capitole. Les trompettes, les défilés, les clameurs, les banquets, j'en étais repu. Je me suis retiré à Baïa avec ma femme, dès que les légions furent licenciées.

D'autres raisons me conduisaient vers la Campanie. Débarrassés de la terreur qui les avait réunis un instant, les Romains recommençaient déjà à s'entre-déchirer. Par prudence, peut-être par dégoût, je ne voulais pas me mêler à ces luttes fratricides et je me surprenais à croire que Caton avait eu raison de se demander ce qu'il adviendrait de Rome quand elle n'aurait plus personne à craindre. Nos vertus, dont nous faisons tant parade, ne les devons-nous pas à ceux qui nous ont le plus menacés, à Pyrrhus, à Hannibal, à Jugurtha, aux Cimbres, aux Teutons, aux Gaulois ? Le danger à peine écarté, les cadavres des légionnaires à peine ensevelis, nos fauteurs de troubles, démagogues corrompus et envieux, voilà qu'ils redeviennent maîtres du Forum et y trouvent des clients.

Que serais-je allé faire à Rome où Marius, au mépris des lois qui exigeaient un intervalle de dix années entre deux consulats, avait été reconduit quatre fois de suite à la première magistrature de la République ? Une telle illégalité consacrait surtout le pouvoir des tribuns de la plèbe à qui la Constitution donnait le droit de convoquer et de présider l'assemblée des citoyens pour leur faire voter n'importe quel projet qui, transformé en plébiscite, prenait force de loi. Dès son retour de Numidie, deux d'entre eux, Saturnius et Glaucia, redoutables manœuvriers, s'étaient emparés de Marius pour le combler de flatteries et lui faire croire que sa réélection ne pouvait être contraire aux lois puisque le peuple l'exigeait. Face au péril barbare, le Sénat, cependant gardien de la Constitution, n'avait pas protesté. Marius avait bien arrêté le flot des Cimbres et des Teutons, mais était devenu l'otage des deux compères.

Saturnius et Glaucia, je les connaissais ; ils avaient fait partie naguère des mauvais garçons de ma jeunesse au temps où j'étais surtout occupé à fréquenter les bordels, rosser les passants attardés, déshonorer les filles ou peindre en rouge les statues élevées en l'honneur des dieux. Plus âgés que moi, leur audace me fascinait. L'un d'eux, Saturnius, protégé par sa famille noble et devenu questeur, était vite passé à l'opposition ; l'autre, Glaucia, homme sans scrupules et sorti des bas-fonds, avait mérité d'être appelé par les sénateurs « le fumier de la Curie ». Un moment, nos vies avaient suivi des chemins parallèles avant de se séparer. Moi, j'étais parti faire la guerre, j'en avais connu les horreurs, mais aussi les disciplines salutaires d'où j'étais sorti plus lucide, peut-être plus dur et le cœur gonflé de mépris pour ces sortes d'individus demeurés à Rome sous le prétexte de défendre les droits du peuple, au lieu de rejoindre les légions pour défendre la patrie. J'avais entendu naguère Caius Gracchus proclamer que le salut du peuple demeure la suprême loi et, ce jour-là, rentré chez moi, les joues en feu, je m'étais dressé contre mon père pour qui la défense de l'Etat devait toujours l'emporter. Agathos, savant de l'histoire grecque, s'était contenté de dire pensivement : « Les droits du peuple ? C'est en leur nom que les pires tyrans agissent. » Le temps avait passé, et voilà que je me demandais si mon père et mon vieux pédagogue n'avaient pas raison.

Bientôt, je ne me posai plus de questions. De Rome, les nouvelles me parvenaient par des courriers sûrs qui me reliaient à mon ami Pius. J'appris ainsi que les deux tribuns avaient décidé en quelques jours de diminuer le prix du blé des neuf dixièmes et remis leurs dettes à tous les prolétaires. Forts du statut qui les protégeait au point d'en faire des personnes sacrées, inviolables, les deux tribuns étaient devenus les véritables maîtres de la République. Que serais-je allé faire à Rome où, sûres de l'impunité, des bandes pillaient les maisons mal gardées et détroussaient les passants isolés ? Tout le monde tremblait. Seul, parmi les sénateurs, Metellus avait osé braver les deux démagogues et demandé qu'ils soient radiés des listes électorales. Aussitôt, Saturnius avait fait voter par le peuple une loi qui condamnait à l'exil le père de mon ami Pius.

Marius avait laissé bannir son ancien protecteur sans protester. Devenu tout à coup vieux et obèse, il ne s'intéressait plus qu'aux mauvais vers qu'un poète besogneux et grec, Archias, venu s'établir à Rome, écrivait sur commande bien rémunérée à la gloire du héros populaire. Moi, au milieu de mes vignes et de mes oliviers, loin de la Ville, mes réflexions solitaires m'avaient conduit à penser que, pour redonner au Sénat la direction de la République, il faudrait en finir un jour avec cette institution du tribunat populaire créé naguère pour protéger les droits des pauvres, qui niait maintenant le pouvoir de l'Etat, enfantait l'anarchie et, par réaction, provoquait la tyrannie. Une telle opération exigerait la mise au point d'un plan minutieux prévoyant d'abord d'annihiler tous les fauteurs de troubles et ceux qui, par intérêt ou lâcheté, s'en étaient faits les banquiers ou les valets. Le moment venu, il ne serait pas difficile de dresser quelques listes de proscrits. Il faudrait agir avec autant de rudesse que de rapidité, au besoin faire tomber plus de têtes que la nécessité l'imposerait, afin de prévenir par la terreur toute possibilité de résistance. Cette affaire, pour qu'elle réussisse, la direction en serait confiée à un seul responsable, homme politique autant que chef de guerre, ayant le sens de l'Etat et celui du coup de main, impitoyable quand il s'agit du salut de la République. Chef de l'armée, il faudrait qu'il fût en état de commander n'importe quel genre d'action à ses soldats et qu'il bénéficiât d'un prestige assez grand pour être obéi aveuglément par les hommes du rang, les centurions et les légats.

Pourquoi ne serais-je pas celui qui sauverait la République ? Il m'est arrivé de me poser cette question sans m'y attarder davantage. Plus raisonneur que rêveur, je savais que cette entreprise de salut public supposait que je fusse déjà le maître incontesté des légions. Je pense aujourd'hui que les grandes actions de notre vie commencent toujours par des songes. Même si nous ne parvenons plus jamais à nous rappeler leur sujet, leur forme, leurs couleurs, disparus dans le brouillard du temps, ils mûrissent lentement et deviennent un jour une idée, une action, réussite ou défaite. Je n'étais alors qu'un ancien questeur aux armées, rentré de la guerre avec quelques phalères et sans emploi. Sans doute ma conduite en Numidie ou en Gaule avait-elle conforté le nom de Sylla auprès des Metelli, mais voilà que le chef du clan, Quintus Metellus, avait été contraint à l'exil. Client sans patron, qu'allais-je devenir ? Il fallut me faire violence pour croire que la seule vie bucolique est pleine de charmes, me contenter d'aimer mon cheval et vivre tous les jours devant le même visage de femme, la mienne, Clelia, qui avait pris avec trop d'autorité la direction de mes vieux serviteurs peu habitués à recevoir d'autres ordres que les miens.

Au moment où je commençais à désespérer, un courrier me parvint de Rome pour m'apprendre que les deux tribuns venaient d'être lapidés par ceux-là mêmes qui les avaient le plus acclamés. La vie politique ressemble souvent au théâtre : quand ils veulent se débarrasser de personnages devenus encombrants, les poètes tragiques font volontiers appel aux dieux qui, sous l'aspect d'un messager, mettent un point final à la dernière scène en précipitant Prométhée ou Antigone dans les Enfers. Imprévue, la fin des deux démagogues n'aura pas connu une telle grandeur : Marius, s'étant rapproché en secret du Sénat, avait fait massacrer par ses vétérans ceux qui, la veille, étaient encore ses amis. Le général n'en était plus à une trahison près. Il aimait toujours la plèbe dont il était issu, mais il détestait le désordre.

Tant que le décret condamnant Metellus à l'exil ne serait pas révoqué, j'avais décidé de demeurer à Baïa. Agissant ainsi, le faisant connaître à Pius, je consolidais ma position auprès du clan qui m'avait fait confiance et dont je ne doutais pas qu'il retrouverait bientôt son influence à la Curie et son crédit auprès du peuple. Dès que le vote unanime du Sénat fut connu, je rentrai à Rome où l'on se préparait déjà à fêter le retour de celui qui avait eu le courage solitaire de s'opposer aux tribuns démagogues. Prévenu de ma présence au mont Palatin, Marius n'hésita pas à me faire connaître qu'il serait heureux de me rencontrer pour renouer une amitié dont il avait gardé la meilleure mémoire. Une telle démarche soulignait-elle l'inconscience dans laquelle il était tombé ou voulait-elle masquer la ruse grossière d'un vieil homme hier adulé par la multitude, renié maintenant par le peuple et mis à l'écart par l'aristocratie dont il sollicitait les bonnes grâces, quitte à la trahir une autre fois ?

N'était-ce pas l'appel d'un homme prêt à se noyer ? Je me pose souvent cette dernière question parce que nos rapports ne cessèrent jamais d'être ambigus. Entre lui et moi, il existait d'autres liens que ceux qui unissent d'habitude un officier supérieur à son commandant en chef. Pourquoi le nierais-je ? J'éprouvais pour cet homme nouveau hissé au faîte du pouvoir une admiration secrète que ne parvenait pas à détruire le mépris que m'inspiraient sa grossièreté et sa vanité autant que ses reniements. Lui-même n'avait jamais réussi à se défaire de cette ridicule considération mêlée de fiel qu'éprouve le peuple à l'égard de la noblesse. En deçà d'un général et d'un subordonné, il y avait d'abord un parvenu et un patricien, attirés l'un par l'autre autant qu'ils se détestaient. Cela, je l'avais ressenti dès notre première rencontre. Si je n'ai pas refusé son invitation à partager son dîner, je pense aussi que mon geste fut dicté par cette sorte de prudence et d'audace calculée qui ne me firent jamais défaut au cours de ma vie. Avec Marius, il fallait s'attendre à tous les retours possibles et ne jamais oublier que, dans une bonne démocratie, les chiens crevés ne meurent jamais.

Le vieux consul avait décidé d'entreprendre un voyage qui le mènerait en Galatie et en Cappadoce pour y accomplir un pèlerinage « avant de mourir », me confia-t-il avec cet excès de sincérité au fond des yeux qui souligne le mensonge mieux que n'importe quel regard fuyant. J'écoutai Marius sans broncher, affectant de poser sur mon visage un masque d'indifférence où il lui serait impossible de deviner mes sentiments. Que cachait cette comédie de pèlerinage ? Marius ne préférait-il pas plutôt s'absenter de Rome au moment du retour de Metellus ? Pourquoi ce voyage en Cappadoce ? Le Sénat voulait-il éloigner un personnage encombrant en lui confiant une mission secrète là où le roi du Pont, un certain Mithridate, ne cachait pas son ambition de rassembler tous les peuples de l'Orient et d'en chasser les Romains ? Même parvenu à la direction des affaires qui me donnait libre accès aux archives, je n'ai pas connu la raison exacte de ce voyage. J'étais alors loin de me douter que l'ambition de Mithridate et la vanité sénile de Marius concourraient l'une et l'autre, après des guerres inexpiables, à faire de moi, Sylla, le premier personnage de la République.

Les fêtes organisées pour le retour de Metellus, j'imagine qu'elles demeurent, pour les Romains qui ont survécu aux troubles de ces vingt dernières années, un grand moment de fraternité. On a pu croire pendant quelques jours à la réconciliation de la plèbe et de la noblesse. L'imminence des plus grands dangers n'était plus nécessaire à l'unité de la patrie ; il avait suffi, pour la retrouver, de faire tomber deux têtes et d'éloigner la troisième. Les émeutiers professionnels avaient disparu, les vieilles gens ne se faisaient plus égorger, la loi n'était plus imposée par la rue. J'en ai tiré des conclusions. Sans doute le pouvoir était-il retombé dans les mains des grandes familles, celles qui ont toujours réglé notre vie politique. Cela est vrai. Je n'ai pas été souvent d'accord avec leur mainmise sur tous les postes de commandement de la cité mais, quelle que soit la forme du gouvernement, il faut bien admettre cette vérité élémentaire : c'est toujours une oligarchie qui fait l'Histoire.

Le retour de Metellus, j'ai d'autres raisons de m'en souvenir. A l'occasion d'une grande fête organisée dans son palais où étaient invités tous les sénateurs et magistrats en exercice, je rencontrai deux personnes qui jouèrent un rôle considérable dans ma vie et dont les noms devront être honorés par Epicadus. Elle, c'est Caecilia. Lui, c'est Lucullus. Sans Caecilia, aurais-je jamais osé faire le geste, terrible pour un soldat, qu'il m'a fallu accomplir pour sauver la République ? Sans Lucullus, serais-je jamais venu à bout de Mithridate ?

Je venais d'arriver avec Clelia lorsque mon ami Pius vint au-devant de nous pour nous recevoir et nous conduire lui-même auprès du héros de la fête. Sensible à cet honneur et ne dédaignant pas la satisfaction d'avoir à mes côtés une épouse demeurée belle, respectée de tous, et dont la naissance égalait la mienne, j'entendais sur notre passage un murmure dont je me délectais comme un demi-dieu aurait fait d'une fumée d'encens. Personne n'ignorait que j'avais refusé de revenir à Rome avant le retour de l'exilé et tout le monde connaissait mon rôle pendant les dernières campagnes. Metellus me pressa contre sa poitrine. Autour de lui, s'étaient réunis les membres de sa famille, tous fiers de leur grand homme et paraissant peu soucieux de l'avoir laissé se dresser seul contre les tyrans démagogues. Ils me firent fête. L'un d'eux, jeune homme qui se préparait à partir en Grèce pour y poursuivre ses études, s'enhardit à me demander quelques renseignements sur les éphébies : c'était Lucullus, un neveu de Metellus. Alors que j'évoquais quelques souvenirs, une jeune femme vint se mêler familièrement à notre conversation : c'était Caecilia, la cousine germaine de mon ami Pius, donc la nièce du maître de céans. Elle était aussi la fille de cet autre consul Metellus à qui j'avais apporté un message à Dyrrachium et auquel je devais d'être devenu un protégé du clan le plus puissant de Rome. Moins belle que Clelia, Caecilia l'emportait par l'expression du regard dont on ne pouvait soutenir l'éclat bleu, à moins de la fixer avec quelque insolence. Un petit groupe de jeunes gens se forma bientôt autour de nous, et Caecilia me demanda :

— Racontez-nous comment vous avez capturé Jugurtha.

Elle avait dit ces mots sur un ton impérieux. Je m'exécutai avec d'autant plus de bonne humeur que ce récit me ferait briller, moi, Sylla âgé de quarante ans, devant cette jeunesse de vingt-cinq ans. Le même soir, mon ami Pius m'apprit que sa cousine, tandis que je faisais campagne contre les Barbares, avait épousé le vieux Scaurus, millionnaire autant que podagre, dont elle avait eu un enfant. Cette nouvelle me brûla le cœur. Avais-je donc si peu mûri depuis le temps où, sous le règne de Nicopolis, je ne pouvais regarder un bijou, une fille ou un cheval, sans vouloir le posséder ? J'avais quarante ans, j'étais parvenu à obtenir dans la société romaine une situation de premier plan grâce à mes actions militaires, la protection des Metelli, le nom de ma famille, mais aussi grâce à l'irréprochable patricienne qu'était mon épouse. Cela, je ne l'oubliais pas, mais il m'arrivait aussi de penser que le vieux Scaurus était parvenu à un âge si avancé qu'une simple chiquenaude du destin suffirait à y mettre fin, et j'étais saisi d'un grand trouble quand je démêlais l'embrouillamini des événements qui m'avaient mené vers cette rencontre.

Je ne doutais pas plus de la volonté du destin que du désir qu'aurait Caecilia, devenue veuve, de m'épouser. J'en étais sûr depuis le premier échange de nos regards. Un tel émoi je ne l'avais jamais ressenti encore. Il se situait au-delà d'une volonté de domination. La déesse des jardins de l'Académie conduisait mes pas.

Le goût des femmes, s'il a joué un rôle important dans ma vie intime, sociale ou politique, je ne pense pas qu'il ait jamais amolli ma volonté d'atteindre les buts fixés par moi seul. Caecilia, je l'attendrais. J'étais encore à l'âge où il ne vous vient jamais à l'esprit d'imaginer la quantité d'avenir qu'on a devant soi. Aujourd'hui, même si j'accorde plus de prix aux avertissements de la nature qu'aux mensonges enfantins de mon médecin, je sais qu'il ne me reste guère plus de six mois à vivre, le temps nécessaire au retour du printemps, à la maturation du fruit que Valeria porte dans son ventre et à l'écriture de ce monologue. Le temps me presse. Déjà, l'automne rouille les feuilles de mes vignes. La douleur qui croche mon bas-ventre s'est réveillée tout à coup pour s'apaiser dès que j'ai eu pissé un peu de sang. Par chance, occupée par les vomissements dus à son état, Valeria ne s'est pas aperçue du mien.

Il n'en va pas de même avec mon secrétaire Epicadus dont le regard inquiet, peut-être amical, ne m'épargne pas lorsque chaque matin il entre dans la bibliothèque pour me présenter son travail de la veille. Sa rédaction avance plus vite que la mienne. Epicadus a très bien raconté mon élection à la préture urbaine et le soin que je pris, pendant mon mandat, à organiser de grandes fêtes en l'honneur d'Apollon, notamment celle où cent lions mâles furent lâchés dans l'arène devant des chasseurs venus de Maurétanie et entraînés à la chasse aux fauves. Pour un élu, un des plus sûrs moyens de faire carrière, c'est de donner au peuple de la musique, des danses, du théâtre, des gladiateurs, des courses de chars et des lions. On ne peut pas lui offrir tous les jours de grandioses funérailles et des défilés militaires : les héros morts ou vifs n'y suffiraient pas. Les fêtes, je connais plusieurs de mes prédécesseurs qui en ont fait supporter la dépense par le Trésor public. Moi, Sylla, je les ai toujours payées avec l'argent puisé dans mes coffres personnels, même si les lions m'avaient été offerts par le roi de Maurétanie.

Que Bocchus soit devenu l'ami et l'allié du peuple romain après avoir emprunté les chemins compliqués des parjures, ruses, trahisons et mensonges, je ne peux pas lui en vouloir : je l'ai aidé. Mon expérience personnelle du pouvoir m'a fait connaître qu'il ne faut jamais peser dans les mêmes balances l'acte d'un simple citoyen et celui d'un chef d'Etat. Comment pourrais-je oublier que j'ai puisé dans le Trésor maurétanien pour subvenir aux frais de ma campagne électorale ? La nécessité m'y contraignit. Pendant que je faisais la guerre aux Numides, aux Cimbres ou aux Teutons, et que je refusais une promagistrature pour respecter la foi jurée au clan Metellus, les autres s'étaient rués vers les prébendes alors que mes coffres se vidaient. Nicopolis n'étant plus là pour acheter les suffrages nécessaires à mon élection, Bocchus pourvoyait à tout. Il fit même cadeau au peuple romain d'un magnifique groupe monumental représentant Jugurtha enchaîné par Sylla, que j'installai sur le toit du Capitole dès que je fus élu. Rentré à Rome, son voyage en Asie terminé, Marius tenta de s'y opposer, mais je l'emportai. Préteur urbain, je disposais de moyens suffisants pour faire régner l'ordre dans la ville, la nuit autant que le jour. Pour la majorité des Romains, je suis devenu le magistrat qui veille sur la sécurité des corps et des biens. Au cours de cette année-là, il ne se trouva aucun tribun du peuple qui osa s'opposer à ma volonté. Je l'eusse brisé. Moi aussi, j'avais constitué ma garde personnelle et je savais m'en servir.

Quelques décades après la fin de mon mandat, le Sénat me nommait gouverneur de la Cilicie. Ainsi, le destin me replaçait sur un chemin où je risquais un jour de me heurter à Marius. Celui-ci, depuis son retour à Rome où il faisait bâtir un somptueux palais, avait retrouvé, sinon sa verdeur, du moins sa suffisance de soldat glorieux. Il assurait que la République ferait bientôt appel à lui pour ramener l'ordre dans l'Orient troublé par les ambitions de Mithridate. Ma nomination, je la devais aux Metelli. Elle provoqua son humeur. Je ne m'en suis pas assez soucié. Revêtu des pleins pouvoirs civils et militaires pour y représenter la République, l'orgueil de partir en Asie ne m'échauffait pas la tête au-delà des convenances, parce qu'il est dans la tradition qu'un Cornelius occupe, un jour ou l'autre, un poste de haute responsabilité au service de l'Etat. Je pense cependant que mon attitude se modifia quand j'appris, quelques jours avant mon départ, l'objet réel de ma mission. Gouverneur de la Cilicie, je devais immédiatement porter secours au roi de Cappadoce, protégé du peuple romain, qui venait d'être déposé.

— Nous t'avons choisi parce que tu auras à dénouer en Cappadoce des affaires similaires à celles que tu as connues en Numidie. Encore que ce Mithridate soit un ennemi plus redoutable et plus puissant que le Jugurtha enchaîné par toi.

Ces paroles me furent adressées par Aemilius Scaurus, président du Sénat. J'avais été convoqué à la Curie pour y recevoir les instructions des pères conscrits membres de la commission des Affaires extérieures. Ainsi, celui qui me dépêchait au-delà de la mer Intérieure en me couvrant de louanges était ce même vieillard dont j'attendais la mort pour épouser sa veuve. Nous nous sommes regardés tous les deux avec des yeux de peseurs d'or, sans ciller. J'observais sans déplaisir la maigreur de son visage, ses lèvres minces et ses cheveux blancs, mais sa voix demeurait ferme et ses mains ne tremblaient pas, encore que, trahi par ses jambes, il ne pût se déplacer qu'avec l'aide de deux esclaves. Scaurus devait être de ces oncles dont on attend, impatient, l'héritage et qui finissent par enterrer leurs neveux avec un sourire farceur.

J'ai cru entendre dans sa voix une sorte d'ironie quand il a dit :

— Là-bas, en Cilicie dont nous te confions le proconsulat, tu trouveras plus qu'à Rome des tâches à ta mesure. Prends bien garde à toi. Tu ne manques pas de ruse, Sylla, les autres n'en sont pas dépourvus non plus.

Caecilia, au cours de cette année où j'avais exercé la préture urbaine, je l'avais plusieurs fois rencontrée, soit chez son oncle Metellus, soit dans d'autres maisons, voire chez elle, au cirque ou aux arènes. Nous n'avions échangé que quelques mots et quelques regards, rapides mais suffisants pour conclure entre nous un accord définitif. Etait-il secret ? Si brefs soient-ils, ces échanges-là échappent-ils à la vigilance des maris très âgés ? Le président du Sénat voulut-il m'éloigner de Rome ?

Me poser de semblables questions, c'était réduire à une affaire de vieillard jaloux une mission dont j'avais l'intention de gonfler l'importance. Que pouvaient bien peser les soupçons de Scaurus ou les sourires de Caecilia auprès de ce nouvel épisode du duel gigantesque qui, depuis Marathon, oppose l'Orient à l'Occident ?

VII

JEUNE homme, j'étais arrivé à Athènes, la tête bourdonnante de strophes homériques. En débarquant en Asie, j'eus au fond des yeux l'image du jeune Alexandre posant le pied sur la plage d'Ilion et y lançant son javelot avant de donner l'ordre à ses Macédoniens de descendre à terre. Moi, Sylla, je ne venais pas conquérir l'Asie. Mon rôle devait se limiter à détruire les bases installées par les pirates sur les côtes de la Cilicie, et aider le roi de Cappadoce à recouvrer son trône. Les trois cohortes de légionnaires mises à ma disposition par le Sénat disaient à elles seules la médiocrité de mon « proconsulat », ainsi que Scaurus avait qualifié ma mission avec un sourire enfariné. Propréteur ayant rang de proconsul, j'avais déjà observé que l'importance d'une charge dépend moins de son objet que de l'ambition de celui qui l'assume. Simple questeur en Numidie, j'avais mis fin à une guerre incertaine en capturant Jugurtha ; nommé tribun militaire, j'étais vite devenu le premier légat du général à Vercelli ; préteur urbain, je ne m'étais pas contenté de présider des tribunaux et des fêtes. Avant même d'avoir quitté Rome, je pressentis que ma mission en Cilicie ne se réduirait pas aux limites précisées dans ma lettre de commandement. Si, personnage encombrant, on avait voulu m'éloigner, on entendrait bientôt parler de moi sur le Forum.

Les nouvelles dont on m'informa quand j'arrivai à Tarse, siège de mon gouvernement en Cilicie, me révélèrent une situation plus grave que celle à laquelle je m'attendais : une armée arménienne s'apprêtait à franchir les frontières de la Cappadoce pour soutenir l'usurpateur qui avait détrôné Ariobarzane. Le chef de cette armée ayant épousé récemment une fille de Mithridate, tout devenait clair : cette opération avait été montée par ce dernier pour s'emparer de la Cappadoce, première étape de futures conquêtes destinées à supprimer la présence romaine en Asie. Comment pourrais-je m'opposer à une telle entreprise avec les dix-huit cents légionnaires de mes trois cohortes ?

Je suis ainsi fait que l'orage développe mon imagination, durcit ma volonté, excite mon courage. Funestes pour les autres, les mêmes périls deviennent bénéfiques pour moi. J'admets volontiers avoir été comblé par les dieux : ils ont fait de Sylla une sorte d'arbre auquel la tempête est nécessaire pour qu'il donne son meilleur fruit. Loin de m'abattre, la nouvelle d'un plus grand danger me fortifie.

Il me fallait agir vite, ne pas montrer aux Ciliciens un visage inquiet, m'installer au contraire à Tarse en grand appareil et dépêcher dans le même temps des informateurs secrets, les uns en Cappadoce pour me renseigner sur la situation politique de l'usurpateur face à la population, les autres vers la frontière arménienne pour observer les mouvements de l'armée. Construite à peu de frais par mon prédécesseur, la demeure du gouverneur de Cilicie m'ayant paru peu convenir à la majesté de la République, six architectes ont entrepris de restaurer, pour en faire ma résidence, l'ancien palais des rois séleucides tombé en ruine, tandis que j'envoyais à Rhodes un navire rapide qui me ramènerait des sculpteurs, des jardiniers et des rosiers. L'aigle aux ailes déployées, bientôt sculpté au fronton de mon nouveau palais, exprima la volonté romaine de perdurer en Asie.

Les légionnaires de mes trois cohortes, je les avais recrutés moi-même avec le plus grand soin. Nous avions combattu ensemble. Ils m'avaient vu à l'œuvre. Quelques-uns, je les avais tirés de circonstances difficiles. Je connaissais tous mes centurions par leur nom, leur âge, leurs campagnes, le nombre de leurs blessures et de leurs phalères. Ils m'avaient prêté serment de fidélité, je savais pouvoir compter sur eux comme ils savaient tous que je ne les abandonnerais jamais. Parmi eux, on dénombrait peu de citoyens romains à part entière, à peine le quart de l'effectif, mais des hommes recrutés en Etrurie, Ombrie, Campanie, chez les Volsques, les Eques et autres peuples d'Italie. A peine débarqués, ils ont installé leur camp à quelques milles de Tarse en observant les mêmes règles que si nous avions été menacés par un ennemi immédiat. Les leçons apprises en Macédoine, lorsque j'avais vingt ans, n'ont jamais été oubliées. J'ai donc interdit aux marchands et aux putains de rôder autour de nos tentes et, tel le légat Lentullus, je me suis levé au milieu de la nuit pour faire la ronde des postes de garde. Mes soldats étant peu nombreux, j'étais contraint de les montrer plus souvent. Chaque jour, une cohorte défilait au son des trompettes et j'ai exigé que la centurie désignée pour me rendre les honneurs porte toujours, malgré la chaleur, la cuirasse et le casque. Frappés par le soleil, il est arrivé que des légionnaires tombent à terre, mais j'étais parvenu à atteindre le but recherché : des Ciliciens venaient chaque jour se présenter au camp et demandaient à servir sous mes enseignes.

L'idée de former des corps supplétifs ne me quittait pas depuis que j'étais arrivé en Cilicie. Sous Marius et sous Catulus, j'avais apprécié la valeur combative et la fidélité de ces troupes légères, recrutées souvent sur place, dont l'emploi exigeait cependant un solide encadrement. Aucune mission de cet ordre ne figurait dans ma lettre de commandement, mais le Sénat ignorait en la rédigeant la véritable situation que je trouverais en arrivant à Tarse. Ma décision, j'ai pu la prendre parce que chacun de mes légionnaires, tous vétérans, était capable de se convertir sur-le-champ en instructeur et de devenir un gradé. Il restait à résoudre le problème de l'armement et de l'équipement de mes nouvelles recrues dont le nombre dépassa bientôt celui des légionnaires.

Contraint d'abandonner sa capitale, le roi de Cappadoce, Ariobarzane, s'était installé à Tarse avec quelques fidèles qui l'avaient rejoint dans son exil. Je n'éprouvai ni ne manifestai aucune sorte d'estime pour ce monarque : au lieu de défendre son royaume les armes à la main, il s'était enfui avec tant de précipitation qu'il avait oublié d'emporter son trésor. J'ai dû, de mauvais gré, subvenir aux besoins de ce protégé du peuple romain et entretenir avec lui d'amicales relations pour tirer le meilleur parti des informations recueillies en Cappadoce par les agents que j'y entretenais. Je n'ai jamais consenti pour autant à faire rendre à Ariobarzane les honneurs auxquels il prétendait : ceux-ci n'étaient dus qu'au représentant de la République. En Cilicie, Rome c'était moi, Sylla.

Trois mois après mon arrivée à Tarse, je disposais à travers la Cappadoce de quelques oreilles et de plusieurs courriers. Ils m'apprirent que l'usurpateur, un certain Gordios, mis en place par les soins de Mithridate, disposait de forces armées dix fois supérieures en nombre à mes trois cohortes et le plus souvent employées à réduire la sédition de nombreuses tribus qui, après s'être jetées aux pieds de leur nouveau maître, ne le respectaient pas davantage qu'elles n'avaient été capables de défendre l'ancien. En associant le poids des armes à celui de l'or, je pensais qu'il devait être possible de réduire la majorité de ces populations sans ruiner ni mon trésor de guerre, ni mes dépôts d'armes. Je m'en ouvris à Ariobarzane et lui indiquai que, le moment venu d'engager le fer, il devrait se trouver au premier rang. Il hésita, demanda des explications supplémentaires, et me proposa des plans compliqués : sa perfidie l'emportait sur les ruses où je croyais être passé maître. A n'en pas douter, le roi de Cappadoce balançait entre la protection romaine et sa soumission définitive à Mithridate avec lequel il entretenait sans doute des rapports très secrets. C'était mon apprentissage de l'Orient. Ne sachant pas encore que l'incapacité de tous ces peuples à s'unir sans se trahir aussitôt serait demain notre meilleure force de résistance aux coups de la multitude asiatique, je décidai de ne plus consulter Ariobarzane. A vouloir laver la tête d'un Barbare, on salit son eau et ses mains sans rien décrasser.

Suffisant pour m'offrir une résidence digne de ma charge et de moi-même, l'argent puisé dans mes coffres ne pouvait payer, ni nourrir, ni armer mes cohortes auxiliaires. Mes projets étant irréalisables, la mission confiée par le Sénat devenait impossible. Tiré de cet embarras par un événement inattendu, je n'ai pas douté de devoir celui-ci à l'intervention de ma divine protectrice. Si surprenante fût-elle, l'apparition de Patrocle à Tarse ne présentait aucun caractère surnaturel, bien que nous ne nous fussions pas revus depuis mon séjour à Athènes dans la maison de son père, le négociant Babulius où les jumeaux m'avaient fait connaître la vie nocturne du Pirée et appris le langage ailé du petit peuple brun. Lorsque j'avais décidé de rejoindre la Macédoine, Achille et Patrocle avaient déjà quitté Athènes pour s'établir, l'un à Délos, l'autre à Milet, là où les romaïoi n'ont jamais cessé de traiter d'importantes affaires d'argent avec les Asiatiques. Ayant gardé l'image de deux jeunes garçons au ventre plat et aux cheveux bouclés, les yeux gais et le rire aux dents, comment aurais-je pu reconnaître, vingt-huit ans plus tard, mon ami Patrocle dans le banquier obèse et chauve venu demander audience au proconsul de Cilicie ? Moi, j'avais gardé mes cheveux rouges, mon ventre n'était pas devenu une outre : la guerre abîme moins les hommes que l'argent.

Notre première rencontre se situait au temps où la vie est une sorte de trésor inépuisable qui peut tout entreprendre, tout acheter, mais aussi tout donner et où le souvenir des amitiés fraternelles se mêle à des odeurs de poissons grillés, de filles chaudes et de fromages frais, à des rires soudains, des baignades ensoleillées, d'interminables discussions philosophiques et des observations sur la marche des étoiles. Malgré nos rides, les plus apparentes comme les plus invisibles, qui sont peut-être les plus profondes, ce moment de la vie, notre jeunesse, était demeuré intact. Ce jour-là, de copieuses libations nous firent oublier ce que nous étions devenus l'un et l'autre, lui un usurier bedonnant aux yeux sans regard, moi un proconsul gardé nuit et jour par six licteurs porteurs de faisceaux dont les haches et les verges rappelaient mon pouvoir d'infliger n'importe quel châtiment à n'importe qui.

A la mort de leur père, Achille était revenu s'installer à Athènes, mais Patrocle avait gardé ses clients asiatiques, sans pour autant mettre fin à leur association. Dans cette partie du monde fertile en complots, séditions, trahisons, assassinats, conjurations, alliances secrètes et traités déchirés avant que l'encre n'en soit séchée, les deux frères disposaient de nombreux agents pour écouter, transmettre, acheter, vendre, créditer, saisir. De la mer Egée à l'Euphrate, ils ne savaient peut-être pas tout ce qui se tramait, mais ils demeuraient les mieux informés dès que se produisait un événement où ils pouvaient jouer un rôle d'intermédiaire. Faisant escale à Chypre où il avait appris le nom du nouveau gouverneur de Cilicie, Patrocle n'avait pas été long à comprendre que ce Lucius Cornelius Sylla devait être le jeune patricien hébergé naguère dans la maison paternelle, à Athènes. Aussitôt, il était parti pour Tarse, flairant déjà l'odeur d'une bonne affaire à travers le parfum de vieux souvenirs.

Plusieurs jours et plusieurs nuits furent nécessaires pour rédiger le texte d'un accord où Patrocle s'engageait à prêter à Ariobarzane l'argent nécessaire aux opérations que je méditais d'entreprendre. Cet argent, versé entre mes mains, serait remboursé à Patrocle au quintuple par le roi de Cappadoce dès que celui-ci aurait été replacé à la tête de ses Etats, étant entendu que les forces romaines et auxiliaires occuperaient la capitale, Tyane, jusqu'au règlement complet de toutes les sommes dues par Ariobarzane. Dans cette affaire, seul Patrocle s'exposait à tout perdre.

— En Asie, m'expliqua mon ami, il faut savoir prendre de gros risques. Les Orientaux affectent un certain dédain pour nos coutumes et notre manière de penser, mais leurs banquiers sont toujours plus durs que les nôtres : leurs mains soyeuses ont des doigts d'étrangleur. C'est pourquoi nous devons exiger des taux d'intérêt qui peuvent paraître considérables si on les compare à ceux pratiqués à Rome.

Il dit aussi :

— Sans doute n'aurais-je pas conclu un tel accord avec un autre. Toi propréteur, je ne risque rien parce que tu réussiras ton entreprise. Si tu échouais, tu ne manquerais pas de me faire rembourser par le Trésor public, dès le lendemain de ton accession au consulat.

Patrocle ajouta, l'air finaud :

— Rappelle-toi ce que je t'ai expliqué, il y aura bientôt trente ans, le premier jour de ton arrivée à Athènes : « Un romaïos n'est pas tout à fait un citoyen romain, mais il appartient au camp des vainqueurs. » C'est bien ce qui compte le plus.

Tarse, que j'avais connue assoupie dans une torpeur ensoleillée, se transforma en un grand atelier où l'on fabriquait des épées, des javelots et des boucliers. Des camps d'exercice furent dressés autour de la ville où mes vétérans devenus instructeurs apprirent à plus de cinq mille Ciliciens le maniement des armes et, plus que tout le reste, la rapidité brutale du combat rapproché. Les meilleures armées ne sont pas les plus nombreuses, ce sont les plus solides, mais il faut que celles-ci soient les plus disciplinées pour ne pas être contraintes de plier sous le plus grand nombre. Il fallut habituer mes troupes auxiliaires à obéir avant de les lancer dans les passes du Taurus.

Lorsque ma petite armée est entrée en Cappadoce, ses rangs se grossirent bientôt de nombreux guerriers accourus des tribus demeurées fidèles à Ariobarzane. A part quelques engagements mineurs, notre marche en avant ne fut pas gênée. Chaque soir, je faisais dresser un camp léger en prenant les précautions d'usage. Mes lieutenants, je les devinais aussi inquiets que mes légionnaires : ils n'avaient confiance ni dans la solidité ou la loyauté de mes auxiliaires, ni dans cet étrange pays où d'innombrables falaises surgissent tout à coup au milieu des plateaux désertiques. Il me fallut multiplier ma présence auprès d'eux et former des petits groupes mixtes de reconnaissance que je lançais sur l'avant-garde ennemie. C'était une des méthodes favorites de Marius pour durcir le courage des troupes et raffermir leur confiance. Solidement encadrés par mes vétérans, les Ciliciens se conduisirent d'autant mieux que je pris moi-même le commandement de certaines opérations où la plus grande difficulté demeurait de ramener vivants nos prisonniers : mes auxiliaires les égorgeaient.

Ces prisonniers, j'en avais besoin. Avant de les expédier sur le marché de Délos où les esclaves se vendaient cher, il me fallait les interroger sur les dispositions adverses. Je n'en manquai bientôt plus, chacun d'eux ayant rapporté une prime à celui qui l'avait capturé. Ainsi, j'ai pu dénombrer les troupes qu'il me faudrait affronter. Elles étaient en effet dix fois plus nombreuses que les miennes, le seul contingent arménien comptant pour la moitié des effectifs. J'avais pour moi la supériorité de trois cohortes aguerries par de nombreux combats, d'un encadrement rompu à toutes les manœuvres et de cinq cents chevaux syriens répartis en deux ailes. La partie serait difficile.

Pour la réussir, j'ai dû imposer à mes soldats des marches plus longues. Devant nous, après avoir soutenu quelques chocs rapides, l'ennemi se dérobait comme s'il eut voulu nous faire tomber, épuisés de fatigue et de chaleur, dans des espaces vides, tandis que lui-même gagnerait du temps pour recevoir les renforts promis par l'Arménie. « On gagne la guerre avec ses pieds », m'avait dit le légat Lentullus en Macédoine. J'ai forcé l'allure, j'ai rejoint l'ennemi, je lui ai imposé ma bataille. Je l'ai battu sous les murs de Tyane. Ce fut une rude journée. Ces Barbares orientaux ont le cœur fier, ils savent se servir de leurs épées et ne redoutent pas la mort. Le désordre leur est fatal. Le jour où ils sauront se plier aux mêmes disciplines que nous, qu'adviendra-t-il de Rome ? Quand les Arméniens ont abandonné le terrain, je laissai à Ariobarzane l'illusion d'être le libérateur de sa capitale et lui donnai la joie de récupérer ses biens. Moi, j'avais décidé de poursuivre les fuyards, jusqu'à l'Euphrate s'il le fallait, et de les exterminer tous. Il ne s'agissait plus pour Sylla de replacer sur son trône un petit roi de Cappadoce, mais de montrer à l'Asie, et d'abord à Mithridate, ce qu'était capable d'entreprendre un général romain deux siècles après la mort d'Alexandre.

On dit de moi que, plus calculateur qu'imaginatif, je ne me laisse conduire que par la raison. Ceux-là qui prétendent si bien me connaître ignorent les rêves fabuleux qui hantaient mes nuits, au milieu de mes soldats fourbus de poursuites. Au réveil, encore perdu dans mes songes, il m'arrivait de donner à mes centurions les noms des diadoques d'Alexandre : Antigonos, Ptolémée, Cassandre ou Seleucos. Chaque jour, nous marchions jusqu'au bout de l'horizon pour surprendre les Arméniens encore enfouis dans le sommeil. Mes légionnaires les tuaient. Nous repartions, droit devant nous, et faisions reculer d'autres horizons. Mon cœur s'arrêta un moment de battre quand j'arrivai enfin devant l'Euphrate, là où commence la véritable Asie, le pays de la démesure, avec ses larges fleuves, ses déserts infinis, l'immensité immobile du ciel où la lumière flamboie comme des épées. Aucun Romain n'était allé si loin à la rencontre du soleil.

Moi, Sylla, j'ai fait boire mes chevaux dans les eaux de l'Euphrate et j'ai reçu sous ma tente l'ambassadeur du roi des Parthes, Orobaze, venu me complimenter de la part de son maître. Lui aussi redoutait le voisinage de Mithridate dont il devinait le rêve gigantesque : rassembler sous sa domination une vaste monarchie qui comprendrait l'Asie Mineure, les rivages du Pont, la Macédoine, la Grèce, la Syrie et l'Egypte. J'entends encore Orobaze me souffler au visage, parlant très bas comme s'il eut peur d'être entendu :

— Plus rien n'empêcherait alors le roi du Pont de se retourner d'abord contre nous, ensuite contre vous. Seul un traité d'amitié et d'alliance entre Rome et la Parthie pourrait empêcher Mithridate de devenir le maître du monde. Dépêchons-nous de le conclure. A peine auras-tu quitté la Cappadoce avec les légions, Mithridate voudra y réinstaller une créature dévouée à ses ordres.

Orobaze, quel jeu jouait-il en me tenant de tels propos dont la logique apparente me surprenait dans la bouche d'un ambassadeur oriental ? Nos palabres durèrent plusieurs nuits. Nous dormions le jour. Le soleil couché, Orobaze m'apprenait que l'empire des Parthes s'étend de l'Arménie aux rives du golfe Persique et de la Syrie aux abords de l'Inde. Je l'écoutais, troublé, parce que l'Asie m'apparaissait comme un gouffre où Rome était menacée d'être engloutie pour peu qu'elle prît le parti d'un de ces deux monstres aussi prêts à se dévorer qu'à s'allier, quitte à se trahir l'instant d'après. Là plus qu'ailleurs, il faudrait prendre garde de ne pas se tromper d'ennemi.

La mission que m'avait confiée le Sénat avait été menée à bonne fin. Je lui avais même donné des dimensions plus grandes, à ma mesure, mais je ne pouvais pas aller au-delà. Il me fallut rentrer à Rome où les consuls me rappelaient.

La saison d'automne s'achève. Le vent et la pluie ont arraché les feuilles des vignes et des arbres. Seuls les oliviers et les cyprès ne sont pas touchés. Ceux-là vivront plus longtemps que moi. Il m'arrive de plus en plus souvent de poser ma main droite sur mon poignet gauche pour écouter les battements de mon pouls, suivant une méthode apprise en Grèce lors de mon dernier séjour à Athènes. D'après le médecin Hérophile, chaque âge aurait son rythme propre : une longue suivie d'une brève au cours de l'enfance, deux longues pour l'âge adulte, une longue pour la vieillesse. Me voici donc parvenu aux termes de mon poème. C'est le dernier chant. Les dieux immortels me permettront-ils d'attendre cinq mois pour fêter le retour du printemps et la naissance de mon enfant ? Je n'ai pas besoin de miroir pour savoir que la pâleur de mon visage s'est altérée au point de devenir grisâtre et que mes joues se sont creusées : le regard d'Epicadus me suffit. Valeria ne voit rien que la rondeur de son ventre. Elle le caresse en souriant. Je n'ose pas plus la prendre dans mes bras qu'elle n'en a envie elle-même. Avec Caecilia, nous avions connu les mêmes inquiétudes, mais nous savions l'un et l'autre que le temps du désir amoureux reviendrait plus fort. Ce temps, je ne le connaîtrai plus. Il y a six mois, au début que je pissais le sang, je refusais qu'un homme puisse être autre chose qu'un mâle. La douleur qui me perce le bas-ventre a effacé ces tourments. Suis-je encore amoureux de Valeria ? Un homme peut-il être amoureux d'une femme quand il ne peut plus aimer ? Mais pourquoi disserter sur un sujet aussi vain alors que le temps d'écrire m'est mesuré ?

VIII

En débarquant à Brindes avec mes soldats, au retour de cette mission en Cilicie qui m'avait conduit jusqu'à l'Euphrate, j'ai appris le soulèvement de l'Italie contre la République. Parti de l'Apennin, le mouvement avait tout de suite embrasé le centre et le sud de la péninsule, entraînant la majorité de ces alliés italiotes qui fournissaient aux légions le plus grand nombre de recrues depuis que les jeunes Romains inventaient mille ruses pour se dérober au service militaire. Que s'était-il donc passé pendant mon absence ? Comment les rivalités ancestrales et les vieilles jalousies avaient-elles pu rallumer tout à coup la haine de nos voisins immédiats, Marses, Lucaniens, Apuliens ou Samnites parmi d'autres, qui n'avaient jamais pardonné à Rome de les avoir dominés les uns après les autres ? Non seulement, ces peuples s'étaient révoltés, mais ils avaient constitué une sorte de république calquée sur la nôtre avec un sénat composé de cinq cents membres, deux consuls, douze préteurs, et une capitale située dans les Abruzzes, à Corfinium, qu'ils appelaient Italica. Ignorant encore l'événement qui avait pu déclencher ce soulèvement, sa cause profonde me paraissait évidente : le droit de citoyenneté que le Sénat leur refusait par la voie légale depuis trois siècles, les Italiotes avaient décidé de l'arracher par la force.

Le droit à la citoyenneté fut une des grandes causes qui agitèrent ma jeunesse. Caius Gracchus luttant pour qu'il soit accordé à tous les Italiotes, mon adhésion se voulait alors sans réserve, non sans réflexion, bien que je n'eusse pas encore revêtu la robe prétexte. Je me trouvais conforté dans cette disposition par plusieurs compagnons d'études et de jeux dont les parents, authentiques Latins, mais ayant eu le malheur de naître en dehors des frontières de la Ville, demeuraient ainsi exclus des droits conférés par la citoyenneté, alors qu'ils supportaient des charges militaires et fiscales dont les Romains étaient préservés. Autant dire que la possibilité de devenir un jour questeur, édile, préteur ou consul leur demeurait interdite, mais que le droit d'alimenter le Trésor public et celui de mourir dans les rangs des légions leur restaient ouverts avec la fierté de se proclamer alliés du peuple romain. Pendant les guerres puniques, après les désastres de Trasimène et de Cannes, à part quelques rares transfuges, toutes nos petites patries s'étaient alors fondues en une seule. Le danger passé, le Sénat s'était toujours refusé à partager les avantages particuliers réservés aux seuls citoyens romains. Pour avoir voulu faire voter une loi qui aurait accordé les mêmes droits à tous les hommes libres de la péninsule, Caius Gracchus avait été assassiné.

Un tel crime avait bouleversé ma jeunesse, et voilà que, trente ans plus tard, j'apprenais, au retour de ma première mission en Asie, qu'un de mes anciens compagnons, Drusus, venait de tomber à son tour sous le poignard d'un tueur parce qu'il avait présenté à la Curie un projet de loi à peu près semblable à celui de Caius

Gracchus. J'étais atterré. Drusus, j'éprouvais pour lui une secrète admiration : il était patricien, beau, riche, éloquent, capable de disserter avec la même sûreté d'expression sur l'art, la philosophie, la politique, ou d'aller se baigner tout nu, la nuit, dans les fontaines romaines.

Que ce meurtre ait été ressenti avec une profonde émotion par toute l'Italie, je le comprenais. Je m'expliquais mal comment il avait pu provoquer une insurrection d'une telle ampleur, à moins de soupçonner Drusus lui-même d'avoir été un des promoteurs, sinon le chef, de cette conjuration qui incendiait l'Italie. Pourquoi avait-il agi ainsi, lui, un patricien notoire dont le propre père avait été naguère le plus violent adversaire de Caius Gracchus ? Cette affaire du droit de cité à accorder aux Italiotes, il m'était arrivé d'en discuter avec Drusus. Avant de partir pour la Cilicie, je l'avais rencontré dans un dîner où il m'avait dit :

— Quand tu seras là-bas, ouvre bien tes yeux et tes oreilles : tu ne te méfieras jamais assez. Tout ce que nous aimons, l'Orient innombrable tentera un jour de le détruire, soit par ses soldats, soit par ses idées, soit par son commerce. Pour endiguer cette invasion, sournoise aujourd'hui, brutale demain, il faut rassembler dès à présent tous les Italiotes, latins ou samnites, étrusques ou marses. Demain, il sera trop tard.

Ainsi, la volonté de reconnaître les revendications des peuples alliés rejoignait son souci de dresser un rempart pour protéger nos temples, nos dieux, nos livres, nos noms, les tombes de nos ancêtres autant que nos propres vies. Ce que j'avais pu observer en Cilicie, en Cappadoce ou sur les bords de l'Euphrate me conduisait sans doute vers des conclusions similaires, mais je ne pouvais pas pour autant admettre que Drusus ait pu être complice d'une action concertée, susceptible de mettre en jeu l'existence même de l'Etat. Quelle qu'ait pu être alors la sympathie que j'éprouvais envers les peuples alliés, ou le peu d'estime en laquelle je tenais certains sénateurs plus riches de sesterces que d'imagination politique, je ne me sentis jamais plus proche de la République qu'à partir du moment que Rome courait le plus grand péril. Je décidai donc de rejoindre la Ville sans plus attendre.

Mon informateur voulut m'en dissuader : « Tous les pays du Sud s'étaient insurgés, des bandes armées gardaient les municipes, fouillaient les maisons, arrêtaient les voyageurs. Des magistrats avaient été égorgés dans leur prétoire, d'autres avaient sauvé leur vie grâce à des stratagèmes sans grandeur, déguisements ou fuites, tous indignes de leur charge. Comment Sylla pourrait-il échapper au fer des rebelles, lui dont le visage autant que la renommée étaient connus de nombreux Italiotes depuis qu'il avait enchaîné Jugurtha, aidé Marius à battre les Cimbres après les Teutons, offert au peuple un fameux combat de cent lions ? Il convenait de garder le silence, disparaître dans un lieu sûr, attendre. »

Parce que la prudence ne se confond pas toujours avec la sagesse, jamais avec les grands devoirs, je n'ai pas suivi ces conseils. Quelques jours plus tard, j'arrivai à Rome où les rumeurs les plus insensées étaient tenues pour vraies tant elles paraissaient incroyables. Ici, on affirmait que toutes les femmes et les filles des magistrats ou publicains installés dans les municipes avaient été tondues et violées, là on assurait tout bas tenir la preuve que des gladiateurs venus du pays samnite se cachaient dans les bas quartiers en attendant un mystérieux signal qui ferait d'eux des égorgeurs. Tel homme public prétendait qu'une armée de cent mille hommes marchait sur la Ville, tel autre précisait que les rebelles battaient déjà monnaie. Des familles entières encombraient toutes les routes qui mènent vers le nord. Moi-même, j'avais trouvé vide ma maison du Palatin. Clelia avait emmené tous nos serviteurs, affranchis ou esclaves. Rome se dégorgeait comme une colique.

La colère ou la honte, je ne sais pas encore si celle-là ou celle-ci m'enfiévrait le plus lorsque j'arrivai enfin à la Curie. Propréteur chargé par le Sénat d'une ambassade dangereuse auprès d'un roi protégé, j'entendais être reçu avec les honneurs dus à mon rang au moment où je venais rendre compte des heureux résultats de ma mission. Bien que j'eusse pris le soin de dépêcher un coureur pour annoncer ma venue, personne ne m'attendait sous le péristyle pour m'accueillir. Moi, Lucius Cornelius Sylla, je n'aime pas être tenu pour rien. Dans d'autres circonstances, je serais reparti aussitôt. Un haut responsable des affaires civiles ou militaires commet une faute envers lui-même, envers l'Etat et envers le peuple, quand il néglige ou affecte de mépriser, sous le couvert d'une fausse modestie, les honneurs qui sont dus autant à sa fonction dans la République qu'à sa personne.

J'entrai dans l'amphithéâtre où l'on tenait séance. Bancs et sièges curules, tous étaient occupés. Je n'avais jamais vu autant de sénateurs rassemblés et aussi attentifs à un discours. Rares furent mes collègues qui s'aperçurent de ma présence, tant les visages demeuraient tendus vers la tribune où le consul en exercice, homme de vieille souche et de grand talent oratoire, faisait connaître l'arrivée à Rome d'une ambassade rebelle. Celle-ci venait réclamer une dernière fois le droit de cité, avant qu'il ne soit trop tard pour arrêter le mouvement des troupes alliées prêtes à prendre par la force ce que Rome refusait aux peuples italiotes.

— Que les pères conscrits prennent garde ! Si nous éconduisons ces ambassadeurs, c'est la guerre immédiate. Elle sera impitoyable parce que nous nous battrons contre des frères. De nombreuses cités seront rasées, des milliers d'hommes vont périr. Si nous accordons aux messagers des alliés la citoyenneté qu'ils exigent, la République se sera agenouillée devant des rebelles dont les sicaires ont déjà commis trop de meurtres demeurés impunis. Quel que fût le poids de ses armes, aucun ennemi du peuple romain n'est jamais parvenu à faire modifier le texte des lois gravées sur nos tables de bronze. Donner la citoyenneté à des rebelles, ce serait injurier le droit. Personne n'impose la loi à Rome, c'est Rome qui dit le droit et dicte la loi. Je vous demande de voter le tumultus. Il nous faut mobiliser cent cinquante mille combattants, les armer et les jeter sur les ennemis qui se trouvent à nos portes, quelques-uns peut-être dans nos murs. Nous ne sommes pas les plus nombreux, mais nous sommes les plus forts. Le Latium, l'Ombrie, l'Etrurie demeurent fidèles. S'il le faut, nous enrôlerons des affranchis, nous armerons même des esclaves. Avec l'aide des dieux immortels, nous sauverons la patrie et le droit.

Tous les sénateurs étaient debout. Acclamant le consul, ils proclamèrent à main levée l'état d'urgence et ordonnèrent le tumultus. J'en ai fait autant. Le consul n'avait pas tort, la République ne pouvait pas consentir à légiférer sous la menace d'une dissidence prête à substituer sa propre organisation à celle de l'Etat. La guerre ne pouvait plus être évitée. Mon parti fut vite pris : je postulerais un commandement militaire sans plus me soucier, au moins pour l'instant, de fédérer la grande Italie dont l'unité me paraissait nécessaire après mon voyage en Asie. J'avais cependant éprouvé un sentiment de malaise à entendre les clameurs des sénateurs, à voir leurs visages colorés par l'enthousiasme, à sentir comme une odeur de suint et de sang se répandre déjà dans la Curie. Cette odeur, je la connaissais bien. Je l'avais reniflée sur les champs de bataille et dans les assemblées populaires. Elle enivre toujours ceux qui, d'un cœur ardent, envoient les autres se battre. Ce jour-là, j'ai vérifié qu'en invoquant dans le même discours les dieux, le droit et la patrie, un habile orateur peut conduire où il veut son troupeau : l'étable ou l'abattoir.

Cette guerre dont nous avons tous gardé un terrible souvenir et qui s'inscrira dans les annales de Rome sous le nom de guerre des Alliés, je l'ai faite sans fierté, sans joie, sans plaisir, avec l'amère satisfaction d'accomplir un triste devoir. Les hommes contre lesquels nous étions contraints de porter le fer, nous honorions les mêmes dieux, parlions ou comprenions le même langage, mangions la même cuisine, partagions les mêmes gestes de la vie quotidienne. A partir du moment que ceux-là s'étaient révoltés contre la République, les dés étaient jetés sans retour. Qu'elle qu'ait pu être ma sympathie pour la cause des rebelles et mon amitié pour certains d'entre eux, je n'avais pas balancé : la volonté de défendre l'Etat demeurait la loi suprême. Marcus Philippus et Julius César[1] étant consuls, tous les anciens chefs militaires que de funestes rivalités opposaient depuis qu'ils s'étaient illustrés en Numidie, en Espagne ou en Gaule, réagirent comme moi-même. C'est ainsi que le destin replaça sur ma route des hommes tels que Marius, Catulus, parmi d'autres.

Privée de domestiques, ma maison ne pouvait me recevoir. Mon ami Pius m'offrit l'hospitalité de la sienne. Il occupait alors une aile du palais que son père avait édifié non loin du mien. J'acceptai avec d'autant plus de plaisir que je pourrais ainsi partager la vie quotidienne des Metelli dont l'influence sur la vie politique s'affirmait prépondérante. Ceux-là qui n'avaient pas quitté Rome demeuraient réunis autour du chef de clan comblé d'honneurs et désigné Grand Pontife. Pour moi, c'était l'assurance de rencontrer souvent Caecilia.

Là-bas, en Cappadoce, il m'était arrivé quelquefois de penser à Caecilia Metella. Je savais déjà qu'elle serait aussi bonne amoureuse que bonne conseillère. Le goût du pouvoir, des honneurs, de l'argent, autant que celui du lit, elle les partagerait un jour avec moi. J'en étais sûr. Je devinais ses qualités et ses défauts parce que j'imaginais qu'ils devaient ressembler aux miens et à ceux de Nicopolis. Celle-là, je ne l'ai jamais oubliée. Il m'arrive souvent de me demander quel extraordinaire destin aurait pu être le sien si, au lieu d'être la fille d'une

1. Il ne s'agit pas, évidemment, du grand César qui, à cette époque, n'avait guère qu'une dizaine d'années.

esclave affranchie, elle était née au sein d'une des vingt familles qui se distribuent depuis cinq siècles toutes les magistratures. Elle avait déniaisé, et entretenu avec l'argent des autres, un jeune homme à peine dépucelé, mais Caecilia, à dix-huit ans, avait accepté dans son lit un vieillard de soixante-dix ans. Quelle était la plus putain des deux ? Le Scaurus, tout paralysé qu'il fût, bénéficiait d'un grand prestige. Consulat, triomphes, missions diplomatiques, présidence du Sénat, il avait tout obtenu. Il me faudrait donner davantage à Caecilia si je voulais l'obtenir et la garder.

Les périls auxquels Rome devait faire face me causaient des soucis plus immédiats. Après avoir rendu compte au Sénat du résultat de ma mission, je n'avais pas manqué d'alerter les pères conscrits sur la précarité de la présence romaine en Asie. M'écoutant à peine, ils m'avaient désigné pour être un des légats de l'armée placée sous les ordres de Julius César. Je dus recruter et armer quelques milliers de légionnaires et d'auxiliaires parmi les cent cinquante mille hommes dont le rassemblement paraissait nécessaire pour couvrir Rome, maintenir dans l'allégeance ceux qui n'avaient pas été entraînés dans la dissidence, délivrer les cités fidèles tombées aux mains des rebelles, lancer enfin une série d'offensives contre les ennemis de la République. J'ai toujours aimé diriger cette organisation de la guerre dont dépend si souvent la victoire ou la défaite. L'intérêt que j'y trouvai suppléa bientôt le faible enthousiasme qui m'animait à la veille d'entreprendre des combats fratricides. Mon ami, Pius Metellus, devenu mon adjoint, ne me déçut pas : avec lui je n'avais pas à craindre les pièges à loups que se tendaient entre eux les autres chefs militaires. Je compris vite que, derrière la façade d'union sacrée, les rivalités demeuraient vigilantes. Celles-ci n'étaient pas seulement militaires. Elles explosèrent tout à coup au cours d'une séance du Sénat lorsque le vieux Scaurus fut accusé publiquement d'avoir participé au complot insurrectionnel contre lequel Rome mobilisait toutes ses forces. Dans le même temps, j'étais moi-même accusé d'avoir profité de ma mission en Asie pour piller le trésor du roi de Cappadoce. J'étais le seul à pouvoir saisir le comique d'une telle situation qui nous réunissait tous les deux. Elle n'eût pas manqué de réjouir un auteur d'atellanes. Moi, j'ai traité par le mépris cette affaire dont on ne parla bientôt plus. Mes ennemis apprirent qu'on ne m'abattait pas avec des moyens dérisoires. Au contraire, le pauvre Scaurus fut atteint si cruellement qu'il en mourut peu de jours après. On ne le regretta pas longtemps : il était de ces élus qui servent la République moins qu'ils ne se servent. Caecilia, devenue veuve et riche, je n'ai pas eu le temps d'aller la saluer. J'étais déjà parti rejoindre mon poste auprès du consul commandant l'armée du Sud.

Bon mémorialiste, mon secrétaire Epicadus raconte le rôle décisif qu'il m'arriva de jouer, à différentes reprises, au cours de cette guerre conduite sans plan d'ensemble, faute d'un commandement unique. La nature de cette insurrection, sans foyer central où porter notre effort, nous obligeait à combattre en plusieurs endroits à la fois et à confier des responsabilités majeures à des lieutenants qui s'empressaient trop souvent d'agir pour leur propre compte. A dire toute la vérité, j'ai profité moi-même de cette situation : le jour où Marius n'a pas su exploiter le succès d'un combat qu'il venait de remporter de justesse contre les Marses, je suis intervenu dans son secteur avec des troupes fraîches et j'ai mis l'ennemi en déroute. Cette affaire, le vieux général ne me l'a pas plus pardonnée que ma naissance patricienne, ma capture de Jugurtha ou le succès de ma mission en Cappadoce. Il m'en a d'autant plus voulu que mes légionnaires avaient, ce soir-là, posé sur ma tête la couronne obsidionale. Marius lui-même ne s'était jamais vu décerner un tel honneur par ses soldats.

A Rome, on m'acclama. Je n'y restai que quelques jours, assez pour goûter, non pour y prendre goût, le plaisir grossier de la popularité. Le consul m'y avait envoyé pour faire part à la Curie de la victoire remportée par nos légions, après plusieurs échecs. Le premier jour de mon arrivée, je rencontrai Caecilia chez son oncle Metellus où elle était venue habiter au lendemain de son veuvage. Nous ne restâmes pas seuls, mais chacun de nos regards et de nos gestes, autant que le son de notre voix, exprimait l'émotion de nos retrouvailles. Il me sembla que le Grand Pontife nous observait sans déplaisir. Comment me serais-je conduit si Metellus nous avait laissés seuls ? Je ne m'étais jamais senti si solide ni si sûr de moi. Chaque matin, participant avec mes officiers aux séances d'exercice imposées aux légionnaires, il m'arrivait encore d'être le plus fort ou le plus habile. Privé de femmes depuis plusieurs semaines, me serais-je jeté sur la veuve de Scaurus au risque de voir s'écrouler en quelques instants mes projets où il entrait peut-être une part égale de risques calculés et d'honnêtes pensées ? Sans le savoir, mon épouse m'aura tiré d'un embarras où je n'aurais pas manqué de me trouver si j'avais dû m'installer dans la maison des Metelli où ma chambre m'attendait déjà. Clelia, à l'exemple d'autres familles, était rentrée à Rome avec nos domestiques. Nous ne nous étions pas revus depuis mon départ pour la Cilicie. Lorsque, quelques jours plus tard, je suis reparti au combat, nous n'étions, ni elle ni moi, mécontents de nous être retrouvés.

La première année de cette guerre des Alliés fut la plus dangereuse. A part quelques succès sans lendemain, Rome dut subir de nombreux échecs. On dénombra plusieurs dizaines de milliers de morts dont deux consuls tombés au milieu de leurs soldats. Bientôt, le recrutement des citoyens en état de porter les armes ne suffisant plus à assurer la maintenance des légions, il fallut enrôler des troupes levées en Gaule et en Espagne, faire appel à des affranchis. A la fin, découragés, craignant le pire, des pères conscrits se résolurent à accorder la citoyenneté à tous les alliés demeurés fidèles. Sans cette mesure, ces derniers eussent basculé dans le camp des rebelles et c'en fût fait de Rome.

Dès lors, il apparut que la fortune allait bientôt nous sourire. L'élan des conjurés était, sinon brisé, au moins freiné autant par les légions que par les nouvelles lois votées par le Sénat. Pour ma part, j'étais devenu commandant en chef de l'armée du Sud à la mort du consul Porcius Caton tombé au combat. Le jour où j'ai reçu le message du Sénat m'informant de cette promotion, ma première pensée est allée vers mon père que j'entendais encore me dire, après m'avoir révélé la mésaventure survenue à notre aïeul : « Toi, mon fils, tu décoreras le nom des Sylla. » A moins de subir le sort de mon prédécesseur, j'étais sûr maintenant de devenir, moi aussi, consul de Rome. Mourir au combat, c'eût été un beau trépas si j'avais eu un fils qui pût s'en enorgueillir. Je n'avais qu'une fille, Cornelia, à peine connue de moi, élevée par sa mère et qui porterait un jour un autre nom que le mien. Qui se souviendrait de Sylla ? Après avoir été un mort illustre pendant quelques jours, je ne serais plus qu'un cadavre parmi tant d'autres. Qu'avais-je alors fait qui méritât de demeurer dans les annales de Rome ? Le nom de Marius, non le mien, serait toujours associé à ceux de Jugurtha, des Cimbres et des Teutons. Quant au succès que je venais d'obtenir et à ceux que je me préparais à remporter en Campanie et dans le Samnium, que pèseraient-ils pour la postérité ? Les annales peuvent-elles mettre sur le même plan un militaire qui a brisé une guerre civile et un héros populaire qui a sauvé la patrie en écrasant les envahisseurs ? A cette époque de ma vie, il n'y a guère plus de dix ans, je croyais encore à l'Histoire, où je voyais mon nom inscrit en lettres de feu, et je brûlais d'accomplir les grandes choses que j'ai réalisées plus tard.

Il fallait d'abord que l'ordre romain fût rétabli dans toute l'Italie. Pompeius Strabo qui commandait l'armée du Centre s'y employa en soumettant, après de durs combats, les Marses et les Sabelliens. Moi, j'ai lancé une série d'offensives en Campanie méridionale, coup sur coup, sans laisser à l'adversaire l'occasion de se ressaisir. Je n'ignorais pas que nos ennemis deviendraient bientôt des amis, mais je ne pouvais pas oublier qu'ils avaient juré de détruire la République. C'était eux ou nous. Jamais un citoyen romain ne sut mieux pourquoi il se battait. Cette guerre, je l'avais commencée sans passion parce que j'étais déjà acquis à l'idée d'accorder le droit de cité, considéré comme un honneur et une récompense, à tous les Italiens qui le demanderaient après l'avoir mérité. Plus tard, j'ai connu une sorte de joie sauvage, je l'avoue, à voir mes soldats piller des villes dont ils venaient de s'emparer. Seul un guerrier vainqueur pourra comprendre qu'on puisse se saouler avec l'odeur du sang vaincu.

Périodiquement, j'avais dépêché vers le Sénat des messagers pour y faire connaître les succès que nous remportions. Au retour, ils m'apportaient les félicitations de tels magistrats qui naguère avaient connu la gloire en Espagne, en Macédoine ou en Gaule. Je savais que mon nom volait de bouche en bouche à travers le Forum, à la Curie, sur le parvis des temples. Ceux qui commentaient les hauts faits accomplis par les légions ou les auxiliaires dans une région quelconque de l'Italie ne les attribuaient plus à l'armée romaine, mais à l'armée de Sylla. Un général peut-il connaître une plus grande joie que d'entendre son nom accouplé à celui de son commandement ? Une lettre m'apporta une félicité plus douce. Elle disait seulement : « Caecilia et la victoire avec Sylla. »

J'ai fait tout à l'heure une longue promenade au bord de la mer. Valeria s'appuyait à mon bras, son épaule touchant la mienne. Prenant de temps à autre ma main, elle la posait sur son ventre où commence à bouger notre enfant. Je ne désire plus Valeria, je ne lui fais plus l'amour. J'éprouve pour elle un sentiment nouveau, encore inconnu de moi, auquel je ne parviens pas à trouver un nom, qui n'existe sans doute pas dans notre vocabulaire parce que nous autres, hommes latins, nous aimons surtout les femmes pour le plaisir qu'elles nous donnent. Nous marchions lentement, au rythme de nos corps en paix. A quelques-uns de ses regards ou de ses gestes, j'ai cru comprendre que je demeure encore pour Valeria celui devant lequel vingt-quatre licteurs porteurs de faisceaux écartent la foule, autant que l'amant vigoureux qui la reprendra dans ses bras dans quelques mois. Elle n'ignore pas le mal qui s'est installé dans le bas de mon ventre, mais son intérêt est ailleurs. Mon médecin me fait boire des décoctions de pavot et j'ai dû prier Epicadus de me farder légèrement le visage. Cette tisane et cette promenade m'apaisent peut-être. La douleur ne grandit pas les hommes. Ceux qui prétendent le contraire n'ont jamais pissé du sang ou mentent. J'ai écrit à Lucullus qui conduit les légions en Asie pour lui demander de m'envoyer ces herbes dont la fumée endort le corps et fait rêver l'esprit. Arriveront-elles à temps ?

J'ai épousé Caecilia Metella deux mois avant les élections qui m'ont porté au consulat. Les dieux m'ont fait ce cadeau d'anniversaire au moment que j'allais atteindre cinquante ans. C'est l'âge, prétendait je ne sais quel philosophe, où on ne sait plus si on monte encore ou si on descend déjà. Moi, j'ai considéré mon mariage et mon élection comme une étape vers d'autres sommets. Caecilia pensait la même chose. Tous les deux, nous avions l'ambition d'entreprendre et de vaincre, ces deux verbes demeurant synonymes pour ceux de notre race. Si le destin nous avait réunis, il nous parut que la mort d'un vieillard et la répudiation d'une épouse pour cause de stérilité se situaient dans l'ordre normal des petits événements de la vie quotidienne. Caecilia ordonna de majestueuses funérailles en l'honneur de son époux, je fis cadeau à Clelia d'un splendide collier d'émeraudes.

Tout de suite, nous avons su tous les deux que nous serions des amants autant que des associés. Caecilia, dès la première nuit, j'avais compris que ses aptitudes étaient supérieures à son expérience de l'amour. Le lendemain de notre mariage, elle me révéla que sa famille souhaitait me voir élu consul et l'avait chargée de m'encourager à poser ma candidature. Le clan Metellus m'avait toujours soutenu, je m'étais servi de sa protection pour devenir questeur, plus tard préteur. L'oncle de ma nouvelle femme n'avait été étranger ni à mon proconsulat en Cilicie, ni à mon commandement militaire en Italie du Sud. Les Metelli ne représentaient pas tout ce que j'aimais le plus, mais ils demeuraient les adversaires résolus des démagogues qui, sincères ou non, se servent toujours de la misère populaire pour nourrir leurs ambitions. Moi aussi, j'étais ambitieux et je savais maintenant que le meilleur moyen de plaire à la multitude, c'est de déclarer la guerre aux riches. Rome avait été ensanglantée, quelques années auparavant, par les deux meneurs, Saturnius et Glaucia, qui, protégés par une bande de sicaires, avaient ameuté le prolétariat et fait trembler les sénateurs. Tout pouvait recommencer demain parce que, si l'Italie avait été à peu près reconquise, sauf quelques poches d'ultime résistance, comment le Sénat pouvait-il se prétendre maître de Rome alors que la Ville était submergée par des milliers de réfugiés qui, ayant fui leurs régions dévastées par la guerre, s'y entassaient dans la détresse ? Que les Metelli et leurs semblables aient d'abord songé à préserver leurs biens autant que leurs privilèges, je le sais mieux que personne. En acceptant qu'ils soutiennent ma campagne électorale au point d'en assumer tous les frais, je n'ai pas eu l'intention de favoriser la noblesse. J'ai voulu seulement prendre le pouvoir. Pour autant, je n'ai jamais été leur prisonnier. Je les ai courbés comme j'ai fait plier tous ceux, patriciens ou prolétaires, qui refusaient de placer la cité au-dessus d'eux-mêmes et revendiquaient je ne sais quels droits prétendus autant que périmés. Je ne me suis montré indulgent qu'avec mes soldats.

Ma vie ne ressemble pas à une flûte taillée dans une baguette de roseau : les courbes y sont plus nombreuses que les lignes droites, les orages que les notes de musique, les thrènes que les péans. Il m'a été rapporté que, parlant de moi, de nombreux Romains disent encore : « L'heureux Sylla. » Je l'ai voulu ainsi en accolant moi-même cette épithète à mon nom, un soir de bataille gagnée. Peut-on, en vérité, dire d'un homme qu'il est heureux sans rien connaître des dernières années de son existence, au moment où celle-ci se replie sur des souvenirs et des secrets ? Si on me demandait de choisir parmi les soixante années que j'ai aujourd'hui parcourues, celle qui résume le mieux ma vie fertile en événements dont je fus à la fois témoin ou acteur, je désignerais probablement cette première année de mon union avec Caecilia Metella où mon destin se confondit avec celui de la République.

Dans ces pages qui ressemblent parfois à des confidences que je ferais à moi-même, il m'est arrivé de rappeler avec complaisance quelques souvenirs érotiques, surtout ceux où Nicopolis joue le premier rôle. Tout ce que je lui dois, dans ce domaine ou dans d'autres, je ne l'oublie pas, mais quand il s'agit de Caecilia, encore qu'elle devînt très vite l'amoureuse devinée dès la première fois, il m'est impossible d'évoquer, surtout le calame à la main, le moindre souvenir du même ordre. Pour moi, au-delà de la matrone romaine de nos plus solides traditions, elle demeure la conseillère, la guide, l'alliée qui demeure présente et reste droite lorsque tout s'écroule.

La pourpre consulaire, à peine l'avais-je jetée sur mes épaules que je dus faire face à de graves problèmes. Ils étaient à ma mesure. J'entendais rassembler dans une même république tous ces morceaux d'Italie contre lesquels je me suis battu parce que j'ai toujours placé l'intégrité de l'Etat au-dessus de tout. La guerre avait tué près de deux cent mille hommes, vidé le Trésor, raréfié les vivres, augmenté les risques d'émeutes à Rome devenue surpeuplée. Il me fallait imposer l'ordre public, nourrir les réfugiés, légiférer sans démagogie, surtout unir les Ombriens, les Ligures et les Etrusques aux petits peuples de l'Apennin et du Sud par les liens des mêmes droits et des mêmes devoirs. Dès ce moment, j'ai voulu faire des Romains avec tous ces Italiotes désormais confondus dans une patrie commune. Pourquoi donc les dieux immortels mesurent-ils avec tant de parcimonie le temps de ceux qu'ils ont désignés pour construire l'Histoire ?

Autour de moi, j'avais réuni quelques magistrats qui m'étaient fidèles. Parmi eux, P. Rufus, deuxième consul élu le même jour que moi, fut le plus efficace. Nous nous rassemblions le soir, chez moi, en présence de Caecilia et nous rêvions d'entreprendre de grands travaux qui embelliraient Rome : nous agrandirions le port d'Ostie, ouvririons de nouvelles routes, creuserions des canaux, élèverions une grande bibliothèque pour abriter les archives de la République. J'étais fait pour diriger des architectes, mais le destin m'a toujours ramené au commandement des légions.

Profitant de la guerre qui mobilisait toutes les forces de Rome, Mithridate avait envahi la Bithynie et la Cappadoce. Faute d'avoir provoqué à temps les rencontres nécessaires que j'avais conseillées à mon retour de Cilicie, notre province d'Asie, la plus belle de toutes et la plus riche, celle dont les redevances alimentent en majeure partie le Trésor public, se trouvait menacée d'invasion. Quant au roi des Parthes, courroucé de notre silence, trop heureux de voir bousculer la présence romaine en Asie, il n'interviendrait pas contre le roi du Pont, sauf peut-être pour lui réclamer une part de nos dépouilles.

Les lettres que m'écrivait régulièrement mon ami Patrocle faisaient redouter le pire, mais aucun auteur tragique n'eût osé imaginer les scènes dont le récit parvint au Sénat, pendant les calendes de mars. Innombrables, les troupes de Mithridate s'étaient jetées sur notre province d'Asie et emparées aussitôt de toutes ses cités. Soudoyées par les agents du roi du Pont, nos cohortes auxiliaires avaient ou lâché pied ou pris le parti des envahisseurs, les aidant à massacrer les milliers de citoyens romains installés sous la protection des proconsuls de la République. Ni les femmes, ni les enfants, pas même les nouveau-nés, réfugiés dans les temples, n'avaient été épargnés. Tout ce que j'avais pu craindre était balayé par l'horreur de ces carnages dont la seule évocation trouble toujours le vieil homme que je suis devenu et me remplit de pitié. Au moment où j'en pris connaissance, elles aiguisèrent ma lucidité politique quant aux affaires d'Orient. Je ne m'y trompai pas. Hier, si Rome avait dû faire face à un soulèvement de l'Italie, aujourd'hui elle se trouvait devant la révolte de l'Asie. Mithridate, occupant Pergame, Milet, Ephèse et Smyrne, ne mettait pas seulement la main sur les trésors qui y étaient accumulés, il détruisait tout ce que nous avions édifié : temples, demeures, écoles, aqueducs, jardins, bibliothèques. Il effaçait ainsi tout ce qui pourrait rappeler aux vivants et à ceux qui viendraient après eux la mémoire de la présence romaine.

Moi, Sylla, j'avais peur de l'Asie autant que l'Asie devait nous haïr. Premier Romain parvenu sur les rives de l'Euphrate, je demeurais hanté par le souvenir des déserts immenses, des soleils flamboyants, des fleuves larges comme la mer, des montagnes géantes, des étendues sans limites où vivaient des peuples inconnus, plus nombreux que les étoiles du ciel, avec lesquels nous ne partagerions jamais ni le pain ni le sel, encore moins le bonheur de réciter ensemble une strophe d'Homère. Le rêve d'Alexandre, il avait suffi qu'un Barbare lève la main pour en faire un cauchemar dégouttant de sang.

Quel que fût le poids des dangers encourus si nous affrontions le roi du Pont, il fallait choisir entre le déshonneur et la guerre. Invengés, ces milliers de cadavres eussent fini par pourrir Rome, son passé autant que son présent. Consul de la République, j'ai fait décréter la guerre contre Mithridate et j'ai reçu du Sénat le commandement de l'armée d'Orient. Dans mon esprit, il ne s'agissait pas d'entreprendre une simple action punitive contre le roi du Pont pour venger nos morts et l'offense faite à la République, il me parut nécessaire de monter une opération dont l'importance signifierait à Mithridate la volonté romaine de mettre un terme à ses crimes. Je devrais donc disposer d'un véritable corps expéditionnaire. Mais où trouver les troupes nécessaires pour mener une telle entreprise? Faute d'argent pour les payer, quinze légions et leurs cohortes auxiliaires avaient dû être démobilisées, cinq autres se trouvaient encore occupées à réduire des poches de résistance samnites. Les soldes des effectifs demeurés en service n'étaient pas payées, le statut des nouveaux citoyens exigeait une refonte complète de l'organisation militaire, le Trésor était vide et la Province qui alimentait les ressources de l'Etat était tombée aux mains de l'ennemi. Laissant à mon collègue Rufus le soin des affaires civiles, je décidai de partir pour la Campanie. J'emmènerais avec moi Caecilia qui s'installerait dans ma maison de Baïa, non loin de la région où j'avais l'intention d'établir les bases de ma future armée. Ainsi, quatre mois après notre mariage, il me fallait quitter Rome et reprendre le chemin de la guerre.

J'arrivai à Baïa avec les premiers jours du printemps. Caecilia était enceinte, les arbres se couvraient de fleurs, nous étions heureux et fiers l'un de l'autre. J'ai montré à ma femme l'endroit où j'avais grandi, je lui ai parlé de mon grand-père, je l'ai conduite dans cette bibliothèque aujourd'hui agrandie où j'étais venu souvent rechercher la solitude et le silence. Elle connut mes anciens compagnons de jeux. Ceux que je commandais avec l'autorité d'un centurion et ceux que j'emmenais dans ma barque pour poser des casiers faisaient maintenant de petits métiers, forgerons, potiers, menuisiers, ou travaillaient aux champs. Quelques-uns, anciens soldats, avaient perdu un bras ou un œil. Les autres, les plus nombreux, étaient morts. On fit fête autant au consul qu'au petit-fils du vieux tribun de légion venu autrefois en Campanie pour y bâtir la maison de ses derniers jours au milieu des vignes et des oliviers. J'ai mieux compris alors pourquoi nos généraux, nos ambassadeurs, nos magistrats aiment tant revenir dans le village de leur enfance : ils y reçoivent assez d'hommages pour leur faire croire qu'ils sont illustres.

Chaque jour, un courrier m'apportait des nouvelles de Rome. J'appris bientôt que P. Rufus avait pu se procurer neuf mille livres d'or en vendant les terrains consacrés au culte de Jupiter qui avoisinaient le Capitole. Je disposerais donc des sommes nécessaires pour payer les premières soldes de mes recrues, quitte à leur promettre de se dédommager sur les trésors de l'Asie. Trois mois plus tard, trente mille hommes vinrent se rassembler sous mes aigles, dans le vaste camp d'entraînement installé près de Nola, autour d'anciens centurions qui m'avaient rejoint à mon premier appel. Ceux-là, je les connaissais un par un. Je m'étais toujours intéressé à leur carrière, j'avais favorisé leur avancement, j'avoue qu'il m'était arrivé de ne pas châtier certains d'entre eux qui avaient commis cependant des fautes graves : un chef, à n'importe quel échelon, doit toujours penser qu'il lui arrivera d'exiger des missions de sacrifice. Comment serait-il alors obéi, dans n'importe quelle circonstance, s'il appliquait toujours à la lettre le règlement disciplinaire ? Des centurions qui méritaient d'être rétrogradés mais dont la poitrine s'ornait de phalères gagnées au combat, j'ai préféré leur demander de se racheter par leur courage. Aucun d'eux ne me déçut. Beaucoup sont tombés fer en main. Les survivants savent encore que Sylla peut être impitoyable ou généreux mais qu'il demeure toujours imprévisible.

Nola n'est pas éloignée de Baïa. Je venais voir souvent Caecilia. Elle avait atteint le cinquième mois de sa grossesse. Son ventre était alors aussi rond que celui de Valeria aujourd'hui. Dans ce cabinet où je travaillais déjà et d'où je regarde maintenant passer les jours disparus, elle venait me retrouver, s'asseyait en face de moi, me demandait des nouvelles de l'armée et du Sénat. Je posais ma main sur son ventre. L'avenir appartenait à nous deux, bientôt à nous trois. Ce soir, si Valeria entrait dans cette pièce, le ventre en avant, quel sens me faudrait-il donner à l'avenir ? Quatre mois ?

Le plus souvent, je passais la nuit au camp, dans mon prétoire aménagé de telle façon que je pouvais y dormir, prendre mes repas, rassembler mes légats. Malgré la gravité de la situation, nous passions des soirées gaies, à boire et à rire car c'est un signe commun à tous les militaires que de bénéficier d'une santé morale assez solide et innocente pour rire sans lassitude aux plaisanteries les plus niaises. Nous avons aussi beaucoup travaillé. Il n'est pas facile de maintenir dans un camp six légions composées d'anciens soldats rompus aux manœuvres réelles, et qui répugnent aux simulacres de combat chers à tous les officiers instructeurs. Je leur ai imposé ces exercices quotidiens pendant près d'une année. D'après les informations qui nous parvenaient par des chemins secrets, nous pourrions nous heurter à une armée regroupant plus de cent mille hommes fanatisés. C'est toujours par la qualité de leurs manœuvres que les légions avaient contenu et finalement vaincu les cohortes barbares. Encore que j'aie répudié beaucoup de vieilles routines, j'avais conservé quelques bons principes inculqués pendant l'année de mon service. A Nola, dans l'ignorance que nous nous trouvions de savoir où et comment imposer un champ de bataille à l'armée de Mithridate, il nous était difficile d'imaginer un plan quelconque d'opérations. Tenter un débarquement en force sur les côtes occidentales de l'Asie Mineure supposait la libre disposition de navires de transport et de trières, autant que la possibilité d'utiliser les ports des îles grecques. Or, nous avions appris que l'ennemi était parvenu à s'installer à Chio, Lesbos, Délos, aux Cyclades d'où sa flotte surveillait la mer Egée. Grâce à ses énormes murailles, sans doute au courage de ses habitants, seule Rhodes avait pu résister.

De Rome, nous parvint l'écho d'imprécations inattendues. Elles étaient proférées par le vieux Marius qui me reprochait, avec véhémence, de demeurer trop longtemps l'arme au pied alors que nos frères assassinés par les Barbares d'Asie restaient sans sépulture. Il n'avait pas accepté sans rancœur ma nomination à la tête de l'armée d'Orient dont il réclamait le commandement proconsulaire et, pour prouver sa verdeur, faisait tous les jours galoper son cheval sur le Champ de Mars. Ventru et avide de gloire, le vieux général partant en guerre contre le roi du Pont, c'était devenu un des sujets favoris de plaisanterie pour mes jeunes officiers. Moi, je demeurais plus réservé. Avec Marius, on pouvait s'attendre aux pires rebondissements. Pour le populaire, il resterait toujours l'homme nouveau qui, parti de son village pour s'engager dans les légions, avait obtenu six fois le consulat. Les quelques succès remportés pendant la guerre des Alliés avaient fait oublier ses reniements. Il suffirait que d'autres démagogues s'emparent du vieux héros, comme d'une enseigne au cours d'un combat, et ils entraîneraient derrière lui la populace à l'assaut de la Curie.

Plus soucieux qu'inquiet, je fis part de mes réflexions à Caecilia. Semblable à tous les Metelli, elle redoutait Marius. Toute bonne Romaine qu'elle fût, les victoires d'Aix et de Vercelli n'effaçaient pas la loi d'exil que le vieux soldat avait fait voter contre son oncle. Elle n'avait rien oublié. Je l'entends encore me répondre :

— Si Marius veut ton commandement, qu'il vienne le prendre devant Nola.

Elle avait dit ces mots non par jeu mais sur le ton d'un défi dont je me suis souvenu, quelques semaines plus tard, quand j'ai dû prendre la plus grave décision de toute ma vie.

A Rome, la petite équipe de magistrats dont s'était entouré mon collègue Pompeius Rufus était parvenue à résoudre quelques-uns des problèmes les plus immédiats qui intéressaient la vie quotidienne de la cité, non le plus important, qui dominait tous les autres et déterminerait son avenir : l'intégration progressive des nouveaux citoyens. Un nouveau tribun du peuple, Sulpicius, s'était fait leur défendeur. Orateur passionné, meneur d'hommes à la voix théâtrale comme nous les aimons trop, il s'était juré de les faire inscrire sur les listes électorales des anciens citoyens. C'était assurer aux nouveaux venus une majorité susceptible de les rendre maîtres de Rome et leur permettre d'écraser un jour ceux à qui ils devaient d'être devenus romains.

A la vérité, les actions menées par Sulpicius m'inquiétaient davantage que les exhibitions du vieux général dont on me disait qu'il se baignait maintenant chaque matin tout nu dans les eaux du Tibre. J'étais loin de me douter qu'une relation très secrète avait été établie entre les deux hommes. Je savais seulement que, semblable à ses prédécesseurs, le tribun avait levé une troupe de sicaires dont les gourdins et les poignards s'abattaient, toujours au nom du peuple, sur les vieux citoyens qui entendaient protéger leurs traditions. Comment Sulpicius avait-il pu en arriver là ? Né d'une famille noble proche du Sénat, sa conduite avait été irréprochable jusqu'au moment où, reniant ses origines, il s'était présenté au Tribunat. Qu'était-il advenu ? Qui ou quoi convenait-il de condamner le plus ? L'homme Sulpicius ou l'homme politique ? Je m'étais posé naguère les mêmes questions et je me rappelais mes conclusions : les institutions corrompent les hommes. C'est là qu'il faudrait frapper pour guérir la démocratie. Pour l'instant, j'avais à conduire une armée en Asie. Je me suis promis que si les dieux permettaient mon retour victorieux, je demanderais à la Curie d'amender ou même d'abolir cette magistrature : elle ne correspondait plus aux exigences d'un Etat qui entreprenait de romaniser l'Italie tout entière.

Tout a basculé lorsque je suis venu à Rome m'entretenir avec mon collègue des agitations qui troublaient déjà l'ordre public et menaceraient bientôt la République si nous n'y prenions garde. A trois mois de sa délivrance, Caecilia ne m'avait pas accompagné. Dès le premier jour, le consul me révéla l'état d'esprit de tous les vieux Romains, les vrais, ceux de Rome, prolétaires, patriciens, gargotiers ou boutiquiers : aucun d'eux ne voulait avoir pour maîtres les milliers d'Italiotes qui, sans travail, sans toit, sans ressources, venaient s'installer dans la Ville avec leurs femmes et leurs enfants. Protégeant ceux-ci, Sulpicius ne paraissait pas craindre ceux-là. C'est de moi, Sylla, qu'il avait peur. De moi et de mes légions. C'est pourquoi il venait de décider de faire voter par le peuple une loi qui abrogerait ma nomination au commandement de l'armée d'Orient et promouvrait Marius à ma place. Sylla éliminé, le fils du peuple conduirait la guerre contre Mithridate et la voie demeurerait libre à Sulpicius.

— Ne doute pas de mes paroles, dit mon collègue, je dispose d'agents très sûrs. Il nous faut agir aujourd'hui même parce que le tribun a déjà convoqué les comices. Rappelle-toi la mésaventure survenue à Metellus lorsque le commandement des légions en Numidie lui fut retiré par un vote populaire qui annulait la décision du Sénat.

Pompeius Rufus avait raison. Absorbé par les soins donnés à mon armée dont je voulais faire une redoutable machine de guerre, je n'avais pas imaginé qu'à peine sortie des malheurs et des déboires provoqués par la révolte des Italiotes, Rome pût retourner si vite à ses démons familiers. Il fallait agir vite. Comment ? Sulpicius était trop bien gardé par ses hommes de main pour qu'on puisse tenter avec succès de le faire disparaître, et il était trop tard pour essayer de soudoyer un de ceux-ci à qui nous aurions glissé dans la main assez d'argent pour qu'elle ne tremble pas le moment venu. Ameuter les anciens citoyens contre les nouveaux, c'était précipiter Rome dans une guerre civile où chaque rue deviendrait un champ de bataille. Il ne nous restait plus qu'à nous adresser au peuple qui nous avait élus consuls quelques mois auparavant.

Quand nous parvînmes au Forum, chacun précédé de ses douze licteurs, la multitude l'occupait déjà. Les applaudissements qui saluèrent notre apparition aux rostres furent aussitôt couverts par des clameurs hostiles : les nouveaux citoyens s'étaient rués sur les anciens. Dans ma jeunesse, j'avais assez pratiqué ce genre de bagarres pour reconnaître dans une foule les spécialistes du tumulte. Tout se passa très vite. Avant que j'aie pu ouvrir la bouche, un groupe d'émeutiers tentait d'escalader la tribune. J'en avais déjà assommé quelques-uns lorsque, protégé par mes licteurs, je fus entraîné loin du Forum.

Deux jours plus tard, je me retrouvai au milieu de mes légions à Nola. Sulpicius n'avait pas perdu de temps : quelques instants après mon départ, il était monté à la tribune où il avait fait attribuer à Marius le commandement de l'armée. Il m'est encore difficile d'apprécier le sentiment qui m'agita le plus lorsque j'appris cette nouvelle : elle me frappa comme un outrage. Pour la première fois de ma vie, je sentais que quelque chose d'indéfinissable m'échappait. Moi, Sylla, j'avais cru être capable d'écrire l'Histoire et voilà que, six mois après avoir été élu consul, j'étais chassé de mon commandement militaire comme un affranchi indélicat est renvoyé par son maître. M'étais-je trompé à ce point sur moi-même, sur la République, sur la nécessité de réunir un jour tous les peuples de l'Italie dans une seule patrie romaine, et sur la protection que m'accordait Vénus ?

Caecilia s'était installée auprès de moi, dans l'enceinte du camp où nous savions être en sécurité. Je lui racontai les huées de la foule, la menace d'un poignard, ma fuite vers Nola, mon commandement militaire remis à mon pire ennemi.

— Je n'ai plus rien, lui ai-je dit.

Elle se redressa, ses yeux plantés dans les miens.

— Si, dit-elle. Il te reste les légions, l'armée de Sylla.

Sa voix était brève, sans emphase, sèche, comme le jour où elle m'avait dit : « Si Marius veut ton commandement, qu'il vienne donc le chercher ! » Je compris cette fois que je n'entendais pas une simple bravade, mais je fis remarquer à Caecilia que les légions ne m'appartenaient pas : l'armée n'était pas celle de Sylla, mais celle de la République. Ne savait-elle pas combien j'étais respectueux de l'Etat ?

— Il n'y a plus d'Etat, répliqua-t-elle en haussant à peine le ton.

Elle dit aussi :

— Je croyais que tu étais un chef.

Je n'ai rien répondu. Sans le consentement du peuple, pouvais-je devenir autre chose qu'un chef de bande voué à la proscription, bientôt privé de ressources et abandonné des plus fidèles ? Mais s'il n'y avait plus d'Etat, ainsi que le proclamait Caecilia, ne convenait-il pas à l'armée de le rétablir puisque l'armée, bouclier de la patrie, rassemblait maintenant tous les citoyens de l'Italie?

Ces problèmes que j'agitai pendant toute une nuit, ne les avais-je pas résolus depuis longtemps? J'avoue aujourd'hui que j'ai essayé de trouver quelques raisons supérieures pour me donner bonne conscience et justifier le geste terrible, déjà décidé, qui me vengerait avec éclat d'un outrage intolérable : marcher sur Rome avec mes légions. Il n'est pas impossible que le regard de Caecilia, au moment où elle me dit : « Je croyais que tu étais un chef », m'ait influencé. Mon choix était fait. Je savais que la rancune est meilleure conseillère que la colère, mais, cette fois, il me fallait précipiter les événements. Si j'ai commis un sacrilège en faisant franchir à mes soldats le sillon tracé jadis par la charrue de Romulus et proclamé inviolable, cette décision a dépendu de moi seul, Sylla. Laver un affront, cela valait-il d'entraîner plus de trente mille hommes à commettre une telle profanation? Je pense aujourd'hui avoir eu raison. Le prix d'une offense ne se mesure pas sur des balances de peseur d'or. Epicadus écrira dans mes Annales que j'ai voulu sauver la République. Cela est vrai aussi.

Laissant les auxiliaires sous leurs tentes, j'ai rassemblé mes légionnaires. J'allais jouer quitte ou double et tester du même coup la solidité des liens qui attachaient ces soldats à leur général. Lorsque je les ai vus alignés en bon ordre, centurie par centurie, leurs regards fixés sur moi, j'ai lu dans leurs yeux impatients qu'ils croyaient arrivé le moment où j'allais enfin donner l'ordre de lever le camp et de prendre la route de Brindes où ils embarqueraient pour l'Orient, vers la gloire et le butin. Si je parvenais à provoquer leur fureur, les dés pourraient rouler en ma faveur.

Ma harangue n'a pas été longue. Je commençai par leur dire que, frappé injustement, leur général venait d'être victime d'un complot. Son commandement lui étant retiré, il devait s'incliner devant la loi. Frappés de stupeur, les légionnaires demeurèrent immobiles mais un grondement semblable à celui d'un orage qui se rapproche parcourut leurs rangs. Je dus lever la main plusieurs fois pour ramener le silence. Je dis alors :

— La mesure qui me frappe, mon respect pour l'ordre public exige que je l'accepte, mais à condition que vous, mes soldats, ne subissiez pas les conséquences d'une trahison. Le consul Marius, nouveau commandant en chef désigné, sait tout ce que nous avons, vous et moi, fait ensemble en Numidie, en Gaule, en Italie, même en Cappadoce. Aucune loi ne pourrait détruire les liens de fidélité et d'amitié qui unissent les soldats de Sylla à leur général. Sachant cela, Marius redoute de ne pas pouvoir vous commander. Il sait déjà qu'il n'obtiendra jamais de vous la confiance que vous n'avez cessé de me donner. Son premier geste sera de vous licencier tous et de recruter une autre armée qu'il conduira en Orient, à la place de la vôtre, dans les riches cités où je vous avais promis de vous mener, tandis que vous serez condamnés à la misère des bas quartiers de quelque municipe. Cela, je ne le permettrai jamais.

D'immenses clameurs couvrirent ma voix. Toujours alignés en bon ordre, les légionnaires brandissaient leurs armes en scandant mon nom : « Sylla ! Sylla ! » Suis-je devenu dès ce moment un général factieux ? D'autres cris montaient des rangs : « A Rome ! A Rome ! » Le silence rétabli, j'ai proclamé :

— Pour vous protéger autant que pour défendre la République, j'ai donc décidé de demeurer votre chef, quoi qu'il advienne. Moi vivant, aucun autre général ne commandera l'armée de Sylla. Aujourd'hui, vous me suivrez jusqu'à Rome. Demain, nous partirons ensemble pour l'Orient : j'en atteste les dieux immortels.

Chaque fois que j'eus à prendre, au cours de ma vie, une grave décision, autant les moments qui précédaient celle-ci me jetèrent dans la plus vive agitation, autant ceux qui les suivaient m'apportèrent la plus grande paix. A Nola, m'engageant sur un chemin interdit où aucun chef d'armée n'avait encore osé s'aventurer, je suis parvenu à apaiser les battements de mon cœur en réglant tout de suite les détails de l'opération décidée, comme si la marche sur Rome eut été une manœuvre de routine militaire. Mes légats, cependant, ne facilitèrent pas ma tâche : convoqués dans mon prétoire, ils s'y étaient présentés avec un visage défait, embarrassé, sinon hostile. Je tentai de les persuader : « Loin d'être accusés de rébellion impie, ils seraient demain salués comme les sauveurs de la République. Si un sacrilège était commis, moi seul, Sylla, en porterais la responsabilité devant le Sénat et le peuple romain autant que pour la postérité. » Ils demeurèrent muets, les yeux fixés au sol. L'un d'eux prit enfin la parole au nom des autres : « Quelles que soient les raisons, même légitimes, de la révolte de Sylla, ils ne prendraient jamais les armes contre Rome. » Pour moi, l'heure était venue d'agir vite. Je n'avais plus le temps de discourir. J'ai rendu la liberté à mes légats : « Qu'ils fassent leurs bagages et quittent le camp immédiatement. » Un seul eut le courage de venir se placer à ma droite, Lucinus Lucullus, le cousin de Caecilia, devenu questeur de l'armée d'Orient. Je savais pouvoir compter sur mes centurions autant que sur mes légionnaires. Ceux-là me suivraient jusqu'aux Enfers. Venus de Rome et s'étant présentés pour prendre le commandement des troupes au nom de Marius, deux officiers de haut grade furent lapidés à mort.

Quand j'ai donné l'ordre à mes soldats de franchir les murailles sacrées, ils ont obéi sans hésiter, en bon ordre, aigles en avant, au son des trompettes de guerre. Condamné à réussir ce que j'avais décidé d'entreprendre, j'ai attaqué Rome en prenant les mêmes dispositions que pour une cité ennemie, répétant à chacun les mêmes consignes de brutalité et de rapidité dans l'exécution pour éviter le plus grand carnage. Mieux entraînés que les miens aux combats de rues, les hommes de Sulpicius furent seuls à nous opposer une vive résistance : je dus me résoudre à incendier les maisons où les plus pugnaces s'étaient retranchés Jetant moi-même la première torche, j'ai ouvert le chemin du Forum aux légions, la flamme au poing. Le même soir, nous tenions toutes les portes, les ponts, les collines, la Curie, le Capitole, les temples, toutes les rues. L'ordre régnait partout. Quelques-uns de mes soldats n'ayant pu résister à l'ivresse du pillage, je les ai fait exécuter devant moi en présence de leurs compagnons de centurie. Cette nuit-là, Rome s'est endormie dans la paix, gardée par mes légions. Où était le sacrilège ? J'avais eu tort de douter de ma divine protectrice et de moi-même.

Remportée sur le terrain, il me fallait inscrire tout de suite ma victoire dans la formule des lois. J'ai convoqué la Curie. Elle m'a reconduit dans mon commandement de l'armée et a décrété ennemis publics Sulpicius et ses complices immédiats. De ceux-là qui s'étaient tous enfuis, seul Sulpicius fut retrouvé aux environs de Rome où il s'était caché. Sa tête aussitôt tranchée, je la fis exposer sur les rostres pendant plusieurs jours. Quant à l'esclave qui avait dénoncé sa retraite, je lui accordai la liberté et la prime d'usage, mais je donnai l'ordre de l'exécuter aussitôt pour avoir trahi son maître. Plus tard, j'ai appris que Marius avait réussi à passer la mer pour se réfugier en Afrique. Les héros populaires sont encombrants. S'il était tombé entre mes mains, je pense que, malgré ses fautes, les crimes qu'il laissa commettre, j'aurais épargné la vie d'un vieillard demeuré pour tous les Romains le vainqueur des Cimbres et des Teutons, sinon de Jugurtha.

Personne ne parut m'en vouloir d'avoir fait franchir aux légions l'enceinte sacrée au-delà de laquelle il est interdit de porter les armes. Caecilia m'avait rejoint. Sa présence dans Rome, autant que celle des soldats campés sur le Forum et dans tous les points chauds de la Ville, rassurait les citoyens. Chacun put bientôt se promener le jour ou la nuit sans crainte d'être détroussé. Fermées la veille, les échoppes, gargotes et autres boutiques étaient ouvertes. Si une cohorte montait une garde permanente devant la Curie, elle protégeait surtout ceux-là qui, quelques heures auparavant, siégeaient sous la menace des tueurs de Sulpicius. L'ordre étant rétabli, je ne pouvais pas me permettre de partir pour l'Orient avant d'avoir tenté de résoudre quelques-uns des problèmes politiques posés par l'intégration des nouveaux citoyens. Je voulais surtout qu'aucun projet de loi ne puisse être voté par une assemblée populaire sans avoir été au préalable approuvé par le Sénat. Moi vivant, la démocratie ne détruirait pas Rome comme elle avait ruiné Athènes, en permettant aux plus ignorants, aux plus frustes et aux plus bavards de se rassembler, décider de la paix ou de la guerre, conférer le gouvernement à des séditieux et bannir les meilleurs serviteurs de la patrie. J'ai paré au plus pressé. Je n'ai pas eu le temps de m'attarder avec les jurisconsultes dans des discussions que j'aurais aimé prolonger. Quelles que fussent mes révérences devant le droit écrit ainsi qu'il arrive à chacun de nous autres, Romains, il me fallait faire comprendre à tous les citoyens qu'aucune loi ne pourrait être acceptée désormais sans l'assentiment des légions. Je n'ai pas eu la naïveté de croire qu'en mon absence aucun tribun ne serait tenté d'ameuter la plèbe et de terroriser les sénateurs. Mais j'ai pensé qu'à mon retour, si l'ordre avait été troublé, je le rétablirais à ma manière.

Au cours de cet été-là, Caecilia me donna mon premier fils. Autant la naissance de ma fille Cornelia, vingt-quatre ans auparavant, m'avait laissé indifférent, autant celle de Cornelius me bouleversa. Lui aussi avait les cheveux rouges, un vrai Sylla. Lorsque je le pris dans mes bras et que je l'élevai au-dessus de ma tête afin d'affirmer selon la coutume que je le reconnaissais, je sais que nos regards, le sien, celui de sa mère et le mien, se sont rencontrés et ont conclu un pacte sans retour qui nous permettrait, j'en étais sûr, de défier l'adversité partout où elle surgirait. C'était comme si je posais la première pierre d'un édifice qui éblouirait le monde. J'entends, écrivant ces lignes, les flûtes et les tambourins qui saluèrent cette journée. Six mois plus tard, je suis parti pour l'Asie. Cornelius était assez éveillé pour sourire quand il m'arrivait de me pencher vers lui. Il est mort quatre ans plus tard, quelques jours avant mon retour. Je n'avais pas oublié l'échange de nos regards. J'y pense quelquefois.

Si c'est un fils, l'enfant que porte aujourd'hui Valeria s'appellera lui aussi Cornelius. Les dieux m'accorderont peut-être le temps de le voir sourire. Après, il ne me restera plus qu'à m'enfoncer dans la nuit, là où brillent les lumières éternelles.

IX

Une fois encore, j'ai dû interrompre cette narration. Ma main tremblait trop. Incapable d'écrire, j'ai fait atteler une voiture pour aller à Pouzzoles où venait d'arriver un navire. J'en ai profité pour me rendre dans la colonie de vétérans installée par mes soins dès mon retour d'Asie. J'y suis resté deux jours, loin du luxe de Baïa, prenant mes repas avec d'anciens centurions auxquels j'avais apporté quelques bouteilles de falerne. Nous avons évoqué des souvenirs qui intéressent ceux-là seuls qui les ont vécus : si simples soient-ils, les propos des vieux soldats ne sont intelligibles qu'à eux-mêmes. Ils demeurent un langage secret pour tous les autres. Moi qui ai tant aimé discourir avec des poètes, des comédiens et des philosophes, je m'aperçois aujourd'hui que je fus souvent plus charmé par mes propres propos que par les leurs. Avec mes vétérans, je ne risque pas de tomber dans les pièges tendus par de faux lettrés, pédants et sûrs d'eux-mêmes, je puise dans leur vocabulaire restreint les mots précis qui nous suffisent pour peupler de bruits et d'images nos longs silences.

J'ai regardé leurs visages, brûlés de soleil, creusés de rides, parfois couturés, leurs épaules demeurées massives, leurs cous épais, leurs poignets énormes, leurs mains de tueurs. Il y a dix ans de cela, lorsque je rassemblais mon armée devant Nola, il m'arrivait encore de choisir l'un d'entre eux pour une partie de lutte : le plus souvent, je l'emportais sans que mon partenaire ait voulu s'incliner devant son général. Ce genre d'obséquiosité flagorneuse ne s'observe que chez les officiers supérieurs. Aujourd'hui, le plus faible d'entre eux me renverserait d'une seule poussée. Eux aussi m'ont regardé. J'ai vu dans leurs yeux mes joues maigres et ma démarche hésitante. D'abord muets d'une surprise mal dissimulée, ils m'ont bientôt exposé leurs difficultés à se fondre dans la population de Pouzzoles. Hier, venus de toutes les régions de l'Italie, ils avaient trouvé une patrie commune dans la légion qui les avait acceptés sans leur demander s'ils étaient ligures, ombriens ou latins. Pourquoi ceux de Pouzzoles, eux-mêmes citoyens romains de fraîche date, les tenaient-ils à l'écart ? Plusieurs générations seront nécessaires pour résoudre ce difficile problème. Sera-t-il jamais résolu ?

Demetrios, courtier athénien, je l'ai chargé d'acheter pour moi les œuvres d'art qui lui paraissaient dignes de décorer la maison d'un proconsul. Tantôt vers Ostie, tantôt vers Pouzzoles, il dirige tous les ans un navire dont la cargaison m'est réservée. Cette fois, il s'agissait d'une soixantaine de colonnes de marbre destinées au péristyle que je voudrais élever au bout de l'allée centrale du jardin, face à la mer. Je n'ai pas eu besoin de les examiner longtemps. Un simple coup d'œil, pas même le doigt, m'a fait comprendre que ces colonnes ne proviennent pas d'un vieux temple. Elles sortent à peine d'une carrière sans renommée. J'ai d'abord voulu renvoyer la cargaison au Pirée. A la réflexion, je la garderai sans la payer, non pas tant pour confondre un courtier trop zélé que pour punir un homme qui s'est permis de me ranger, moi, Sylla, au nombre de ses autres clients, banquiers, négociants ou publicains, devenus trop vite riches pour être capables de reconnaître le grain et la couleur du pentélique ou de l'hymette. Je n'ai jamais lésiné sur le prix des autres pièces de ma collection : ceux de ma race se permettent de prendre sans payer mais s'interdisent de marchander.

A Rome ou à Baïa, mes caves sont pleines de bronzes et de marbres : faunes, satyres, bas-reliefs, candélabres, cratères ou appliques, masques ou griffons. J'ai gardé les plus beaux pour l'atrium, ma bibliothèque, la chambre où, hier encore, je faisais l'amour à Valeria avec l'intrépidité de ma jeunesse, comme lorsque je culbutais Lampito dans les buissons épineux de Thessalonique. Ici, à Baïa, je m'offre tous les jours le plaisir solitaire de regarder une Vénus due à Praxitèle, un Hermès barbu, une Ariane endormie, un Hermaphrodite lampadophore, un satyre prêt à bondir. Il m'est arrivé, quand je souffre trop, de me surprendre à caresser un petit Eros citharède et d'en éprouver du bien-être. L'art, quand il est parvenu à ce point de perfection, est capable de tels prodiges. Cet Eros, je vais le léguer à Lucius Lucullus, le plus fidèle et le meilleur de mes légats pendant la guerre contre Mithridate.

Mithridate, son seul nom demeurait pour moi un tourment depuis les nuits passées sur les bords de l'Euphrate avec l'ambassadeur du roi des Parthes.

Rome débarrassée de ses émeutiers, le Sénat rétabli dans ses droits et l'année de ma magistrature arrivant à son terme, j'ai voulu choisir moi-même mon successeur pour dépêcher les affaires. Avec Cinna, patricien au même titre que moi, je pouvais partir tranquille. Avant de rejoindre mes légions, nous sommes montés tous les deux au Capitole accompagnés d'un grand nombre de pères conscrits. Après les fumigations d'usage, Cinna a pris Jupiter à témoin qu'il veillerait fidèlement sur les lois de la République.

— Qu'on me jette hors de Rome comme je jette cette pierre si je faillis à mon serment, s'est-il exclamé en lançant un caillou sur le sol.

Bien que la vie quotidienne m'eût appris à demeurer sceptique, je pensais encore qu'un serment solennel prêté devant les dieux, en présence de nombreux témoins, pouvait enchaîner un élu du peuple à sa parole. D'autres soucis m'occupaient : soumettre à nouveau la troupe aux exercices quotidiens, compléter les effectifs des cohortes auxiliaires, entasser le grain pour la nourriture des hommes, préparer les machines de guerre, réunir une flotte de transport, arrêter un plan d'opérations à partir du lieu de débarquement que j'aurais enfin choisi. De tous ces problèmes, le dernier demeurait le plus difficile à résoudre. Ainsi qu'il arrive au théâtre, un messager imprévu me tira d'embarras. Celui-ci, malgré la tempête qui interdit la navigation pendant la saison d'hiver, s'était embarqué au Pirée pour m'apporter des nouvelles de Patrocle.

Patrocle, je le croyais mort parmi les citoyens romains égorgés en Asie Mineure sur l'ordre de Mithridate. Sa lettre m'apprit que, atteint d'une blessure grave, abandonné sur un tas de cadavres, il avait été recueilli, soigné et caché par deux esclaves syriens pendant plus de six mois. Etant parvenu à quitter Pergame, il avait rejoint Mytilène où, secouru par des banquiers grecs établis dans l'île de Lesbos, il avait enfin regagné Athènes. Son frère jumeau l'y attendait sans désespérer. Ce récit m'a fait rêver. Sans doute, j'étais heureux de savoir comment Patrocle avait pu échapper au massacre asiatique, je pensais plus encore que, depuis quelques années, la vie quotidienne s'était mise à ressembler à ces tragédies antiques pleines de prodiges et de fureur où il semble que les dieux eux-mêmes ne sont plus maîtres du destin. Etait-ce le moment de rêver quand la lettre de mon ami Patrocle me pressait de sauver la Grèce contre l'assaut des Barbares d'Asie ? Ce qui était survenu, je n'aurais pas osé l'imaginer lorsque je craignais le pire.

Eblouie par la rapidité avec laquelle Mithridate avait effacé la présence romaine à Pergame, Milet ou Délos, la Grèce s'était donnée à ce satrape dont les troupes occupaient maintenant Athènes où un certain Aristion prétendait avoir rétabli les libertés démocratiques sous la protection armée du pire des despotes asiatiques. Toutes les régions de l'Hellade s'étaient écroulées. La Macédoine résistait encore. Le message de Patrocle disait aussi : « Un soir, à Athènes, une autre fois en Cilicie, je t'ai dit que le plus important, c'était d'être dans le camp du vainqueur. J'en ai honte. Aujourd'hui, je pense qu'il faut demeurer d'abord fidèle à la patrie. Citoyen romain, je t'adjure de venir avec tes légions pour sauver ce qui donne son prix à notre vie quotidienne. Le temps presse. »

Ainsi, les éphèbes de ma génération en étaient arrivés là. Ne respectant plus rien, ni les dieux, ni la patrie, ni la foi, ni les tombes des héros tombés pour obéir aux lois de la cité, ils s'étaient donnés à Mithridate. Les uns avaient agi par lâcheté, les autres pour l'or, tous croyaient peut-être que le roi du Pont pèserait moins lourd sur leur liberté que la présence du gouverneur romain installé à Thessalonique. Comment le peuple qui se croyait le plus subtil parmi les hommes de la terre habitée avait-il pu commettre une telle sottise ? A cette question, je savais quoi répondre depuis le soir où j'étais venu méditer devant le golfe Saronique avant d'aller rejoindre les légions en Macédoine. Là, où j'avais trouvé des hommes qui ne prétendaient pas être plus intelligents que les autres, mais qui croyaient à la mission dont ils étaient chargés. Ces souvenirs de ma jeunesse, je les ai confiés à Caecilia tout au long d'une nuit fraternelle où je ne cessai de répéter : « Qu'est devenue la petite Grèce dressée devant l'immense Asie ? » A l'aube, Caecilia me dit avec sa voix solide qui n'hésitait jamais sur le choix des mots :

— Tu sais maintenant où tu dois conduire ton armée.

Ainsi, le destin m'avait choisi pour reconquérir la Grèce, les îles de la mer Egée et l'Asie Mineure. Une fois encore, il me fallait devenir homme de guerre au moment que j'aurais le plus voulu rassembler, légiférer et bâtir. Je ne sais à quel moment un génie invisible, dont j'ai autant redouté la domination que j'ai aimé la puissance de séduction, a fait irruption dans ma vie, s'est tenu toujours derrière moi pour conduire mon cheval sur les arêtes dangereuses, ne m'a plus lâché. Plus que jamais, je devais cette fois garder la tête froide et ne pas m'identifier à quelque nouveau Thésée, même si j'avais à combattre un autre Minotaure. Je n'étais pas davantage un demi-dieu que le Barbare n'était un monstre. Nous étions deux chefs de guerre : Mithridate, roi du Pont et moi, Sylla, proconsul de la République. Aux trois cent mille hommes de ses armées, à sa puissante flotte de combat, à ses ressources considérables, je ne pourrais opposer que six légions, quelques cohortes auxiliaires et un parti de cavaliers : moins de cinquante mille soldats. Je ne disposais d'aucun vaisseau de ligne mais de quelques navires de transport qui devraient faire la navette entre Brindes et les plages de l'Epire pour permettre à mes troupes de traverser la mer Adriatique dès les premiers beaux jours du printemps.

Nos réserves de vivres étant aussi maigres que nos coffres étaient pauvres, il nous faudrait prendre les provisions et l'or de ceux que nous venions délivrer. Agissant ainsi, même dans le seul but de subsister, ne serait-ce pas traiter les Grecs en ennemis ? A dire vrai, cette pensée ne m'a pas longtemps inquiété. Chef de guerre, pourquoi me serais-je embarrassé de tels scrupules envers Athènes, Sparte, Thèbes, Corinthe et toutes les cités qui venaient de rompre les traités qui les liaient à Rome ? La légère tutelle que nous leur imposions les protégeait des guerres sans fin qui les opposaient l'une à l'autre, alors que leur trahison aurait pour résultat de les asservir à un conquérant asiatique dont les troupes s'installeraient bientôt sur les côtes de la mer Adriatique, à quelques milles des rivages italiens. N'était-ce pas la raison profonde qui les avait fait agir ainsi ? Tous ces Grecs dont s'était tant méfié le vieux Caton ne se sentaient-ils pas, malgré les apparences, plus proches des Orientaux turbulents, bavards et désordonnés que de nos légistes rigoureux et de nos sénateurs solennels ? Moi-même, n'appartenais-je pas à une génération de jeunes Romains qui devaient à Athènes le goût de la discussion et la découverte du doute ?

Débarqué en Epire pendant la deuxième décade de mars, j'entrepris immédiatement d'installer un camp protégé par de solides fortifications où le gros de mon armée attendrait le retour de mon avant-garde lancée en Etolie, tant pour se renseigner sur les positions ennemies que pour rassurer les populations. J'en avais donné le commandement à Lucullus, devenu mon légat préféré aux côtés de lieutenants plus expérimentés au combat, tels Murena, Curio, Galba ou Gabinius, moins proches de moi par l'esprit, auxquels je ne voulais confier aucune négociation. Le rapport de Lucullus passa mon espoir. Encore peu nombreuses et dispersées à travers l'Etolie, la Thessalie et la Béotie, les troupes de Mithridate, dès qu'elles avaient appris notre débarquement, s'étaient repliées sur Athènes et Le Pirée, pour y attendre une armée forte, disait-on, de cent mille hommes et qui arriverait par la Thrace et la Macédoine.

L'occasion, unique peut-être, se présentait de prendre l'ennemi de vitesse. Mon plan fut vite établi et ma décision aussitôt prise : trois légions occuperaient la Thessalie et pousseraient quelques cohortes vers la Macédoine tandis que les trois autres tenteraient par surprise de prendre Le Pirée et Athènes. Au moment de donner l'ordre de lever le camp, un trouble me saisit : n'allais-je pas violer, l'épée au poing, le pays des dieux et des héros de ma jeunesse ? Je leur promis de me rendre, dès mon arrivée à Athènes, sur la colline du Lycabette et d'y élever une stèle à mon vieux maître Agathos. Lucullus apaisa mon tourment en me faisant connaître que toutes les cités étoliennes l'avaient accueilli en libérateur. Des ambassades parties de Thessalie et de Béotie venaient déjà à notre rencontre pour faire cause commune contre les Barbares et nous offrir des troupes et des vivres. J'ai accepté leur alliance, bien que ces pays fussent pauvres et désarmés, tout en demeurant sur mes gardes. L'or, je savais où le prendre : mes soldats, je les conduirais jusqu'aux temples les plus riches de la Grèce. Je leur en fis le serment. Si un général commet un sacrilège en distribuant à ses troupes épuisées les trésors cachés dans les sanctuaires, moi, Sylla, j'étais prêt à commettre cet acte impie et j'en répondrais devant les dieux.

Des plages épirotes jusqu'à l'Attique, le chemin est long, caillouteux. Bien que l'ennemi se repliât, il arrivait que, mieux entraînés aux marches forcées que les Barbares, nous tombions sur une arrière-garde. Ces accrochages, je m'efforçais de les provoquer pour soutenir l'ardeur des soldats, les convaincre de leur supériorité et faire des prisonniers. Les centurions ne ménageaient pas leurs hommes, mais ralentis par tout le train que nous emmenions, chariots de vivres, machines de guerre, ateliers d'armes, nous nous déplacions moins vite que les hordes asiatiques. Lorsque les légions parvinrent au but, l'ennemi s'était déjà mis à l'abri des fortifications élevées jadis contre les Perses. Celles-ci étaient encore plus hautes que celles dont j'avais gardé le souvenir. Il fallut me rendre à cette évidence qu'il serait impossible d'entreprendre le siège simultané, encore moins l'assaut, de deux citadelles telles qu'Athènes et Le Pirée, défendues par des remparts hauts de quarante coudées, épais de quinze pieds et flanqués de grosses tours.

Le bon sens commandait de faire d'abord tomber Le Pirée pour s'emparer des installations portuaires, et interdire ainsi à une flotte ennemie d'y débarquer des renforts et des vivres. Dans le même temps, la ville haute serait soumise à un rigoureux blocus. De telles opérations exigent de nombreux hommes et un gros matériel. Chaque centurie était bien dotée d'une baliste et d'une catapulte, mais ces machines, trop légères, auraient à peine égratigné les formidables murailles bâties par Périclès en pierres de taille géantes, jointes par des crampons de fer. Ni moi ni aucun de mes lieutenants ou de mes centurions ne s'était trouvé devant une situation comparable. Il nous fallait tout inventer, enrôler des terrassiers et des forgerons, des charpentiers et des hommes habiles dans cet art que les Grecs nomment poliorcétique, auquel rien ne nous avait préparés. De telles opérations ne s'improvisent pas. J'ai rassemblé mon armée dans de vastes camps, entre Eleusis et Mégare, le long du golfe de Salamine, qui se transformèrent bientôt en ateliers où furent construites des machines capables de lancer des projectiles par-dessus les remparts ou d'y ouvrir des brèches assez larges pour permettre à mes cohortes d'assaut de s'y engouffrer : scorpions, onagres, tours d'assaut telles que cette hélépole dont chacun des neuf étages est muni de balistes capables de lancer des blocs énormes. Nous avons fabriqué aussi des instruments plus légers, crampons, becs-de-corbeau, béliers, abris roulants ou tortues.

Dans le même temps, nous avons dû ouvrir un grand chantier pour construire un plan incliné de poutres et de pierres au sommet duquel seraient installés nos plus lourds appareils. Si bons bâtisseurs et constructeurs de routes fussent-ils devenus, mes légionnaires n'auraient jamais suffi à la mise en œuvre de ces travaux. J'ai donc réquisitionné vingt mille travailleurs et dix mille mulets pour aller chercher dans la montagne les matériaux nécessaires à mon entreprise. Moi, Sylla, proconsul de Rome, je suis devenu une sorte de pharaon égyptien dirigeant une immense noria qui, des forêts de Thessalonique et des carrières de Béotie, cheminait vers les Longs Murs du Pirée sous le soleil torride de l'été grec, tandis que le camp des légions, entre Eleusis et Mégare, retentissait du choc des maillets et du son des enclumes. Je n'avais pas le choix, n'ayant à attendre de Rome aucune sorte de renforts. Je venais en effet d'apprendre que, malgré son serment solennel devant les dieux au Capitole, Cinna, sans en référer à la Curie, avait tenté d'accorder immédiatement la totale égalité des droits civiques à tous les Italiotes. Destitué aussitôt par le Sénat, il s'était enfui en Campanie où les légions s'étaient rangées derrière lui à l'appel du vieux Marius, soudain réapparu. Je fus frappé de stupeur. Tout recommençait, tout pouvait arriver. Caecilia et mon fils, je les savais en sûreté à Baïa. Pour combien de temps ? Je n'ignorais pas jusqu'où peut mener la passion démesurée du pouvoir. Ramener tout de suite mon armée à Brindes et la lancer une deuxième fois sur Rome, j'y ai pensé. J'étais résolu à faire tomber des têtes que j'aurais accrochées aux rostres, celles des coupables et celles des lâches, parce que les hauts magistrats, civils ou militaires, sont aussi coupables du mal qu'ils n'ont pas empêché que de celui qu'ils ont pu faire. Mais comment m'y serais-je pris ? Les navires de transport qui avaient mené mes légions en Epire étaient repartis depuis longtemps. M'embarquer seul avec quelques fidèles ? Un général, si grand fût-il, se déshonore s'il abandonne ses soldats en présence de l'ennemi. Il ne me restait plus, avec ma petite armée, qu'à vaincre le plus vite possible les troupes innombrables du roi du Pont. Sinon, la flotte de Mithridate franchirait l'Adriatique. Alors, la démagogie romaine subirait le même sort que la démagogie athénienne avait connu naguère, sauf que les satrapes seraient plus féroces que nos proconsuls l'avaient jamais été en Hellade.

Ce parapet de siège, nous y avons travaillé pendant tout l'été, avec des équipes d'ouvriers et de soldats qui se relayaient nuit et jour. J'ai pris en personne le commandement de ce vaste chantier où les terrassiers eux-mêmes devaient souvent quitter la pelle pour le glaive et faire face aux sorties des assiégés. Ceux-ci étaient commandés par un de ces généraux grecs appelés stratèges qui vendent leur métier aux meilleurs payeurs. Adversaire tenace, Archélaos ne nous laissa guère de répit et parvint à nous empêcher sinon de terminer nos travaux de terrassement, au moins d'y installer nos machines avant la saison des pluies. Cette année-là, les averses tombèrent trop vite et trop dru pour que je prenne le risque de lancer une attaque générale. Scorpions, onagres, hélépoles et troupes d'assaut, je fus contraint de les mettre à l'abri dans le camp situé entre Eleusis et Mégare pour attendre le retour des beaux jours.

La foudre m'avait frappé plusieurs fois, elle ne m'avait jamais abattu. Semblable à ces épieux dont on durcit la pointe au feu, j'en étais toujours sorti plus fort.

Cependant, lorsque j'appris que Marius venait d'être élu consul pour la septième fois, je dus poser ma main sur l'épaule du messager qui m'en informait pour ne pas chanceler : le sol se dérobait sous mes pieds. Par le canal d'adroits espions laissés derrière moi et grâce à un système de relais, je n'attendais guère plus de trois décades pour savoir ce qui se passait à Rome. La gravité de l'événement troubla cette organisation. C'est ainsi que plusieurs coureurs arrivèrent le même jour à Mégare où j'avais installé ma résidence, non mon prétoire. Ils portaient d'horribles messages. Provoquée hier par des démagogues, la terreur était décrétée cette fois par le premier magistrat de la République : Marius avait ordonné le massacre des notables du parti aristocratique et la confiscation de tous leurs biens.

Un message me fit bientôt connaître que j'étais destitué de mon commandement et décrété ennemi du peuple romain, un autre m'apprit que des émeutes avaient incendié et rasé au sol ma maison romaine, celle de Nicopolis. Un troisième me rassura enfin sur le sort de ma femme : elle se trouvait en sûreté à Brindes où elle attendait d'embarquer pour me rejoindre après avoir caché notre fils en lieu sûr.

L'arrivée de Caecilia me libéra d'une grande inquiétude. Elle me causa aussi de grands soucis. Pour des raisons évidentes de discipline, il n'est pas bon qu'un chef de guerre reçoive son épouse sous sa tente. Caecilia y demeura peu de temps. Je la renvoyai bientôt à Mégare où arrivaient chaque jour des sénateurs avec leur famille. Il me fallut loger, nourrir, protéger ces réfugiés dans le moment que le plus grand péril nous menaçait tous. Général révoqué, ne tenant plus mon titre que de moi-même et du dévouement de mes soldats, sans flotte, sans réserve de vivres, je ne pouvais espérer aucune sorte de secours. L'armée pontique qui occupait la Thrace, son avant-garde avait déjà franchi les frontières de la Macédoine pour nous prendre à revers et n'était ralentie que par la neige. Une autre armée occupait l'Eubée. Enfin, les troupes d'Archélaos recevaient des renforts réguliers par Le Pirée. La situation n'avait jamais été aussi claire : si les troupes de Mithridate parvenaient à opérer leur jonction avant que j'aie pu m'emparer d'Athènes et de son port, les dieux abandonneraient du même coup Sylla et ses légions, la cause romaine en Orient et celle des aristocrates dont je devenais, une fois encore, le défenseur malgré moi. Attendre le retour du beau temps, c'était permettre aux Barbares de se regrouper et de nous massacrer tous. Acculé à une victoire rapide, quel qu'en soit le prix, j'ai décidé de commander l'assaut des Longs Murs du Pirée.

Je ne pense pas que l'Erèbe soit plus noir que cette nuit de novembre où nous avons tenté nos premiers coups de force. Il pleuvait. Deux cohortes choisies parmi celles dont c'est le rôle d'affronter les premiers chocs se tenaient, silencieuses, au pied des remparts sur lesquels des valets d'armes dresseraient leurs échelles d'assaut. Plusieurs autres cohortes se tenaient en réserve avec des machines. Leur mise en place n'avait provoqué aucun bruit. Présent, j'attendais pour donner l'ordre d'attaquer l'heure où la vigilance des guetteurs les plus inquiets est troublée par le sommeil. Lorsque mes légionnaires, l'épée au poing, ont gravi les premiers échelons, les battements de mon cœur ne furent ni plus lents ni plus rapides. Cette nuit-là, quel que fût ce goût de risquer le pire dont je ne me suis jamais débarrassé tout à fait et qui balança ma vie autant que l'audace calculée, je ne jouais pas un coup de dés à quitte ou double. Si cette tentative réussissait, mes troupes étaient prêtes pour l'assaut final. En cas d'échec, j'aurais obtenu des renseignements précieux sur les points forts ou plus faibles de la défense ennemie que mes lieutenants utiliseraient aussitôt. A quoi tient la fortune de la guerre ? Cette nuit-là, j'avais ordonné à ceux qui parviendraient les premiers en haut des remparts d'agir dans le plus grand silence, quitte à se conduire davantage en sicaires qu'en soldats. Ayant peut-être attendu trop longtemps sous la pluie, pressés d'en découdre, ils poussèrent des clameurs en égorgeant les sentinelles ensommeillées. Alertés, les défenseurs se sont rués vers leur poste de combat. Je n'eus pas besoin de punir l'indiscipline de mes soldats, les ennemis s'en étaient déjà chargés, mais mon affaire avait échoué. Il ne restait plus qu'à en imaginer une autre et la mener jusqu'au bout sans laisser le moindre répit à Archélaos. Je n'avais pas plus le temps d'attendre que je n'avais la possibilité de sacrifier inutilement la vie des légionnaires dont je savais qu'ils ne seraient pas remplacés.

Un coup de main manqué n'est pas une bataille perdue. Ma décision de tenter, quelques jours plus tard, une opération d'envergure, je ne l'ai pas prise seulement pour des raisons d'ordre stratégique, mais pour des motifs plus personnels. Dans la nuit noire, une flèche tirée des remparts avait sifflé à mon oreille avant de frapper en plein visage, à deux pas de moi, le centurion chargé de ma garde personnelle. Mort sur le coup, il s'était écroulé. Dans d'autres circonstances, au milieu des mêlées où je les avais entraînés, de nombreux hommes étaient tombés à mes côtés. Je ne m'en étais soucié que pour frapper plus fort et, l'heure étant venue de creuser leurs tombes, il m'avait toujours semblé entendre la voix du vieux légat Lentullus me dire, haussant ses épaules fatiguées :

— Un soldat qui meurt, ça n'est jamais qu'un nom à rayer sur la liste d'une centurie.

J'ai compris, ce soir-là, sous les Longs Murs du Pirée que Lentullus ne m'avait pas dit toute la vérité. Etait-ce pour m'endurcir ou mentir à soi-même ? On peut être brave devant le danger, pas devant la mort. Quelques instants avant d'être frappé, mon centurion se trouvait à ma place et moi à la sienne. Deux pas avaient suffi pour que ce que nous appelons le destin m'épargne, moi, Sylla, à un moment où mon trépas eût précipité la marche des armées de Mithridate sur les rivages de la mer Adriatique, en face de l'Italie. Ce soir-là, j'ai douté d'être protégé. Quelque chose en moi tremblait. J'avais peur. Cela ne m'était jamais arrivé. C'est sans doute pourquoi j'ai donné l'ordre aux trompettes de sonner la retraite. Epicadus n'a pas besoin de connaître ce détail.

Nous sommes repartis à l'assaut deux jours plus tard. Je m'étais ressaisi. La vérité, c'est que Caecilia était parvenue à me faire oublier ce trouble que j'avais ressenti en entendant, tout près de moi, la vibration de cette flèche et le bruit mou de ce corps tombant dans la nuit mouillée. Semblable à ces sourciers qui font venir à la surface l'eau des profondeurs, Caecilia était capable, dans les moments dangereux, de faire jaillir le meilleur de moi-même et de rejeter le pire dans mes propres souterrains. Je lui dois d'être redevenu Sylla à mes propres yeux et de l'être demeuré devant tous les autres. Mes légionnaires ont fait le reste.

Cette fois, nous étions parvenus à mettre en batterie un grand nombre de machines lorsque, vers la sixième heure, notre parapet s'écroula au milieu des flammes. Habiles aux sapes silencieuses, les soldats d'Archélaos, après avoir pratiqué une mine sous notre installation, y avaient mis le feu. La rage fortifia nos cœurs. Pendant que les terrassiers et les charpentiers réparaient les dégâts, nous avons pu, nous aussi, incendier deux tours de guet ennemies en tirant sur elles des traits de feu. Protégés par leurs boucliers, nos spécialistes du bélier ont pu enfin ouvrir quelques brèches dans la muraille. Mes légats au premier rang, les cohortes d'assaut s'y sont aussitôt engouffrées. Moi-même, protégé par une cotte de mailles, je me suis placé à la tête d'une manipule. J'avais fini par vaincre la peur, j'avais même retrouvé l'étrange fureur mêlée de joie qui m'anima la première fois que je me trouvai en face d'un parti numide. Alors, j'avais vingt ans et je montais à cheval. Au Pirée, on se battait à pied, au milieu des éboulis et d'une telle multitude qu'on eût dit que, de chaque Barbare abattu, se relevaient dix autres ennemis qu'il fallait tuer. Isolés, nos groupes de combat qui les premiers s'étaient lancés à l'assaut avaient dû céder le terrain conquis. Ramenés sur leur ligne de départ, ils étaient repartis avec la même pugnacité. Moi, leur général, j'ai fait comme eux, dix fois de suite. A la fin, j'ai donné l'ordre aux trompettes, cette fois encore, de sonner la retraite. Trop des nôtres étaient tombés. Nous avions tué beaucoup plus de Barbares que ceux-ci n'avaient frappé de légionnaires, mais la vie d'un soldat romain comptait pour moi dix fois plus que celle d'un quelconque Bithynien pour Mithridate.

Dès le lendemain, j'ai réuni tous mes légats en conseil de guerre auquel je fis participer trois centurions, comptant sur la présence des petits gradés, hommes de terrain, pour que notre examen des opérations fût analysé sans complaisance. Interrogés tour à tour, tous furent d'accord pour admettre que, malgré leur supériorité manœuvrière, nos forces ne parviendraient jamais à prendre d'assaut une telle citadelle, derrière les remparts de laquelle se tenait une armée deux ou trois fois plus nombreuse que la nôtre, ravitaillée par la mer en combattants autant qu'en vivres. Au lieu de nous épuiser dans des assauts meurtriers, nous nous contenterions d'établir un blocus dont le dispositif ne pourrait être forcé. Les légions avaient été arrêtées par des murailles, non par l'ennemi. Le jour où nous nous trouverions en rase campagne, face à l'armée d'Archélaos, nous prendrions notre revanche. La victoire serait pour nous. Tout n'était pas perdu. Si précaire fût-elle, notre situation nous permettait d'espérer la chute prochaine d'Athènes sans que nous eussions à engager la moindre opération. La ville basse du Pirée, nous n'avions pas réussi à la prendre par les armes ; la ville haute, je la soumettrais par la faim.

Parlant ainsi devant le conseil de guerre réuni dans mon prétoire, je ne prononçai pas de vaines paroles. Depuis huit mois que mes légions encerclaient la capitale de l'Hellade, j'étais parvenu à établir un réseau très secret d'espions qui me permettait de mesurer chaque jour le dénuement des assiégés. Ceux-ci avaient d'abord accepté leurs privations avec bonne humeur, même avec des rires, des chansons et quelques plaisanteries obscènes gravées sur des boules d'argile projetées par frondes au-dessus des remparts et adressées à moi

Sylla ou même à Caecilia. Les plaintes avaient bientôt succédé aux rires, les colères aux chansons, les émeutes aux plaisanteries, vite réprimées par Aristion avec la rigueur impitoyable d'un démagogue qui détient le pouvoir au nom du peuple. De la retraite où ils étaient cachés, mes amis Patrocle et Achille me faisaient connaître la vie réduite et dangereuse des citoyens par le moyen de messagers qui, pour rester secrets, risquaient d'être abattus soit par les sicaires d'Aristion, soit par mes soldats. Moi, guidé par le souci de prouver aux Athéniens que j'arrivais en libérateur, non en ennemi, pour les délivrer de la présence d'un tyran et de l'occupation asiatique, il m'est arrivé de prélever quelques chariots de vivres dans nos réserves et de leur faire franchir nos lignes malgré les murmures des légionnaires. Ainsi, je pensais me faire des amis, peut-être des alliés, dans la population assiégée, si tant est qu'un ventre d'homme puisse être plus reconnaissant que celui d'un chien.

A la vérité, rien n'était perdu. Jamais mon trésor de guerre n'avait été si abondant. Il regorgeait des richesses que je m'étais promis de prélever sur les sanctuaires de Delphes, Epidaure et Olympie chaque fois que l'état de mon armée l'exigeait. Sans doute, j'ai fait fondre les vases d'or et d'argent offerts naguère par le roi Crésus à Apollon : c'était pour construire des machines, payer mes soldats et les nourrir. Les dieux eussent-ils préféré la mort de mes légions ? Il me fallait aussi subvenir aux besoins des pères conscrits et autres magistrats qui, fuyant Rome pour me rejoindre, étaient devenus si nombreux que j'avais dû les rassembler à Dyrrachium où ils avaient constitué une sorte de contre-Sénat en exil. De ceux-là aussi, je pensais me faire des alliés quand le moment du retour en Italie serait venu. Mais comment pourrions-nous jamais faire voile vers Brindes alors que nous ne disposions d'aucun navire de transport ou de combat, et que la flotte de Mithridate couvrait la mer Intérieure, elle-même infestée de pirates ? Même si nous réussissions à faire tomber les citadelles d'Athènes et du Pirée, et si nous battions en rase campagne l'armée du roi du Pont, ne deviendrions-nous pas, le soir même de leur défaite, les prisonniers de notre victoire ? Cette pensée, je ne parvenais pas à la chasser. Dès les premiers jours de l'hiver, j'avais remis à Lucullus la moitié de notre trésor de guerre en lui confiant la mission de se rendre en Cyrénaïque, en Egypte, en Crète, à Rhodes, partout où il trouverait des navires à acheter. Avec quelques compagnons, il s'était embarqué dans le plus grand secret, par une nuit sans lune, sur six bateaux de pêche du golfe de Salamine. Combien de fois n'ai-je pas interrogé l'horizon avec l'espoir de voir enfin apparaître les voiles de Lucullus, alors que celui-ci n'était parti que depuis un seul mois ?

Le pays, bien qu'il fût pauvre, parvenait cependant à nourrir tous les Romains qui l'occupaient. Si je n'avais pas craint l'arrivée, avec les prochains beaux jours, de l'armée pontique encore immobilisée par la neige en Thrace, j'aurais laissé les assiégés mourir lentement de faim sans m'inquiéter de savoir à quel moment ils m'ouvriraient les portes de la ville. Je décidai, au contraire, de durcir les dispositions du blocus, en rassemblant toutes les troupes sous les seuls murs d'Athènes. Aucun grain de blé ou d'orge n'y entrerait désormais. C'était, du même coup, condamner ceux de nos amis qui attendaient d'être ravitaillés de temps à autre par les légions, mais j'étais pressé par le temps.

Au cours de l'hiver, une nouvelle imprévue nous parvint de Rome : Marius, malade des poumons, était mort. Plus que mes soldats, mes sénateurs en exil à Dyrrachium poussèrent sans doute des cris de joie. Marius, je ne pouvais pas lui pardonner les coups qu'il m'avait portés, encore moins les crimes commis contre la République, contre l'Etat, contre mes amis. Ni ses victoires remportées contre les Numides, les Cimbres et les Teutons, ni son grand âge ne serviront de boucliers à sa mémoire. Il m'arrive souvent de penser à lui avec plus de pitié que de haine. Les dieux accordent souvent à des êtres médiocres un destin trop grand pour eux.

Bien qu'il demeurât sombre, il me sembla qu'un coin de ciel commençait à s'éclaircir au-dessus de Rome. A Cinna, qui avait profané un serment solennel, je me promettais de n'accorder, le moment venu, aucune sorte de rémission ; j'estimais seulement qu'il est plus aisé de livrer au bourreau un traître qu'un héros populaire, même devenu assassin. Marius demeuré vivant, qui aurait osé l'égorger ? Mes soucis demeuraient plus immédiats et mes regards fixés sur les remparts d'Athènes. Derrière eux, aucun bruit ne montait, ni le jour ni la nuit. La ville, sonore et gaie entre toutes celles de l'Hellade, était devenue silencieuse, telle une cité morte. On me rapporta que, faute d'huile, la lampe sacrée de Pallas Athénée venait de s'éteindre. Etait-ce le signe qu'Aristion attendait pour se rendre enfin ? Il fallut patienter encore. Je n'ignorais pas que, surveillés de près par les soldats asiatiques de leur tyran, les Athéniens en étaient réduits à faire bouillir les semelles de leurs vieux souliers, mais je savais aussi que le retour des beaux jours n'était plus éloigné. Bientôt, le printemps ferait fondre la neige, là-haut au nord de la

Macédoine et de la Thrace où, accroupis sous leurs tentes noires brodées de laine rouge, d'innombrables Barbares aiguisaient leurs sabres courbes. Dans deux ou trois décades, ou bien je camperais sur l'Acropole, ou bien la grande armée de Mithridate déferlerait en Thessalie. A qui, à quoi, dois-je le prodige qui survint ? A la volonté des dieux immortels, à la vigilance de Vénus, à la protection de la médaille d'Apollon offerte par Nicopolis, à la bonne organisation de mon réseau de renseignements, aux mauvaises dispositions prises par le tyran grec ou à la négligence de ses sentinelles ? Au seul hasard ? On amena sous ma tente un messager qui voulait rapporter un renseignement urgent au seul commandant en chef de l'armée romaine. Chez le barbier où il s'était rendu parce qu'on y bavarde davantage que sur l'agora, l'espion avait entendu des citoyens critiquer Aristion pour ne pas garder avec assez de troupes l'ouest de la ville, à un endroit où le mur d'enceinte court sur une croupe d'accès facile, près du sanctuaire Heptachalcon. Dans le plus grand secret, j'ai fait vérifier le renseignement. Il était exact. Dès la nuit tombée, deux légions ont pris position devant ce point faible du rempart. Une heure plus tard, on dressait les échelles. Affaiblies par les privations subies depuis plusieurs jours, les troupes d'Aristion n'ont pas résisté longtemps. A la mi-nuit, dix mille des nôtres, flambeaux en main, défilaient sous la porte Sacrée, au son des trompettes. Au moment où ils allaient quitter leur camp, j'avais rassemblé mes soldats :

— Les citoyens athéniens ne sont pas nos ennemis. Ils ont été trompés par des démagogues vendus à Mithridate. Ceux-là seront châtiés par moi seul. Aujourd'hui, vous vous conduirez en libérateurs.

Demain, les armées de Mithridate ayant été battues par les légions, le butin de la victoire vous appartiendra.

Donnant l'ordre d'assaut, ma voix ne trembla pas. J'étais parvenu à maîtriser mes tourments. Cette fois, les dés m'obéiraient. Le destin, ce serait moi, Sylla. Deux ans auparavant, j'étais entré à Rome, l'arme au poing, violant la loi, diront les légistes, outrageant les dieux, s'indignèrent les prêtres. Pour autant, le Capitole ne s'était pas effondré sous mes pas, les eaux du Tibre n'avaient pas inondé le Forum. Si j'avais commis une faute, c'était celle d'avoir épargné trop de têtes.

Mes soldats, hommes au cœur sans détour, quand ils avaient appris la trahison de Cinna, n'avaient pas manqué de me reprocher les uns ma faiblesse, les autres ma naïveté. Furieux de l'insulte faite à leur général, comment se comporteraient-ils à Athènes ? Je sais qu'il se trouve à Rome de nombreux professeurs de vertu pour me couvrir d'opprobre et pour m'accuser d'avoir saccagé le sanctuaire de l'Occident. Ceux-là n'ignorent pas qu'aucun poignard ne pouvait me faire plus mal. C'est vrai qu'ayant appris la mort de Patrocle et d'Achille, étranglés sur l'ordre d'Aristion, j'ai laissé faire mes soldats pendant plusieurs jours : ils ont violé des filles et des garçons, volé des bracelets et des colliers, jeté par jeu des torches enflammées sur les toits, égorgé quelques innocents parmi cent coupables. J'ai fermé les yeux parce que je leur demanderais bientôt d'affronter l'armée des Barbares d'Asie dont l'avant-garde occupait déjà la Macédoine. Les combats qui nous attendaient sur les plaines de la Thessalie ne valaient-ils pas d'être récompensés à l'avance par quelques pucelages, quelques vases précieux ou quelques derrières d'éphèbes ? Ceux qui professent le plus haut l'indignation ne sont-ils pas les plus éloquents à entraîner les autres vers des tueries auxquelles ils ne participent jamais eux-mêmes ? Moi, Sylla, je savais mieux que beaucoup d'autres tout ce que Rome devait à l'Hellade. Je pense avoir payé notre dette lorsqu'une délégation d'Athéniens est venue m'implorer d'arrêter un carnage mérité. J'écoutai sans rire l'orateur désigné appeler à son secours Homère, Platon, Miltiade, Périclès et le petit coureur de Marathon. Il parlait bien. Je ne suis pas, moi-même bon discoureur, insensible à l'art oratoire. Au nom de leurs illustres aïeux, j'ai donné satisfaction à ces notables qui s'étaient jetés à mes pieds.

Epicadus, dans le récit de cet épisode, affirme que j'aurais déclaré : « J'accorde aux morts la grâce des vivants. » C'est une belle formule et digne de moi. J'aurais été heureux de la trouver moi-même. Si nous autres, hommes de guerre, n'entretenions pas à nos côtés des secrétaires habiles quant au calame, qui se soucierait de notre gloire ?

Quand j'étais venu m'installer à Baïa, j'avais fait ranger dans un coffre tous les sabliers de la maison et voiler les cadrans solaires. La couleur du ciel, l'éclat de mon jardin, la rouille des vignes, le chant des pêcheurs tirant leur barque sur la plage, ou le geste qui allume les lampes ont suffi pendant plusieurs mois à mesurer le temps de mon bonheur. A dire vrai, le temps du bonheur ne se mesure pas davantage que l'éternité. Etre heureux, c'est vivre dans le présent, un présent qui serait à la fois immédiat et infini. Depuis quelques jours, plusieurs sabliers ornent à nouveau ma table de travail.

Mesurant l'espace qui sépare le retour périodique du mal qui déchire mon ventre, ils m'indiquent aussi le moment où je dois absorber les décoctions préparées par mon médecin. Maintenant, la douleur ne me prend plus par traîtrise. Le sable de l'un met une heure à s'écouler, il faut deux heures pour un autre. Il m'arrive parfois de les regarder pendant un long moment, fasciné tel un oiseau devant un serpent, et de retourner celui-ci ou celui-là comme si j'avais obtenu tout à coup le pouvoir de ralentir, précipiter, recommencer le cours du fleuve invisible où passe notre barque.

J'imagine que les dieux s'amusent à renverser sens dessus dessous nos sabliers individuels alignés dans les armoires de l'Olympe. Le temps existe-t-il en dehors des hommes qui le mesurent ? Pour Valeria, le temps c'est la durée de sa grossesse, le nombre de jours qui la séparent de la naissance de son enfant. Pour moi, c'est la quantité de sable qui coulera dans ces petits cylindres de verre posés sur ma table, jusqu'au moment que je ne les regarderai plus.

Ces problèmes ne me ramènent pas tant aux questions posées naguère par les sophistes, dont je me moquais, qu'aux longues conversations échangées avec le cher Agathos essayant de m'initier à la philosophie. De sa voix chantante et grave, je l'entends encore me citer une phrase fameuse d'Héraclite qui veut expliquer l'univers par son écoulement perpétuel. Je m'en suis souvenu lorsque, après nous être rendus maîtres d'Athènes et, quelques jours plus tard, du Pirée, j'ai voulu reconnaître l'endroit où était tombé mon vieux maître.

Le sentier par lequel m'avait conduit Agathos vers le sommet du Lycabette n'existait plus, les buissons épineux recouvraient le sol, le mât fixé sur sa tombe avait disparu, mais les chèvres noires et leurs jeunes pâtres étaient toujours là comme si quelque prodige les eut fixés pour l'éternité. A coups de pelles et de pioches, des légionnaires eurent tôt fait de débroussailler le terrain et de découvrir le petit tumulus dressé par mes soins avec de lourdes pierres. A l'architecte qui m'accompagnait, j'ai commandé un cippe de marbre blanc où seraient gravés ces seuls mots : « Lucius Cornelius Sylla, consul de Rome et libérateur de la Grèce, a élevé cette stèle à la mémoire de son maître Agathos. »

C'était à la fois reconnaître ma dette envers l'Hellade et proclamer que je n'avais pas conduit une armée de pillards et de violeurs. Incliné devant ce petit tas de cailloux, j'ai été surpris de n'éprouver aucun chagrin. Trente années avaient-elles donc suffi pour me rendre à ce point insensible? Le jeune Sylla qui embrassait naguère une statue d'Aphrodite dans les jardins de l'Académie était mort depuis longtemps. Les larmes versées sur le cadavre de mon pédagogue, je me les suis rappelées, mais mon cœur n'en a battu ni plus vite ni plus lentement. Agathos avait raison de citer souvent Héraclite : « Nous ne nous baignons pas deux fois dans le même fleuve. »

Maître d'Athènes et de son port, j'ai dû bientôt faire face à de nouveaux dangers. En dépit de quelques échecs, la plus grande énergie habitait mes légionnaires. Elle les avait poussés au-delà des remparts de Périclès et leur avait donné une âme de conquérants, mais la double victoire qu'ils venaient de remporter risquait d'en faire, à leur tour, des assiégés. Chassé du Pirée, Archélaos avait eu le temps d'embarquer le plus gros de ses troupes, doubler le cap Sounion et remonter vers le nord pour rejoindre la grande armée de Mithridate parvenue à marches forcées en Thessalie, trop tard pour sauver Athènes. Nous enfermer avec les légions derrière les Longs Murs, c'était nous condamner tous à subir le plus funeste sort : privés de vivres, encerclés par des ennemis innombrables, nous ne pourrions même pas sortir de ce piège par Le Pirée, faute de navires. Aller au-devant des Barbares et les vaincre là où ils se rassemblaient déjà demeurait la seule issue possible. Téméraire, elle ne me parut pas déraisonnable. Un événement imprévu me pressa d'agir : envoyées par Rome, deux légions venaient de débarquer en Epire. Leur chef, le consul Flaccus, avait reçu du Sénat l'ordre de se saisir de Sylla, de prendre le commandement de toutes les forces romaines en Grèce et de poursuivre la guerre contre Mithridate. Si j'avais pu avoir quelque hésitation à lancer mes six légions sur les troupes du roi du Pont arrivées en Béotie, cette nouvelle aurait suffi à me raffermir l'âme. Tous ceux qui m'ont approché au cours de ma vie savent que l'adversité m'a toujours aiguillonné. Je donnai l'ordre de lever le camp et de marcher au combat.

Epicadus n'était présent ni à Chéronée, ni à Orchomène, mais il a réuni des témoignages nombreux qui lui permettront de relater les phases de ces deux grandes batailles, sans commettre trop d'erreurs. Si Archélaos confie à son scribe le soin de raconter les mêmes rencontres, il est fort probable que sa version des faits sera différente de la nôtre. Jamais la vérité n'est plus subjective que dans ces sortes de relations guerrières. Quoi qu'il en soit, les deux victoires remportées par les aigles romaines auront été trop éclatantes pour être mises en doute. Il restera aux narrateurs la possibilité de se disputer sur le nombre des cadavres tombés de part et d'autre. Aucun d'eux ne pourra décrire le trouble qui me saisit lorsque les éclaireurs d'avant-garde m'ont signalé que l'ennemi occupait la grande plaine arrosée par le fleuve Céphise, non loin de Chéronée. Quel dieu m'avait donc poussé, moi, Sylla, vers ces lieux où, deux siècles auparavant, le jeune Alexandre, alors âgé de dix-huit ans, avait gagné sa première bataille ?

Le camp fut aussitôt établi. Nos dispositions de combat furent mises en place avant l'aube : l'infanterie lourde s'installait au centre, sur trois lignes séparées par de larges intervalles où pourraient circuler les troupes légères et ma cavalerie de réserve, une légion s'ordonnait à l'aile droite sous mon commandement direct, une autre à l'aile gauche sous les ordres de Murena. Quand les brumes du matin se dissipèrent, l'armée d'Archélaos apparut à moins d'un mille, vêtue de tuniques chamarrées d'or et d'argent, casquée de bronze, brandissant un immense buisson d'épées et de lances, protégée par d'énormes boucliers bardés de fer et de cuir. Son ordre de bataille ressemblait un peu au nôtre, l'infanterie étant massée au centre sur trois lignes mais encadrée par deux fortes ailes de cavalerie, et couverte par une centaine de chars à faux qui prenaient position devant les phalanges de choc aux longues sarisses. Il y avait là des Mèdes, des Scythes, des Paphlagoniens, des Cappadociens, des Arméniens, des Bithyniens, raflés par le roi du Pont dans les provinces de son immense empire et envoyés à l'assaut de l'Occident.

Ce moment-là, tandis que nous piétinions devant les remparts d'Athènes et les Longs Murs du Pirée, je l'avais souhaité et attendu. J'étais prêt. Au cours de la nuit, j'avais étudié avec mes lieutenants les quelques possibilités de manœuvre que nous pourrions envisager si nos deux premières lignes étaient emportées par le déluge qui s'abattrait sur elles. Elles m'avaient paru dérisoires. Cette fois, il fallait vaincre, mais pour vaincre, il faudrait d'abord arrêter la vague des chars à faux qui déferlerait sur nous au grand galop de leurs quatre chevaux. Nos vieux centurions connaissaient la parade. Tandis que les troupes s'alignaient, ils avaient installé dans l'intervalle qui séparait la première de la seconde parallèle, dissimulés sous l'herbe ou le sable, ces tribuli qui sont de gros pieux de fer à quatre pointes sur lesquels viendraient s'enclouer les étalons. Les dernières dispositions prises, j'ai même consulté les haruspices. Je ne voulais rien négliger. Sans doute, j'avais plus confiance dans la fermeté d'âme de mes soldats que dans les tripes des poulets sacrés, mais je ne suis pas sûr que tous mes légats partageaient les mêmes doutes. Aucun d'eux n'ignorait le funeste sort survenu au consul Flaminius sur les bords du lac Trasimène.

Les deux armées demeurèrent longtemps face à face. Désordonnés, impatients de se jeter sur nous, hurlant des clameurs, les Barbares paraissaient danser. Archélaos espérait, il me le confia plus tard, que pressé d'en finir je commette la même erreur qu'au Pirée en lançant mes troupes à l'assaut. C'eût été les envoyer au massacre. Bons romains, encore que les plus nombreux fussent ligures, gaulois, espagnols, étrusques ou campaniens, mes légionnaires demeuraient impassibles malgré la terreur, m'avouèrent-ils, qui glaçait leur sang. Tout à coup, le sol se mit à trembler. Les chars à faux tirés par des coursiers géants s'étaient rués sur nous. Lances inclinées, laissant croire qu'ils s'apprêtaient à subir leur choc, les légionnaires de la première ligne restèrent immobiles. Ils attendaient que les chevaux aient pris assez de vitesse pour ne plus pouvoir ralentir l'élan qui les précipitait sur nos tribuli invisibles. Au bon moment, calculé de justesse, ils s'écartèrent pour laisser les chars se précipiter vers la deuxième ligne. Les chausse-trapes arrêtèrent net la charge des terribles machines. Encloués, poussant des hennissements sauvages, se dégageant pour retomber sur d'autres pièges, les chevaux et leurs cochers furent abattus un par un par nos archers d'élite. Quelques instants avaient suffi pour anéantir les centaures et les chars à faux d'Archélaos. Les autres phases de cette bataille de Chéronée, Epicadus les racontera en détail. Je lui dirai de souligner que, cette fois encore, la discipline romaine l'a emporté sur le désordre des cohues orientales.

Ces jours derniers, je les ai consacrés à apporter quelques précisions de détail à la relation de mes deux victoires, Chéronée et Orchomène, entreprise par Epicadus. La seconde fut remportée dans cette même plaine du Céphise contre une nouvelle armée envoyée par le roi du Pont. Mon secrétaire affirme que nous aurions tué cent mille ennemis pendant ces deux batailles et que nos pertes ont été minimes. C'est vrai que je n'avais jamais vu autant de morts. Epicadus, je le soupçonne d'exagération, mais je ne lui en tiens pas rigueur. L'Histoire ne doit pas être confondue avec la science des chiffres. La mission de mon secrétaire est simple : apprendre à ceux qui viendront après moi que Sylla a sauvé Rome en détruisant à Chéronée et à Orchomène les armées de Mithridate. Pour être crédible, il est nécessaire que le nombre de cadavres ennemis soit considérable.

Il pleut. Nous voici arrivés au cœur de l'hiver. J'ai froid. Moi qui ai passé de nombreuses nuits dans les camps, j'exige que les fenêtres soient fermées et les feux allumés. J'ai maigri. Valeria m'a dit hier, sur le ton d'un tendre reproche, que je travaillais trop longtemps enfermé dans ma bibliothèque. Ses yeux me dévisageaient avec une insistance où j'ai deviné un peu d'effroi et beaucoup de tristesse. Elle connaît la vérité, je le sais, j'en suis sûr. Le médecin n'aura même pas eu besoin de la lui révéler. Il a suffi qu'elle me regarde avec ses propres yeux, non plus avec ceux de l'amour. J'ai répondu en riant que, paresseux comme je le suis, je dois m'imposer une étroite discipline pour écrire les mémoires dont j'ai entrepris la rédaction en même temps qu'Epicadus. Je lui cache mon mal, non pas pour la tranquilliser, mais pour m'éviter des témoignages de pitié qui me réduiraient à rien au moment où je n'ai jamais eu autant besoin d'être impitoyable envers moi, Sylla, condamné à mourir dans son lit comme un géronte.

Sylla vainqueur de Mithridate ? C'est vrai que je suis celui-là. Mes deux victoires avaient fait un bruit immense. Le consul Flaccus, chargé par le Sénat de prendre le commandement de mon armée, n'avait même pas osé m'envoyer des parlementaires. Avec ses deux légions, il avait préféré se diriger vers l'Hellespont par la Macédoine et la Thrace. Je l'avais laissé partir, soucieux de ne pas m'offrir une troisième victoire qui, cette fois, aurait été remportée contre un général romain en présence d'un ennemi commun.

Harassés et fiers d'eux-mêmes, mes soldats prenaient leurs quartiers d'hiver en Thessalie, pansaient leurs plaies, érigeaient des stèles à leurs camarades tombés au combat. Cette région, je ne l'avais pas choisie parce que s'y élève le mont Olympe, séjour des dieux auxquels je n'ai jamais cru même si je les invoque toujours avec révérence, mais à cause de ses nombreux ports ouverts sur la mer Egée : les légions, quand elles étaient enfin entrées au Pirée, avaient saccagé toutes les installations dont j'aurais eu le plus besoin pour mettre en chantier la construction d'une flotte en attendant le retour désormais improbable de Lucullus. Depuis que j'avais débarqué sur les plages de l'Epire, toutes mes entreprises j'étais parvenu à les réussir, que ce soit l'assaut des remparts de Périclès ou la bataille engagée contre la plus grande armée du monde. Je n'avais pas pu profiter de mes victoires, faute des navires nécessaires pour poursuivre les fuyards dans leur repaire et les achever. Le soir d'Orchomène, Archélaos n'avait même pas eu besoin de faire voile vers l'Asie pour sauver sa personne avec les débris de ses troupes, il s'était contenté de traverser le canal de l'Eubée qui sépare le continent de l'île longue d'où, entouré de dix mille survivants, il pouvait me narguer en attendant que le roi du Pont lui envoie une quatrième armée.

Plusieurs mois furent occupés à la construction de la flotte sans laquelle j'étais pris dans le piège de mes victoires. Tous les ports de la Thessalie retentirent du choc des maillets, du grincement des scies, des coups de hache. Les Grecs sont aussi bons charpentiers de marine que nous autres, Romains, sommes bons tailleurs de pierre. J'en ai rassemblé plusieurs milliers, les uns sur les chantiers, les autres dans les forêts pour abattre des arbres, d'autres encore pour assurer les charrois. Athènes, où il m'avait fallu faire tomber les têtes de ceux qui s'étaient le plus compromis avec Aristion, était redevenue la cité légère et gaie de ma jeunesse. J'y avais installé les sénateurs qui, ayant fui Rome pour me rejoindre, ne voulaient plus résider à Dyrrachium où des querelles de préséance opposaient les plus âgés aux plus jeunes. Quelques-uns, bons juriconsultes, ont commencé l'étude des réformes politiques et administratives que je me proposais d'imposer dès mon retour en Italie. Pour calmer l'impatience des autres, j'ai dû les laisser piller des demeures ornées de chefs-d'œuvre depuis plusieurs siècles, lorsque Rome n'était encore qu'une petite bourgade habitée par de grossiers paysans. Ces statues décorent aujourd'hui leurs villas. J'en ai fait autant, sinon plus.

Le butin, c'est le seul bénéfice qu'on puisse tirer d'une guerre, tout le reste demeure illusoire. Tous les légionnaires obéissaient parce que leurs vétérans m'avaient fait la réputation d'un général heureux qui, dédaignant de garder pour lui tout le bénéfice de ses victoires, le distribue d'abord à ses soldats. Plus impatients que les sénateurs, ils ne voulaient plus se contenter des dépouilles abandonnées par l'ennemi à Chéronée ou à Orchomène et réunies en gigantesques trophées avant d'être distribuées à chacun selon ses mérites. Je leur avais promis les richesses fabuleuses de l'Orient, ils n'avaient eu guère à se partager que des armes, des boucliers, des cuirasses, quelques pectoraux d'argent disputés aux dés, plus souvent au poignard. Leurs murmures, j'étais attentif à les écouter, je feignis de ne pas les entendre. Moi, le général aux mains de fer, il m'a fallu demander aux centurions de fermer les yeux sur certaines fautes graves qui, en d'autres circonstances, eussent mérité la mort. Je devais maintenir par tous les moyens la cohésion de mes troupes, gagner du temps, hâter la construction de ma flotte avec laquelle je pourrais conduire mes légions en Asie où je les gaverais d'or avant de les ramener en Italie. Reverrais-je jamais Lucullus ? Les voiles qu'il était parti quérir en Egypte et en Crète devenaient chaque jour davantage semblables aux dieux de mon enfance : je n'y croyais plus et j'espérais, à chaque aube, à chaque crépuscule, les voir apparaître au bout de l'horizon.

Caecilia, je l'avais laissée à Athènes pour accueillir les sénateurs et leur famille, s'occuper d'eux, me rapporter leurs propos et recevoir les messages de moins en moins nombreux qui nous parvenaient de Rome. Ceux-ci nous apprenaient que Cinna, après avoir noyé la ville dans le sang, y imposait toujours la tyrannie d'un pouvoir absolu et soutenu par des fanatisés. Ces informations étaient rassemblées par Caecilia et communiquées au contre-Sénat qui s'organisait à Athènes. Moi, il me fallait parer au plus urgent, maintenir mes légions sous les armes, recruter de nouveaux auxiliaires pour combler les vides, activer mes constructions navales. Presque tous mes jours et toutes mes nuits, je les passais dans les camps et sur les chantiers.

C'est sous la tente de mon prétoire que je reçus un jour un messager aussi étrange qu'inattendu. Il n'arrivait pas d'Italie, mais de l'Eubée, l'île longue où s'était réfugié Archélaos après sa défaite subie à Orchomène. Cloué à terre, ne disposant pas de la moindre barque de pêche, je n'avais pas pu l'y poursuivre. De longs mois avaient passé et voilà que le chef des armées de Mithridate sollicitait une entrevue.

Cette affaire surprenante méritait une profonde réflexion. Je l'examinai avec mes principaux lieutenants réunis aussitôt en conseil. Que signifiait cette initiative ? Archélaos ne pouvait ignorer que, malgré leurs victoires, mes légions demeuraient prisonnières de l'Hellade où elles ne pourraient sans doute pas résister à l'assaut d'une troisième armée. Il ne pouvait ignorer davantage que je construisais des navires de transport. Voulait-il se rendre compte lui-même de l'état de nos chantiers ? Avait-il intercepté un messager de Lucullus annonçant son arrivée prochaine ou faisant part de son échec ? Quel intérêt pouvait conduire Mithridate à me dépêcher son stratège qui, cependant vaincu, se trouvait placé dans une meilleure position que la mienne ? Nous convînmes, en conclusion de nos débats, qu'une entrevue avec le général ennemi ne risquait pas d'aggraver notre situation, mais nous permettrait peut-être de mieux connaître la sienne.

L'entrevue eut lieu à Aulis où s'était installé mon quartier général. C'est là qu'Agamemnon, ayant rassemblé la flotte des Achéens, avait sacrifié sa fille Iphigénie pour obtenir les vents favorables qui lui permettraient de cingler vers Troie. Certain soir, près de désespérer, il m'est arrivé de me demander, scrutant l'horizon pour y chercher les voiles de Lucullus, si je ne serais pas capable d'offrir Caecilia aux dieux infernaux en échange d'une flotte. Aujourd'hui, cette seule pensée m'épouvante. Qu'elle se soit installée en moi me prouve, comme tant d'autres fois, que le vieil Homère connaissait bien le cœur des hommes. A Aulis, Archélaos débarqua un matin sous la protection de cent guerriers asiatiques, cent autres étant arrivés la veille pour installer son camp près de la mer, là où viendrait s'ancrer son navire. J'étais curieux de connaître ce Grec, réputé bon lettré, qui vendait très cher ses qualités de stratège dont j'avais eu à souffrir devant Athènes. Respectueux de ces coutumes qui régissent la rencontre de deux chefs d'armées adverses, j'avais pris le plus grand soin du cérémonial militaire qui décorerait l'arrivée d'Archélaos. Il en parut satisfait et précisa aussitôt que nous devions le considérer ce jour-là, non comme le général en chef des troupes pontiques, mais comme l'ambassadeur de Mithridate, roi du Pont. Paré de ce titre, Archélaos, sans casque ni cuirasse, ne portait aucune arme. Il dit ensuite que le message dont il était porteur devait m'être transmis sans témoin. Je le fis entrer dans mon prétoire. Nous étions seuls, face à face, prêts l'un comme l'autre à engager un combat singulier.

— Mithridate, dit Archélaos, lève une armée nouvelle à laquelle tes légions ne pourront pas, cette fois, résister, malgré leur courage, leur discipline et ta science de la guerre. Si tu parvenais cependant à la battre, tu devrais faire face aussitôt à une autre armée encore plus nombreuse. Je n'ignore pas que les meilleures armées ne sont pas toujours les plus nombreuses, tu l'as prouvé à Chéronée et à Orchomène, mais la multitude finit toujours par l'emporter. Mithridate dispose de troupes innombrables. La mort, les blessures, les maladies, rien n'empêchera le roi du Pont, pas même les années qui passent ou les batailles perdues, de jeter sur tes dernières cohortes la masse de ses guerriers asiatiques. Je te vois sourire. Tu penses sans doute qu'à Marathon et à Salamine, c'est le petit nombre qui l'emporta sur la multitude. Moi qui suis grec, je le sais aussi bien que toi, mais je sais aussi que les soldats de Miltiade et de Thémistocle se battaient alors pour défendre leur patrie, alors que les légionnaires de Sylla, quelles que soient leur valeur et leur fidélité à leur chef, se battent pour le butin, comme moi-même je me fais payer par le roi du Pont. Mithridate n'est pas pressé, moi non plus. Toi, Sylla, tu mesures les jours avec inquiétude. Ton ami Lucullus ne reviendra jamais. Quant aux quelques navires que tu construis, à peine auront-ils pris la mer qu'ils seront engloutis par l'escadre de Mithridate : elle croise en mer Egée avec ses soixante-dix navires pontés.

Tout cela, je ne l'ignorais pas. Où Archélaos voulait-il en venir ? Le roi du Pont ne l'avait pas chargé d'un message aussi dérisoire. Impatient, je pressai l'ambassadeur de me préciser l'objet de sa mission.

— Mithridate, continua le stratège, n'est pas l'homme de sang que tu imagines. Il parle grec, connaît les philosophes et les poètes. Ses ennemis le dépeignent comme un tyran avide de conquêtes, il veut seulement rassembler sous une même autorité tutélaire de nombreux petits royaumes qui s'entre-déchirent, d'où les difficultés auxquelles il doit trop souvent faire face. Moi-même qui, malgré les apparences, suis demeuré intimement grec, je répugne à la pensée d'être contraint à commander bientôt une nouvelle armée destinée à envahir la Macédoine, la Thessalie, la Béotie, s'établir à Athènes et occuper finalement toute l'Hellade. Mithridate et moi-même, qui suis autant son confident politique que le général de ses armées, réfléchissons depuis longtemps aux différents aspects de ta situation et de la nôtre. Le roi du Pont te connaît bien, Sylla ; il admire ton intelligence autant que ton courage et pense que le temps est arrivé de t'aider à restaurer l'ordre romain. Au-delà de l'estime éprouvée pour un adversire valeureux, il sait que la stabilité de l'Etat romain est aussi nécessaire à la paix du monde que la souveraineté de Mithridate en Orient. Ecoute-moi bien. Le roi du Pont met à ta disposition l'argent, la flotte et tous les autres moyens qui te paraîtront utiles pour rentrer en Italie, marcher sur Rome et en chasser les démagogues qui détiennent le pouvoir. Cette proposition ne te sera pas offerte une autre fois.

Sans rien laisser paraître de mon étonnement ou de ma surprise, j'ai signifié à Archélaos que nous poursuivrions le lendemain notre entretien. Il me fallait réfléchir à ces propos qui me paraissaient autant de chausse-trapes assez semblables à ces tribuli invisibles sur lesquels les étalons syriens étaient venus s'embrocher à Chéronée. L'intérêt d'une telle manœuvre, où se situait-il pour Mithridate, sinon dans le fait que sa réussite lui permettrait d'avoir les mains libres en Orient où il ne comptait pas que des amis ? Quelques années auparavant, sur les bords de l'Euphrate, l'ambassadeur du roi des Parthes ne m'avait-il pas proposé un traité d'alliance et d'amitié pour empêcher Mithridate de devenir le maître du monde ? La situation du roi du Pont était-elle aussi solide que le prétendait Archélaos ? Celui-ci n'avait-il pas fait une discrète allusion à certaines difficultés qu'il lui fallait résoudre pour assurer l'ordre ? Sans doute, les moyens qui seraient mis à ma disposition n'étaient pas à dédaigner, mais si je les acceptais, de quel prix devrais-je les payer ?

Après une nuit sans sommeil, cette dernière interrogation sur le prix à payer demeurait la question essentielle. Je décidai de la poser sans détour et de présenter immédiatement une autre proposition à Archélaos.

— Un marché est d'abord un échange, convint Archélaos. Cela est vrai pour les Romains autant que pour les Orientaux. Notre proposition est claire. Le roi Mithridate permet à Sylla de prendre le pouvoir et Sylla, par un acte solennel, garantit au nom du Sénat et du peuple romain la libre possession de l'Asie Mineure à Mithridate. Chacun y trouve son compte.

Ainsi, j'étais fixé. En échange d'une assistance navale sans laquelle mes légions étaient vouées à la destruction ou à la dispersion, moi-même à la honte et au suicide, le roi du Pont exigeait que la République renonce à sa province d'Asie dont il s'était emparé en massacrant quatre-vingt mille Romains. Un tel marché était inacceptable, quels que fussent les embarras qui pesaient déjà sur moi et au milieu desquels il faudrait se débattre bientôt. Mieux valait mourir en soldat. Les mêmes embarras m'interdisaient de rompre brutalement un tel entretien, d'autant que j'avais observé le grand train mené par le général-ambassadeur avec assez d'attention pour comprendre son souci de paraître, son goût de l'argent et sa certitude intime d'être, lui Archélaos, Grec de l'Attique, supérieur à son maître barbare. Je décidai de prolonger l'entrevue en tenant une garde serrée. Moi aussi, j'étais capable de jouer un rôle de général-ambassadeur.

Simulant la surprise, j'ai répondu qu'après y avoir réfléchi pendant une nuit entière, je ne parvenais pas à comprendre la démarche de Mithridate.

— Es-tu sûr que la position du roi du Pont soit si solide ? Je me suis laissé dire, tu le confirmas toi-même hier dans ton discours, que de graves difficultés secouaient les nombreux Etats soumis à ton maître. N'est-ce pas la raison profonde qui le fait rechercher une négociation avec Sylla plutôt que l'expédition d'une troisième armée vouée à une défaite sans doute pire que les deux autres ? Je commande aujourd'hui la meilleure armée du monde, l'or des sanctuaires remplit mes caisses, je disposerai demain d'une flotte. Le soleil se lève devant moi, la nuit tombe sur Mithridate. Toi, Archélaos, qui es grec et bon stratège, vas-tu lier ton destin plus longtemps à un maître barbare dont l'avenir appartient déjà au passé ? Livre-moi plutôt la flotte de Mithridate et je te fais roi du Pont.

Ma proposition ressemblait à une sorte de farce imaginée pour se moquer d'Archélaos. Vite dressé, roulant des yeux horrifiés et serrant son cou de deux mains parcourues de frissons, il s'exclama :

— Tais-toi. C'est déjà un crime de t'avoir écouté. Tu veux me déshonorer. Prends plutôt ma vie : je mourrai ainsi fidèle à Mithridate.

De tels accents situés au-delà de la sincérité, je les avais entendus dans des circonstances similaires, en Numidie, lorsque j'avais demandé au roi Bocchus de me livrer Jugurtha. Bon comédien comme tous les Grecs, Archélaos aurait pu tenir sur la scène du théâtre de Dionysos n'importe quel rôle, Prométhée, Œdipe, Créon ou Tirésias. Moi, j'étais trop bon connaisseur pour ne pas apprécier son talent. Je possède aussi le don de deviner les pensées les plus secrètes des hommes avant qu'ils aient eu le temps de les dissimuler sous un sourire, un regard, un accent. Archélaos, dans le même moment qu'il protestait de sa loyauté, une brève lueur avait enflammé ses yeux. Dès lors, j'ai su que je mènerais le général-ambassadeur là où je voudrais, si longs et compliqués puissent être les chemins par où il nous faudrait passer, moi et lui.

Trois mois plus tard, Archélaos s'en est allé rejoindre Mithridate pour lui communiquer les bases d'un traité sur lesquelles nous étions enfin tombés d'accord. Nos discussions, rusées et véhémentes à la fois, ont souvent ressemblé à ces palabres sans fin auxquelles on se livre sur tous les marchés de la mer Intérieure dès qu'il s'agit d'acheter une courge ou une mesure de pois chiches. Un bon traité n'est jamais qu'un compromis où chaque partie déguise avec plus ou moins d'habileté ses arrière-pensées. N'étant pas en position de jouer les lions, je me suis contenté d'être renard, et je suis parvenu à faire admettre que j'étais disposé à garantir à Mithridate sa souveraineté sur son empire à la condition qu'il évacue immédiatement non seulement les provinces romaines d'Asie, mais la Cappadoce et la Bithynie, après m'avoir livré les soixante-dix vaisseaux pontés de sa flotte et versé trois mille talents dans mes coffres.

Après avoir refusé chacune de mes exigences, Archélaos les avait acceptées l'une après l'autre. C'était m'avouer que Mithridate ne parvenait plus à diriger l'immense empire qu'il avait conquis au cours des vingt dernières années, et qu'il était prêt à négocier pour éviter une rébellion générale. Ce fut aussi pour lui l'occasion de devenir propriétaire d'importants domaines situés en Béotie, en Eubée et en Thessalie, mais dont il ne pourrait toucher les revenus qu'après avoir obtenu l'accord définitif de son maître. Dois-je faire connaître à Epicadus cette clause secrète de notre négociation ? Celle-ci m'aurait conforté dans mon mépris de tous les hommes si mes lieutenants n'avaient pas opposé une vive résistance à ces pourparlers.

Ceux-là, quand je leur exposai les bases du traité que je proposais au roi du Pont, refusèrent d'abord d'y souscrire. Ils ne pouvaient admettre que Rome consente à déposer les armes sans avoir anéanti un ancien allié qui avait osé la braver et fait massacrer un grand nombre de ses citoyens : ne pas venger une telle insulte, c'était se déshonorer. Tous ces arguments, je les connaissais. Il me fallut plusieurs jours, plusieurs nuits, pour convaincre mes lieutenants réunis en conseil ou convoqués un par un, que ces négociations avaient été engagées dans le seul but de gagner le temps nécessaire de pouvoir disposer d'une flotte pour aller battre le roi du Pont au cœur de ses Etats et libérer du même coup Pergame, Ephèse et Milet où tant des nôtres avaient péri. Je n'ai jamais menti à mes soldats ; je dois avouer ici que je ne leur ai pas toujours dit toute la vérité. Après avoir battu les armées de Mithridate à Chéronée et à Orchomène, je souhaitais davantage rentrer à Rome avec mes troupes que poursuivre une aventure où je risquais de les engloutir. Celles-ci au contraire attendaient de leur chef l'ordre de se précipiter enfin vers l'Asie pour y piller de fabuleux trésors. Le long séjour d'Archélaos, les interminables conciliabules qui nous réunissaient tous les deux, sans doute quelques bavards centurions avaient alerté, bientôt inquiété les hommes du rang. On me rapporta que des murmures étaient entendus dans certaines unités. Réunir mes légionnaires, leur expliquer qu'il était plus urgent de délivrer Rome de ses démagogues que de poursuivre Mithridate dans son repaire ? J'y ai songé. Ils m'eussent hué, sans doute égorgé. Pour eux tous, une paix négociée prenait le visage de la trahison. Pour éviter le pire, j'ai recouru aux vieilles méthodes : resserrer la discipline, multiplier les exercices quotidiens. Parallèlement, j'ai doublé les équipes de charpentiers, cloutiers, voiliers et calfats, afin que les travaux entrepris sur les chantiers maritimes ne soient jamais interrompus, ni le jour ni la nuit. C'était dire aux légions que nous poursuivrions la guerre jusqu'à l'extermination de Mithridate. Moi, Sylla, le chef auquel ils avaient prêté serment de fidélité, j'en étais réduit à implorer le secours de Vénus et je baisais la petite médaille d'Apollon offerte naguère par Nicopolis.

L'arrivée d'un premier courrier envoyé par Archélaos me tira de ce tourment. Retenu auprès de son maître, le général-ambassadeur me faisait connaître que Mithridate acceptait d'évacuer la province romaine d'Asie, la Bithynie et la Cappadoce, mais qu'il refuserait toujours de livrer sa flotte pontée. A certains signes secrets dont nous étions convenus tous les deux, je compris que je ne devais pas prendre à la lettre une telle déclaration. Un deuxième message m'apprit en effet que des mouvements de rébellion se précipitaient à travers les territoires soumis hier encore au roi du Pont. Un troisième me fit connaître que les troupes envoyées par Rome étaient parvenues à franchir l'Hellespont avec le concours des navires de Byzance et se dirigeaient maintenant vers l'Asie Mineure sous la direction d'un certain Fimbria : celui-ci avait pris le commandement des deux légions après avoir assassiné son général.

Cette dernière nouvelle me frappa d'inquiétude. Jamais ma propre situation ne m'avait paru aussi menacée. Sans doute celle de Mithridate était-elle devenue précaire, mais je me méfiais assez de lui pour redouter qu'il ne noue une alliance avec mes adversaires romains. Qu'adviendrait-il de Sylla et de ses six légions, si le roi du Pont traitait directement avec Fimbria, mandaté officiellement par ce même Sénat romain qui m'avait décrété ennemi public ? Il me fallait agir avec la plus grande promptitude, contraindre Mithridate à négocier sans être humilié, corrompre et entraîner à la désertion les légionnaires de Fimbria pour ne pas être obligé de les massacrer. Jouer les renards ne me convenait plus.

Cette décision, je l'ai prise seul, quel que fût le soutien apporté, comme tant d'autres fois, par Caecilia Metella. J'entends aujourd'hui, après six années, les clameurs joyeuses de mes soldats lorsque, m'étant rendu dans le camp de chaque légion, je leur appris que le moment était venu de quitter la Thessalie, traverser la Macédoine et descendre à travers la Thrace vers l'Hellespont où se rassembleraient nos navires pour traverser le détroit. Je leur dis qu'ils auraient plus de cinq cents milles à parcourir, que les étapes seraient longues, les repos brefs, que la traversée du détroit risquait d'être dangereuse et qu'il leur faudrait affronter les plus grands périls. Semblables à eux-mêmes, brandissant leurs javelots ou leurs épées, je les entendis scander les deux syllabes de mon nom : « Sylla, Sylla, Sylla », avec une ardeur qui me rappelait le moment où je les avais lancés sur Rome.

Quelques jours plus tard, le sol gronda sous le piétinement des légions et des lourdes machines qu'elles traînaient derrière elles dans des colonnes de poussière. Un autre que moi aurait-il pris une telle décision ? Pour traverser l'Hellespont, je ne disposerais que des quelques navires construits à grand-peine dans les ports de Thessalie. Mais avais-je d'autre moyen de sortir du piège grec où je m'étais enfermé ? Je me suis conforté l'âme en me répétant à chaque étape qu'ayant autrefois parcouru les mêmes chemins et disposant de moyens inférieurs aux miens, les phalanges d'Alexandre étaient parvenues en Asie et y avaient battu Darius, dès la première rencontre.

J'ai déjà dit que de nombreux épisodes de ma vie ressemblaient à ces scènes de tragédie où l'arrivée imprévue d'un messager fait soudain basculer le destin des héros. Selon les circonstances, je suis le plus sceptique ou le plus crédule des hommes mais j'ai toujours pensé, dans les moments les plus heureux ou les plus funestes, que je demeurais, moi, Sylla, responsable de mes réussites et de mes échecs. Pour autant, je ne renie pas une protection divine si souvent manifestée ; j'estime seulement que cette garde tutélaire, je l'ai due d'abord à moi-même.

Le messager qui m'annonça le retour de mon légat préféré me rejoignit à Thessalonique où les légions devaient se reposer un jour. J'avais traversé la ville, portant cuirasse et paludamentum écarlate, mais tête nue, dans le secret espoir qu'une vieille femme nommée Lampito, perdue dans la foule, reconnaîtrait le jeune Romain qu'elle avait chevauché naguère avec tant de hardiesse et d'imprudence. Ni Eschyle ni Sophocle n'eussent osé imaginer la lettre où Lucullus m'annonçait qu'il avait réussi enfin à grouper une flotte de transport et de combat avec de nombreux navires achetés dans les ports d'Egypte et de Syrie, à Chypre et à Rhodes. Il me disait aussi que les deux légions envoyées par Rome étaient parvenues à s'établir à Pergame d'où elles avaient chassé les troupes de Mithridate. Pressé de les rejoindre pour lutter ensemble contre le roi du Pont, ennemi commun, Lucullus avait répondu à leur chef qu'il ne connaissait qu'un général : Lucius Cornelius Sylla.

Ce jour-là, je n'ai douté ni des dieux ni des hommes. J'ai pensé aussi que la volonté d'entreprendre sans jamais désespérer pouvait vaincre la mauvaise fortune, comme mes six légions avaient mis en déroute deux armées asiatiques. La route à suivre devenait claire. Mithridate aux abois, sachant que je pouvais disposer d'une flotte capable de faire traverser, sans risques graves, l'Hellespont à mes soldats et les ramener en Italie, comment pourrait-il encore refuser de donner son accord définitif aux pourparlers engagés avec Archélaos ? Lorsque nous avons quitté Thessalonique pour nous diriger vers la Thrace, deux courriers rapides étaient déjà partis, l'un pour prescrire à Lucullus de cingler vers l'Hellespont, l'autre pour annoncer à Archélaos mon arrivée prochaine et faire part au roi du Pont de mon intention de le proclamer solennellement ami et allié du peuple romain. L'ennemi à abattre, ce n'était plus Mithridate, c'était Fimbria, l'assassin du malheureux Flaccus. Ses légionnaires, il me faudrait ou les acheter ou les tuer. Du même coup, je ramènerais la province d'Asie dans le giron de la République et j'y installerais mes propres soldats pour qu'ils se gorgent de butin. Vautrés dans les bordels de Pergame, de Milet et d'Ephèse, ils me pardonneraient vite de n'avoir pas enchaîné Mithridate. Moi, Sylla, d'autres soucis me guidaient. Je ne m'enfoncerais pas dans l'Orient immense alors que Rome était menacée de disparaître sous les coups de démons intérieurs, peut être aussi redoutables que l'ennemi asiatique.

Ainsi que je l'avais prévu, Mithridate finit par accepter les propositions présentées par Archélaos mais dictées par moi seul. Le roi du Pont, inquiet de perdre la face, avait fait traîner les pourparlers, s'ingéniant à donner un jour ce qu'il refusait le lendemain. Il avait même envoyé des émissaires à Fimbria pour tenter d'obtenir de meilleures conditions que les miennes. Il jugea à la fin que ma parole aurait plus de chances d'être entendue un jour par le Sénat, tout chef rebelle que je fusse encore. Nous devions maintenant procéder à la ratification solennelle de nos accords. Le lieu choisi pour notre rencontre avait éte fixé en Troade, à Dardanos, là où Agamemnon, Ajax, Ulysse, Achille, Patrocle, tous les géants de la légende avaient débarqué jadis pour venger l'honneur de Ménélas : le destin replaçait mes pas sur les traces laissées par les héros de l'*Iliade*. Moi, j'avais surtout hâte de connaître Mithridate, personnage fabuleux lui aussi. En Thessalie, au cours de nos longs entretiens, le général Archélaos m'avait souvent parlé de ce nouveau Grand Roi d'Orient dont la fortune, les vengeances, les crimes, me fascinaient plus encore qu'ils ne me terrorisaient. Devenu roi à douze ans, menacé d'être poignardé par sa propre mère, il avait mené l'existence d'un nomade apatride avant d'exercer le pouvoir. Buveur intrépide, lutteur imbattable et escrimeur redoutable, grand chasseur de fauves et forceur de filles, sa cruauté n'épargnait personne, ni frères, ni sœurs, ni fils, ni filles, dès lors qu'ils étaient soupçonnés de trahisons imaginaires. Archélaos me raconta un autre Mithridate, raffiné et cultivé, parlant grec et latin aussi bien que vingt idiomes orientaux, entouré de musiciens, poètes, philosophes et danseurs. Quel était le plus vrai des deux ? A ce moment de ma vie, je savais depuis longtemps qu'une certaine puissance de séduction peut balancer chez le même homme la pire des cruautés. Compliqué, fastueux, cruel, sans scrupules, corrompu, péroreur, sensuel, était-ce là le roi du Pont ? Ces vices, je les reconnaissais pour trop bien les connaître. Ce sont les miens. Né barbare, moi Cornelius, je serais peut-être devenu un autre Mithridate. Cette pensée m'agita. La nuit qui précéda notre entrevue fut troublée par de sanglants cauchemars. Je regrettai l'absence de Caecilia. Elle m'eût conforté dans ma volonté de ne pas écouter le chant des Sirènes que Mithridate ne manquerait pas de vouloir me faire entendre. Elle m'eût dit aussi : « N'oublie pas que, vainqueur, Sylla dicte le droit romain. »

J'avais pris soin d'arriver sur les lieux de la rencontre avec trois heures de retard, tout en observant les conventions passées au préalable entre mon légat Murena et le général Archélaos. Ainsi, deux seules cohortes de légionnaires et une aile de cavalerie m'accompagnaient. En face de nous, sur un plateau brûlé par le soleil, face à la mer, vingt mille Barbares étaient alignés derrière six mille cavaliers, eux-mêmes précédés d'une centaine de chars à faux. Ou bien je m'étais laissé prendre à un piège grossier, ou bien Mithridate avait déployé ses forces pour me montrer sa puissance, ne pas perdre la face, me recevoir en roi, non en vaincu. Comme à Chéronée et à Orchomène, une muraille de guerriers asiatiques, vêtus de tuniques rouge et or, casqués de bronze, hérissés de piques, se dressait devant moi, cette fois immobile et muette. Ce spectacle, à la fois merveilleux et terrifiant, dont nous étions spectateurs autant qu'acteurs, atteignait une grandeur qui me raidit l'âme, tandis que je me disais : « Moi, Sylla, je suis le Sénat et le peuple romain. »

Quelques chars s'écartèrent enfin pour laisser passage à un cavalier, bientôt suivi de deux autres. A sa taille de géant, sa tunique d'or, la maîtrise de son assiette, une incontestable noblesse de gestes, je reconnus tout de suite le premier. On eût dit un centaure, c'était Mithridate. Son cheval allait au pas sans broncher. Je le laissai parcourir la plus grande partie de la distance qui nous séparait, avant d'aller moi-même à sa rencontre. Sans nous être concertés du regard, nous avons mis pied à terre au même moment. Mithridate s'est alors avancé vers moi, souriant, d'égal à égal, la main tendue. J'ai gardé la mienne sur mon épée. Je ne voulais pas humilier le roi du Pont, je voulais lui faire comprendre tout de suite que l'apparat menaçant de son armée ne me troublait pas et ne me ferait pas modifier d'un seul iota les dispositions sur lesquelles nous nous étions mis d'accord. Je lui ai dit :

— Déclare d'abord devant témoins que tu engages ta parole de roi pour la ratification de nos accords.

Mithridate tenta de se justifier en accusant la rapacité des magistrats et publicains envoyés en Orient par le Sénat romain, trop bon orateur pour convaincre un homme tel que moi, habitué dès l'adolescence aux roueries déclamatoires des professionnels de l'éloquence. J'interrompis son discours. Le temps n'était plus à débattre. J'ai rappelé en quelques mots les crimes dont il était coupable et les batailles qu'il avait perdues. S'il voulait la guerre, les légions étaient prêtes à la poursuivre mais, cette fois, elles ne déposeraient les armes qu'après la destruction de son royaume.

Mithridate ayant jugé que son honneur était sauf engagea enfin sa parole. Je lui tendis non seulement la main, je l'embrassai, lui baisai la joue droite et m'écartai pour laisser la place aux rois de Bithynie et de Cappadoce qu'il avait chassés de leur trône. A leur tour, ils tinrent longtemps embrassé Mithridate en signe de réconciliation. Au même moment, j'observai une grimace de mépris sur le visage de mon légat Murena. A qui s'adressait-elle ? A Mithridate, à Nicomède, à Ariobarzane ? Ou à moi, Sylla ?

Ai-je eu raison de négocier cette paix de Dardanos ? Elle rendait à la République sa province d'Asie et rétablissait dans leurs droits nos alliés de Bithynie et de Cappadoce. Elle consacrait aussi Mithridate en le reconnaissant souverain de son royaume héréditaire et lui redonnait le titre d'allié et ami du peuple romain. Mes ennemis, ceux qui redoutaient mon retour, n'ont pas manqué de se voiler la face et de m'accuser de m'être vendu au roi du Pont. C'est vrai que Mithridate m'a versé trois mille talents et que j'ai exigé des grands notables asiatiques plus de vingt mille autres. Avec ce trésor de guerre, j'ai mis la main sur les deux légions de Fimbria, j'ai récompensé mes soldats, j'ai fait taire les plus soucieux de venger les quatre-vingt mille Romains assassinés à Ephèse, à Milet et à Pergame, et j'ai rempli mes coffres personnels qu'une élection au Consulat et cinquante mois de campagne avaient vidés. Sans ce tribut, je ne serais jamais revenu à Rome. J'aurais pu choisir une autre voie. Mithridate, notre accord ayant été scellé, m'avait dit tout bas :

— Si tu avais retenu mes premières propositions, tu serais déjà à Rome. Il est encore temps de modifier nos accords. Réfléchis. Laisse-moi les mains libres en Orient et prends l'Occident. A nous deux, nous deviendrons les seuls maîtres du monde.

Un instant, plus bref qu'un éclair, je me suis vu emporté vers le soleil, sur un char tiré par seize chevaux. Cela, je ne l'ai révélé à personne, ni à Caecilia ni à Epicadus. J'ai été tenté d'accepter le secours de Mithridate pour rentrer plus vite à Rome, écraser Cinna et devenir une sorte de roi qui n'aurait eu à rendre des comptes qu'aux seuls dieux, parce que le gouvernement d'un seul, si dangereux soit-il, est toujours moins redoutable que la dictature populaire. J'ai repoussé Mithridate. Accepter son or et ses navires pour prendre le pouvoir, c'eût été trahir la cité et ouvrir les portes à l'Asie. Elle s'y serait infiltrée, sournoisement, jusqu'au jour où, nous ayant barbarisés sans même que nous nous en doutions, elle aurait imposé sa loi après nous avoir séduits par ses coutumes, ses vêtements, ses poèmes, ses danses, sa musique, sa cuisine, ses inquiétudes, sa paresse. Même liées à l'élection du tribun du peuple, nos pires séditions demeureraient moins graves que n'importe quel ordre prescrit par un Barbare. Si l'ordre devait être imposé à Rome, moi seul, Sylla, je le dicterais.

Ce soir, en face de moi, seul et parvenu au terme de ma vie, je reste convaincu d'avoir bien agi, même si la paix de Dardanos ne fut jamais qu'un expédient provisoire. Au reste, ni Mithridate ni moi n'étions dupes de ces accords. Nous savions l'un et l'autre que ces quatre ans de guerre, vécus face à face, n'étaient qu'un épisode de la gigantesque bataille qui se poursuivra pendant des siècles innombrables entre l'Orient et l'Occident.

X

Une délégation d'architectes auxquels j'avais commandé de grands travaux est venue à Baïa pour m'informer de l'état des chantiers. Cette visite m'a rendu heureux. J'ai toujours aimé la compagnie de ces hommes : ils ne se contentent pas de dessiner sur le papier le fronton d'un temple, les arches d'un aqueduc ou le péristyle d'une villa, ils choisissent les matériaux, surveillent la qualité du mortier, animent les ouvriers sur le terrain. J'imagine volontiers qu'à l'époque lointaine où les philosophes n'ignoraient rien de la géométrie, les disciples de Pythagore ou d'Empédocle devaient concevoir eux-mêmes les plans de leur maison et participer à sa construction. Lorsque je me promenais avec mon grand-père et qu'il nous arrivait de passer devant un maçon occupé à élever un mur, nous nous arrêtions à le regarder soupeser les pierres au creux de sa main, manier sa truelle, tendre son fil à plomb. Tous ses gestes étaient précis et empreints de gravité : il avait l'air d'officier et d'en éprouver une joie intime. Nous reprenions notre promenade et mon grand-père disait à mi-voix pour lui seul, en conclusion d'une longue méditation .

— C'est beau, un mur bien droit. C'est comme le pain ou une épée : on ne triche pas avec.

C'est sans doute à lui que je dois ce goût des chantiers qui, adolescent peu surveillé, me fit si souvent déserter les leçons du magister pour passer des journées entières au milieu des ouvriers occupés à ériger autour du temple de Jupiter Stator un escadron de vingt-cinq statues équestres ramenées de Grèce en même temps qu'une équipe d'architectes. Plus tard, élu consul, j'avais eu à peine le temps de faire étudier les plans, parmi beaucoup d'autres, d'un immense tabularium où seraient conservées les archives de la République et ceux d'une Curie plus vaste : l'état du Trésor public m'interdit de réaliser ces travaux. La guerre des Alliés, les troubles de la rue et les préparatifs de l'expédition en Orient avaient vidé nos caisses. Edifier de tels monuments à un tel moment de pénurie, c'eût été insulter la misère des pauvres. Tous ces projets, j'ai voulu les reprendre et, dès mon retour en Italie, j'ai d'abord entrepris de reconstruire le Capitole détruit par un incendie.

Lorsque j'ai quitté les affaires pour me retirer à Baïa, aucun de ces grands travaux n'était terminé. Le tabularium, le nouveau port d'Ostie, les carrières de travertin à Tibur, surtout le Capitole, occupent souvent ma pensée. J'aimerais en visiter les chantiers, entendre le bruit des pioches, des maillets et le grincement des scies. En écoutant hier les architectes venus me rendre visite, j'ai cru respirer l'odeur du sable mélangée à celle de la chaux. Le Capitole, m'ont-ils assuré, sera achevé dans six mois. Ce sera trop tard. A ma place, Lépide présidera la cérémonie des fumigations offertes à Jupiter. Ce rôle me revenait de droit. Je le lui laisse volontiers. Ceux qui s'imaginent inscrire leur nom dans les Annales de la République en élevant des édifices à leur propre renommée confondent le plus souvent la gloire avec la vanité. N'ai-je pas fait comme eux ? Nous sommes tous les mêmes. J'aurais aimé que les lettres de Sylla fussent gravées au fronton d'un monument, non sur le seul marbre de mon tombeau. Mais que la terre s'entrouvre demain, que les Barbares franchissent la mer, que les flammes s'allument une autre fois, que resterait-il de Rome ? Ecrire sur la pierre, c'est tracer son nom sur le sable. Mes victoires contre Mithridate, remportées à Chéronée et à Orchomène, survivront dans la mémoire des hommes alors que les colonnes du Capitole se seront écroulées.

L'incendie du temple élevé à Jupiter sur le mont Capitolin, c'est une des premières nouvelles qui me parvinrent de Rome, quelques jours après le débarquement de mes légions à Brindes et à Tarente. Cet événement avait frappé de terreur les habitants de la Ville : les uns y virent le signe d'une menace divine, les autres l'interprétèrent comme le présage d'une domination nouvelle.

D'Ephèse où j'avais établi mon quartier général, après avoir signé la paix de Dardanos, j'avais envoyé une longue lettre au Sénat : elle lui annonçait la fin victorieuse de la guerre menée contre Mithridate et mon prochain retour à Rome. C'était dire aux pères conscrits que je n'avais jamais cessé de me considérer mandaté par la mission proconsulaire qu'ils m'avaient confiée quatre années auparavant. Pour autant, je ne manquais pas d'exprimer mon intention de ne pas laisser impunis les crimes dont avaient été victimes trop de citoyens pendant mon absence, mais je précisais que les seuls ennemis de la République seraient châtiés, les honnêtes gens n'avaient rien à craindre. Les sénateurs auxquels je m'adressais, je connaissais leur couardise. Je n'ignorais rien des compromissions auxquelles ils s'étaient exposés plutôt que de se rallier à ceux qui avaient eu le courage de me rejoindre à Mégare. Ma lettre, j'en avais pesé les mots, prenant un plaisir délicat à imaginer la peur qui crocherait le ventre des lecteurs auxquels elle était destinée, alors que, général victorieux, j'irais brûler l'encens sur les autels du temple de Diane. J'attendis leur réponse pendant plusieurs mois.

Lorsque le Sénat m'avait confié une mission en Cilicie et en Cappadoce, je n'avais pas eu le temps de connaître les cités merveilleuses que mon père et mon maître Agathos évoquaient si souvent devant moi, hochant gravement la tête comme si Rome, comparée à Athènes, n'eut été qu'une bourgade. Cette fois, en visitant Ephèse, Milet ou Pergame, et m'y attardant avec Lucullus redevenu le compagnon quotidien, j'ai mieux compris tout ce que nous devons à ces Grecs courageux qui, il y a mille ans, traversèrent la mer Egée pour aller s'établir sur cette côte asiatique où sont nés un jour Thalès et Anaximène, Pythagore, Anacréon, peut-être Homère lui-même, et où s'élèvent aujourd'hui les temples, les bibliothèques et les théâtres les plus beaux du monde habité. Le goût d'un mur bien droit ou d'un fronton bien taillé, je le tiens de mon grand-père, mais c'est au cours de mes longues promenades, à cheval ou en litière, dans ces cités reconquises que j'ai découvert la grandeur des longues perspectives, la noblesse des ensembles architecturaux, les bibliothèques colossales et les ateliers de brocarts d'or. Un soir, j'ai décidé qu'à peine rentré en Italie, je reculerais les limites du pomœrium pour permettre à Rome de devenir enfin une grande capitale à la mesure de ses conquêtes et du pouvoir de son nouveau maître, moi, Sylla.

Pour un général, je ne connais pas de commandement plus heureux que celui d'une armée d'occupation dans le pays où il a conduit ses soldats victorieux. La paix étant conclue avec Mithridate, il m'avait fallu tenir les légions d'une main ferme et les engager dans des luttes fratricides. Grâces soient rendues aux dieux, les troupes envoyées par Rome pour me combattre et s'emparer de moi passèrent rapidement sous nos enseignes et me reconnurent pour leur chef. Du même coup, j'ai disposé d'une armée de soixante mille hommes, mais parvenus au-delà du degré d'épuisement qu'un chef de guerre peut exiger. Ils avaient tous accompli le même parcours, traversé la Grèce, la Macédoine et la Thrace, sous le soleil et la pluie, déchirant leurs souliers et blessant leurs pieds dans la poussière des chemins, sans jamais se débarrasser de leurs armes et de leurs boucliers. Plusieurs centaines, parmi eux, étaient tombés, tels des chevaux fourbus qu'il avait fallu abandonner. Les autres avaient durci leurs jarrets. Parvenus enfin sur les rives de l'Hellespont et découvrant tout à coup la mer bleue où les attendaient les voiles de Lucullus venues à leur rencontre, ils s'étaient écriés, tels les guerriers de l'*Anabase* : « Thalassa ! Thalassa ! Thalassa ! »

Pour rétablir sur leur trône les rois de Bithynie et de

Cappadoce, j'ai dû demander à mes soldats un dernier effort avant de les conduire sur le littoral de notre province d'Asie. Ils étaient harassés, mais je lisais dans les yeux des plus frustes une sorte de joie simple où se confondaient sans doute la satisfaction d'un devoir accompli jusqu'au bout et l'émerveillement, si inconscient fût-il, devant la noblesse monumentale des cités reconquises. Cette fois, je n'ai pas appliqué les consignes d'une armée romaine en campagne, qui obligent les légions de dresser leur camp à quelques milles des remparts. Mes soldats ont été répartis dans toutes les villes de la Province et ont logé chez l'habitant condamné à leur verser une haute paye quotidienne, quarante fois supérieure à leur solde ordinaire. Ils y ont trouvé non seulement un toit et un lit, mais des vêtements et des plats en sauce, plus les femmes, les filles et les garçons qui demeurent avec l'or le tribut de la défaite.

Avant de m'installer à Ephèse, j'ai dû commander à des architectes, ainsi que je l'avais fait naguère en Cilicie, de réparer les dégâts que le palais de marbre blanc veiné de rose choisi pour ma résidence avait subis au moment des crimes ordonnés par le roi du Pont. Cette demeure avait été celle du gouverneur mandaté par la République, le vieux Aquilius, personnage consulaire que Mithridate avait traîné derrière lui, attaché sur un âne, avant de le livrer à un tourmenteur chargé de lui verser du métal fondu dans la gorge. C'est cela aussi l'Asie. Il était nécessaire de prouver à ces Barbares orientaux, si sensibles à la force et à la magnificence, que la République était capable de se montrer inexorable et fastueuse. Dans le même temps que certaines de mes centuries, spécialisées dans ces sortes de besognes, exécutaient tous ceux qui étaient soupçonnés d'avoir participé au massacre de nos malheureux concitoyens, assassinés à Ephèse, Pergame ou Milet, des jardiniers ont fleuri la grande terrasse où je me tenais le plus souvent, tandis qu'on sculptait au fronton de ma résidence une grande aigle romaine aux ailes déployées.

C'est là, sur cette terrasse construite face à la mer, que j'ai entrepris de donner une nouvelle organisation aux territoires récupérés, sans avoir à en référer au Sénat dont les discussions inutiles et la peur des responsabilités m'eussent empêché d'agir. La plus importante de mes réformes, c'est sans doute d'avoir nommé des agents locaux, spécialisés dans le calcul des impôts, et d'en avoir fait des percepteurs de l'Etat pour remplacer les publicains. Ceux-là, Nicopolis m'avait appris autrefois comment ils parvenaient à obtenir leur charge et comment ils payaient les frais des campagnes électorales de leurs associés. J'ai supprimé les publicains d'un trait de plume. Remplir directement le Trésor public, c'était d'abord remplir mes coffres. Je savais que des sommes considérables me seraient nécessaires le jour où je déciderais de rentrer en Italie avec mes légions et les deux cents sénateurs qui, calculateurs ou tremblants, avaient rallié ma cause.

Dans aucune circonstance de ma vie, même lorsqu'un an plus tard le peuple et le Sénat me conférèrent par acclamations la magistrature dictoriale dont je suis écarté aujourd'hui par ma seule volonté, jamais je n'ai éprouvé un tel goût, bientôt un tel besoin du pouvoir. J'étais le maître absolu. C'est vrai qu'il m'est arrivé d'éprouver un plaisir trouble à faire tomber des têtes et à en courber d'autres, mais dans le même moment, je décidai de modifier l'administration de la Province, d'ouvrir une route nouvelle, de recruter des auxiliaires ou d'envoyer un navire à Rhodes pour y chercher deux mille plants de rosiers. Un geste de moi suffisait pour qu'une idée conçue la veille devienne un décret, un chantier, une organisation administrative, un jardin. Moi qui avais toujours haï les intrigues, dédaigné les demi-mesures, méprisé les élus soumis à l'oligarchie de l'argent comme aux caprices de la plèbe, je pouvais imaginer et accomplir sans craindre les bavardages, les lenteurs ou les chausse-trapes de la Curie. La Province romaine d'Asie, j'en ai fait le plus grand proconsulat de la République parce que les missions prennent toujours les dimensions de celui qui en a la charge. Le besoin d'agir et de créer sans contrainte me dévorait, en même temps que grandissaient en moi le désir de la gloire, la passion du gouvernement de l'Etat et, plus que tout, la volonté de dominer les autres. Ce sentiment de la haute ambition m'habitait depuis plusieurs années. Je l'avais éprouvé, la première fois, pendant la guerre que nous faisions à Jugurtha, plus tard dans diverses circonstances. Jamais il ne s'était imposé avec une telle violence. J'ai vécu des jours où la certitude d'être devenu un personnage démesuré me posséda à ce point que je commandai pour Sylla, unique spectacteur, une représentation d'*Antigone* sur la scène du théâtre d'Ephèse, par une nuit de pleine lune. Cette nuit peuplée de prodiges connus de moi seul, je l'ai vécue en tête à tête avec Sophocle. J'entends encore la voix de Créon : « C'est moi qui désormais possède le pouvoir. » Elle avait retenti dans mon esprit comme un ordre et m'avait convaincu que le premier devoir d'un chef d'État, c'est de faire respecter les lois écrites. Tout à coup, le gouvernement de la Province d'Asie m'apparut dérisoire. Solitaire, dans cet immense amphithéâtre de pierre inondé de lune, face à face avec les dieux et les héros dont la présence invisible m'habitait, j'ai été tenté de rentrer tout de suite en Italie et de m'y faire proclamer roi par le peuple. Rome, comment pourrait-elle assumer le grand destin auquel elle pouvait prétendre désormais, sans abolir la Constitution qui l'obligeait à changer de consuls tous les ans ?

La réponse du Sénat me parvint enfin. Elle ne me suffit pas : les pères conscrits avaient peur, autant de moi que de Cinna, et cherchaient surtout à apaiser mon ressentiment. A ceux qui proposaient de m'envoyer une ambassade avec laquelle je conviendrais d'un accord pour régler les modalités de mon retour, j'ai précisé mes premières exigences : la réintégration dans tous leurs droits et tous leurs biens de ceux qui avaient été bannis ou spoliés, et le châtiment de tous les crimes. Rome, depuis le temps que je portais encore la robe prétexte, n'ignorait pas jusqu'où pouvait me conduire la volonté de venger les outrages subis par moi-même ou mes amis. Ma réponse repoussait la possibilité de tout compromis.

L'Asie Mineure devint trop petite pour moi. J'avais accompli ma tâche. Les Romains assassinés avaient été vengés, mes soldats s'étaient reposés, l'argent remplissait mes coffres. La flotte dont je disposais maintenant m'aurait permis d'embarquer toutes mes troupes et de les diriger tout de suite vers les ports de l'Italie méridionale. Je devais d'abord revenir à Athènes pour y régler définitivement les affaires des cités grecques et rejoindre les deux cents sénateurs sans lesquels je ne voulais pas me présenter devant Rome avec mes légions. J'avais hâte aussi de retrouver Caecilia Metella. Semblable à tous les soldats vainqueurs, je l'avais souvent oubliée mais les temps étaient venus où je pressentais que j'aurais bientôt besoin de sa présence à mes côtés, au prétoire et dans mon lit. Alors que je venais de donner l'ordre de rassembler les navires nécessaires pour assurer le transport des troupes, j'appris que Cinna s'apprêtait lui-même à lever une armée en Gaule cisalpine et réunir des vaisseaux pour les conduire en Grèce dans le but de briser mes tentatives de retour en Italie.

Mon destin avait été souvent prodigue de ces orages qui obscurcissent soudain les plus beaux jours d'été. Mon esprit est ainsi fait que je les affronte toujours avec une détermination à laquelle se mêle parfois une certaine délectation. Laissant sur place les deux légions du malheureux Flaccus parce que leur fidélité n'avait pas encore été éprouvée, j'en confiai le commandement à Murena, le plus solide de mes légats, et je chargeai Lucullus du gouvernement de la Province. Trois jours après avoir quitté Ephèse, mes quarante mille hommes débarquaient au Pirée. J'avais dit adieu à l'Asie.

Je ne fus pas déçu de retrouver avec Caecilia des habitudes sans lesquelles il n'est pas de profonds plaisirs. Nous nous sommes conduits pendant quelques jours comme des amants qui n'avaient pas oublié d'être aussi des associés. Pendant ma longue absence, mes espions personnels et ceux du clan Metellus n'avaient jamais cessé de faire parvenir à Caecilia des informations précises sur les événements qui bouleversaient, une fois de plus, la vie quotidienne des Romains et démontraient la nécessité urgente de modifier, sinon abolir, nos vieilles dispositions constitutionnelles. A dire vrai, Cinna les avait déjà violées en se proclamant consul trois années de suite, sans même convoquer les comices. De toutes ces nouvelles, je retins la plus importante : notre fils se portait bien et se trouvait en sûreté. J'appris aussi que mon ami Pius, protégé par les deux légions dont il assumait le commandement en Numidie, avait réussi à sauver sa tête et s'apprêtait à s'installer avec ses troupes en Ligurie pour y attendre mon retour. Seul, je me serais sans doute laissé entraîner par ces sortes d'impulsions dont je ne suis pas toujours maître et qui faisaient de moi, de temps en temps, un de ces êtres dont parle Platon dans *La République* lorsqu'il établit un parallèle entre les amoureux, les ivrognes, les mégalomanes et les tyrans. La solidité raisonneuse de Caecilia parvint à me persuader que je commettrais une erreur : je devais, disait-elle, laisser à mes partisans demeurés à Rome le temps de s'organiser pour m'apporter une aide efficace le jour où je débarquerais en Italie.

Les événements immédiats ont donné raison à Caecilia : la majeure partie de la flotte rassemblée par Cinna ayant été détruite par la tempête, le consul fut lui-même lapidé par ses soldats survivants et le propre questeur de son armée, un certain Verrès, en profita pour me rejoindre avec sa caisse militaire grosse de six cent mille sesterces. J'aurais dû prendre l'argent et mettre Verrès en prison mais je ne suis maître ni de mes colères ni de mes faiblesses. Chef militaire destitué de son commandement, j'avais accueilli en Grèce tous les transfuges qui s'étaient ralliés à ma cause sans me poser de questions indiscrètes sur leur personne ou la raison de leur décision. Après celui-là, quelques centaines d'autres sont arrivés tout de suite, comme s'ils avaient senti que le vent allait bientôt gonfler les voiles de mes navires prenant la mer vers Brindes. La légalité changeait de camp. Je n'avais encore remporté que des victoires sur Mithridate, il me restait à acquérir la légitimité de la durée. C'est la seule qui compte.

Mes légions refirent en sens inverse le chemin parcouru quatre ans auparavant à travers l'Etolie. Elles se dirigèrent vers Dyrrachium où de vastes campements les hébergeraient avec leur matériel de siège et le butin personnel que les hommes rapportaient chez eux. Elles laissaient derrière elles de nombreux morts. Nos combats avaient été rudes. Epicadus ne dit pas la vérité, ce qui est acceptable dans ce genre d'Annales, mais il a trop exagéré les pertes des Barbares et trop minimisé les nôtres. Tout compte fait, j'allais revenir en Italie avec un nombre à peu près égal de soldats, non de légionnaires. J'avais pris soin de recruter plusieurs milliers d'auxiliaires en Macédoine et au Péloponnèse où demeureraient, après mon départ, quelques cohortes chargées de maintenir l'ordre rétabli en Grèce. A Athènes, Corinthe, Sparte ou dans les autres cités de l'Hellade, aucun autre Aristion ne se lèverait plus jamais. Mes précautions étaient prises, je leur avais rendu leur vieille organisation politique et donné l'illusion d'être redevenues indépendantes alors que Rome ne cesserait plus de les surveiller. Cette opération, je l'ai entreprise avec l'approbation de tous les Grecs que j'avais à la fois délivrés de l'oppression asiatique et sauvés d'eux-mêmes. J'ai pu la réussir, moi, Sylla, parce que les démocraties se contentent le plus souvent des apparences du pouvoir conférées par les discours, les honneurs, et l'argent où elles finissent par se vautrer.

En Grèce comme en Asie Mineure, ma tâche était terminée, alors qu'en Italie des hommes sûrs, envoyés par mes soins et dans le plus grand secret, avaient préparé avec mes partisans les plans d'un débarquement imminent sur les plages de l'Apulie, aux environs de Brindes et de Tarente. Notre retour n'aurait pas l'allure d'une promenade militaire : j'avais appris que les consuls successeurs de Cinna venaient de décider de lever une armée de cent mille hommes pour me rejeter à la mer. Parallèlement, les nouveaux élus demandaient à la multitude de refuser la restauration oligarchique autant que le retour de la terreur. Ces sortes d'appels à la concorde trouvent toujours des oreilles attentives. Moi, je savais qu'il fallait en finir une bonne fois avec un système de gouvernement où, périodiquement, une catégorie de citoyens en égorgeait une autre et qui prouvait déjà son incapacité à maintenir l'unité des anciens alliés italiques à peine devenus citoyens. Moi aussi, je refusais le retour de l'oligarchie possédante autant que celui de la terreur, mais la colère me dictait de venger durement les crimes des partisans de Marius quand la raison m'imposait d'empêcher la guerre civile à n'importe quel prix. Revenant dans leur patrie les bras chargés de butin, mes soldats seraient moins nombreux que leurs adversaires, mais ils auraient avec eux l'expérience de la guerre, la certitude d'être invincibles et la fidélité à leur général. Ne m'ont-ils pas offert leur pécule au moment d'embarquer ?

La veille de notre départ d'Athènes, j'ai voulu monter sur le Lycabette une dernière fois. Caecilia m'accompagnait. Quelques pas nous séparaient encore du tombeau d'Agathos quand elle fut prise d'un bref malaise. Raffermissant sa voix, ma femme me dit avec autant de pudeur que de fierté qu'elle était enceinte. Mes jumeaux, je les entends, en ce moment, courir en riant dans le jardin, sous la fenêtre de ma bibliothèque où j'écris ces lignes. Ils sont nés ici à Baïa, dans cette maison. Je les ai conçus à Athènes, la cité des dieux, au moment de mon retour d'Asie après ma victoire contre Mithridate.

C'est un destin étrange, celui de revenir un jour, les armes à la main, dans sa propre patrie pour la reconquérir. Les dieux nous aidant, nous avons pu débarquer à Brindes sans un seul coup d'épée. Mieux encore, les maisons de Brindes étaient parées d'étoffes et de fleurs pour nous accueillir. J'en ai conclu que mes agents secrets n'avaient pas lésiné sur les moyens dont ils disposaient, ou bien que le nombre de mes vaisseaux, ils étaient plus de mille, avait suffi à provoquer l'accueil chaleureux des populations apuliennes. Pourquoi me serais-je nourri d'illusions ? Je n'ignorais pas que toute cette région du Sud avait pris le parti d'Hannibal au temps des guerres puniques et j'avais réfléchi plus que d'autres sur la nécessité de l'unité italienne autour de Rome, autant que sur sa précarité.

Toute la région qui relie Brindes à Tarente fut transformée en un immense camp militaire. J'avais choisi moi-même l'emplacement de mon prétoire : là où se dressent les deux colonnes de marbre au terminus de la via Appia qui, partie de Rome, rejoint la mer Adriatique par Capoue et Bénévent. C'était dire à mes légionnaires et indiquer à tous ceux qui pouvaient encore en douter la route que j'avais choisie pour aller jusqu'au Capitole. Si vaste fût-il, notre camp ne put bientôt abriter tous ceux qui, descendant vers le sud pour fuir la terreur romaine et se placer sous la protection des aigles, avaient attendu le dernier moment avant de s'engager à mes côtés. Parmi eux, se trouvaient d'illustres émigrés plus soucieux de proconsulats futurs que de combats immédiats, et quelques démocrates dont la médiocrité balançait l'avidité. Ni ceux-ci ni ceux-là n'étaient d'anciens assassins, ils auraient été bien incapables de commettre un crime qui suppose au moins quelque détermination, mais je ne doutais pas qu'ils puissent être utiles à ma cause. Après les avoir un peu rudoyés, je les adoptai donc, mais je ne manquai pas de faire connaître à Rome, par le moyen de mes agents, les noms des nouveaux ralliés.

Des transfuges, j'en ai accueilli à bras ouverts. Le premier d'entre eux fut mon ami Pius. De la Ligurie où il s'était retranché avec deux légions et d'où personne n'avait jamais osé le déloger, il traversa l'Italie avec ses troupes pour me rejoindre. Ces retrouvailles demeurent un des grands souvenirs de ma vie, même si elles furent obscurcies par la triste nouvelle que m'avoua bientôt mon ami. Mon fils Cornelius était mort depuis quelques semaines, saisi par une fièvre soudaine qui l'avait brûlé. Plutôt que de m'en avertir par un de nos courriers habituels, Pius avait préféré se charger lui-même de ce message. Cornelius venait d'avoir cinq ans, l'âge auquel mon grand-père, ayant décidé de s'occuper de moi après la mort de ma nourrice, m'avait fait faire ma première promenade, entre hommes. Souvent, au cours de ces dernières années, je pensais au moment que je reverrais mon fils et l'emmènerais moi aussi faire quelques pas dans nos vignes de Baïa. Maintenant, il me fallait d'abord penser à Caecilia. Tard dans la nuit, pour qu'elle ne vît pas mon visage, j'ai eu le courage de lui apprendre la mort du petit Cornelius. Elle est demeurée immobile et silencieuse un long moment, avant de s'appuyer contre moi et de fondre en larmes. Elle se ressaisit aussitôt pour me dire :

— Nous le pleurerons tous les deux quand nous serons rentrés à Rome.

Caecilia me connaissait assez pour savoir que, superstitieux, je risquais d'interpréter la mort de mon fils comme un présage funeste susceptible de briser, au moins freiner, l'élan qui m'avait porté jusqu'à Brindes, poussé et protégé par les dieux, encore que je reconnusse mal leur rôle dans la préparation rigoureuse des batailles ou des négociations que je devais à moi seul. L'attitude de Caecilia me raffermit. A ce moment de ma vie, pour tous les Romains qui tremblaient à la pensée que je m'apprêtais à lancer mon armée sur la via Appia, le destin, une fois encore, c'était moi, Sylla.

Un événement survenu quelques jours plus tard me prouva que, loin de vouloir m'abattre, les dieux venaient au contraire à ma rencontre. Ayant recruté et équipé, dans les grands domaines familiaux qu'il venait d'hériter, une armée personnelle forte de trois légions dont il s'était promu général, le jeune Pompée arriva à son tour à Brindes pour mettre ses forces à ma disposition et les placer sous mon commandement. Pour nous autres, soldats de l'armée d'Orient qui avions combattu en Grèce et en Asie, l'origine équivoque de l'immense fortune de ce général improvisé ne posait aucun problème. Il était riche, beau, gai, jeune. Agé d'un peu plus de vingt ans, il aurait pu être mon fils. Je crois l'avoir aimé tout de suite, avec cette sorte d'instinct qui me pousse d'une façon irrésistible vers la beauté, la richesse, la chance, la gloire. Tous, nous l'avons comblé d'honneurs et de caresses. Sans aucun doute, nous appréciions comme il convenait la valeur politique d'un tel ralliement autant que son poids militaire, mais je suis sûr de la sincérité de nos sentiments d'amitié. Pourquoi cet accord spontané a-t-il tantôt sonné faux ? Pompée, grisé par des bonheurs rapides obtenus dans tous les domaines, s'est-il cru trop vite devenu mon égal ? Ou est-ce moi, Sylla, qui ai pris ombrage de ses succès au point de ne plus pouvoir le supporter ?

Arrivés en Italie avec le printemps, nous avons quitté Brindes dès les premiers jours du mois de juin. C'était le temps des moissons. Dans les champs, de chaque côté de la via Appia, des femmes vêtues de tuniques aux couleurs vives, courbées sur leur faucille, coupaient le blé mûr que leurs hommes entassaient sur des chariots. Tous les soldats étant des fils de la terre, ce spectacle les réjouissait. Ils adressaient aux paysans des mots d'encouragement, aux moissonneuses quelques-unes de ces plaisanteries gaillardes dont notre langue latine est si bien pourvue. On leur répondait par des signes d'amitié qui leur souhaitaient bonne chance et les remerciaient aussi de leur conduite exemplaire. Mes troupiers, j'en connaissais parmi eux un grand nombre dont la main était aussi rapide à trousser qu'à piller. Avant de quitter la Grèce, je leur avais fait prêter le serment solennel de respecter les personnes et les biens de leurs frères italiens. Ils ont tenu parole.

Notre marche à travers l'Apulie et le sud de la Campanie ne fut ralentie qu'au-delà de Bénévent par les forces d'un certain consul Norbanus que mes soldats défirent en une seule matinée, tandis que celles du consul Scipion passaient en totalité sous mes ordres. Ces résultats, je les avais obtenus avec Pius Metellus pendant que le jeune Pompée, à qui j'avais confié le soin de couvrir mon offensive au nord et à l'est, remportait trois victoires dans la région d'Ancône. Trois mois avaient suffi pour bousculer les obstacles dressés devant nous. Cependant, Norbanus tenait encore les débris de son armée derrière les gros murs de Capoue et s'entêtait à refuser les offres de négociation que je multipliais pour éviter à l'Italie une nouvelle guerre civile. L'automne dépouillait déjà les arbres, la pluie et la boue, peut-être la neige, gêneraient ou interdiraient bientôt nos opérations. Je décidai de prendre nos quartiers d'hiver dans cette partie de la Campanie où nous étions parvenus et où mes légions étaient bien traitées par la population.

Une autre raison, plus personnelle celle-là, m'imposait ce choix : Caecilia parviendrait bientôt au terme de sa grossesse. Nous nous sommes installés à Baïa sous le toit familial demeuré intact par miracle, soit que les dieux l'aient défendu, soit que sa modestie l'ait protégé. Une fois encore, la maison bâtie par mon grand-père, où je ne sais quelle main invisible me conduisait à chaque étape importante de ma vie, m'accueillit. A Baïa, un soir de décembre, il y a aujourd'hui cinq ans, Caecilia mit au monde deux enfants. La naissance de jumeaux, c'est là un signe de prospérité qui se situe au-delà des superstitions populaires. C'est pourquoi je les ai appelés Faustus et Fausta, ne doutant pas que la fortune qui accompagnait ma vie depuis plus d'un demi-siècle ne les abandonnerait jamais. Caecilia eût préféré qu'ils naquissent à Rome où ils auraient symbolisé avec éclat la victoire de leur père et la revanche du clan Metellus. Moi, j'en étais heureux. Aujourd'hui, je le suis davantage. Les événements qui m'ont fait maître de Rome m'ont appris aussi la fragilité du pouvoir. Ce qui est le plus solide, ce qui demeure le soir d'une vie, c'est peut-être une maison bâtie par un aïeul où ses descendants sont nés, ont vécu, mourront à leur tour. Le lendemain de la naissance de Faustus et de Fausta, j'ai accordé la double ration à tous mes soldats. C'était hier. Leurs acclamations sonnent encore à mes oreilles. Malgré quelques traverses, surmontées les unes après les autres, tout m'avait réussi. Les honneurs du triomphe, dès les premiers beaux jours, j'irais les demander, au besoin les arracher, à Rome dont mes enfants deviendraient les princes. De tous ces bruits, il reste les rires des jumeaux qui courent dans le jardin de Baïa où ils sont rois.

Rome, je la croyais à portée de ma main, j'avais imaginé pouvoir y entrer dès les beaux jours revenus. Je me suis trompé. Si comblée qu'elle pût être, ma vie fut une suite d'entreprises souvent recommencées avant d'être réussies. Profitant du répit que je leur laissais, mes ennemis avaient reconstitué leurs forces militaires, réorganisé leur commandement. Ils avaient même élu consul le propre fils adoptif de Marius bien qu'il n'eût pas même atteint trente ans, mais son seul nom, à peine proclamé sur le Forum, rassembla quelques milliers de vétérans et entraîna l'adhésion immédiate de l'Etrurie, la Lucanie et le Samnium qui jusqu'alors hésitaient à faire un choix. Ces nouvelles m'inquiétaient. Je redoutais de voir se réveiller les vieilles haines de peuple à peuple, transmises de génération en génération, qui plongeraient l'Italie dans un bain de sang pire que les autres. La réalité dépassa tout ce que j'avais pu craindre, le jour où j'appris que Marius le Jeune venait de pactiser avec d'anciens chefs de la guerre des Alliés, rebelles irréductibles qui tenaient toujours la montagne comme au temps de la grande sécession. Le feu faillit se rallumer et embraser le pays tout entier, de la Cisalpine à la Calabre. La rapidité avec laquelle j'ai opéré, la valeur de mes légats, que ce soit Metellus, Pompée, Crassus, Ofella ou Cethegus, et le courage de mes légionnaires sont parvenus à limiter les zones de l'incendie. Il fallut sept mois pour en venir à bout, après de très dures batailles, et faire enfin tomber la Ville.

C'est la deuxième fois que j'entrais à Rome, l'épée au poing. Pas plus que la première, je n'ai pensé que je commettais un sacrilège. Le jour où j'ai franchi la porte Colline, à cheval et portant le paludamentum pourpre sur mon armure, de nombreux sentiments se bousculaient dans mon esprit. Joie, orgueil, vindicte, vanité, violence, lassitude? De tous ceux-là, quel était le dominant? Lorsque mon secrétaire Epicadus écrira le chapitre des Annales relatif à ces derniers mois qui précédèrent la victoire, il devra souligner, au besoin avec passion, que dans cette affaire, le seul rassembleur de l'Italie, l'unique défenseur de la patrie romaine, ce fut moi, Sylla.

Cette vérité, mes ennemis s'empressent déjà de la salir, voire de la faire disparaître, sous le nombre des têtes que j'ai dû faire tomber avec la certitude d'agir pour la sûreté de l'Etat et l'unité de la République. Les quelques fidèles qui me rendent encore visite pour me faire connaître les rumeurs que Lépide fait courir sur le Forum, je sens qu'ils n'y sont pas insensibles. Certains n'osent même plus me regarder dans les yeux, comme s'ils craignaient d'y apercevoir je ne sais quelle lueur de cruauté, ou de remords peut-être. C'est vrai qu'il m'arrive parfois, les yeux grands ouverts, de voir tout à coup surgir des têtes fraîchement coupées, dégoulinantes de sang et accrochées aux rostres comme aux crocs d'un marchand de viande. Depuis le champ de bataille de Numidie où j'ai senti pour la première fois l'immense odeur des chevaux morts mêlée à celle des cadavres d'hommes, ce genre de vision ou de spectacle ne m'émeut plus, sauf lorsque des cauchemars me tirent du sommeil où je me suis anéanti avec le secours des graines envoyées par Lucullus. Un même songe revient souvent. Mort, j'ai pris passage sur la barque fatale où il me faut ramer de toutes mes forces pour la faire avancer sur le fleuve noir. Arrivé devant Charon, celui-ci ayant exigé son obole pour me laisser passer, je lui tends la tête d'un des proscrits dont j'ai signé l'arrêt de mort. Je me réveille, haletant, trempé d'une sueur froide. La douleur qui laboure mon bas-ventre s'est réveillée du même coup. Je me lève sans faire de bruit et je m'installe dans ma bibliothèque, devant mes livres, mes sabliers, les statuettes ramenées de Grèce, l'oreille attentive aux bruits mystérieux de la maison endormie, à la relève de la garde, au vent d'hiver qui siffle dans les arbres du jardin. Nous voici arrivés à la fin du mois de décembre où, dans toutes les villes, on se prépare à fêter joyeusement les fêtes saturnales. Selon la tradition, maîtres et esclaves dîneront à la même table. Cette année, qui sera la dernière, je veux que tous les travailleurs, gardiens, cochers, jardiniers de la villa et valets de la ferme, se réunissent autour de moi à l'occasion d'un grand banquet où j'aurai convié les vétérans de la colonie de Pouzzoles. Tels sont les ordres que moi, Sylla, hier maître du monde occidental, je vais donner à mon majordome. Il faut que je demande aussi à mon médecin grec de me farder ce jour-là, comme un mime, pour présenter un bon visage à tous ceux qui me regarderont, peut-être m'épieront. Je ne suis pas encore mort. On me verra debout et vêtu de pourpre. J'offrirai à Valeria un collier de perles que j'ai ramené d'Asie.

Ces fêtes saturnales m'ont à la fois rendu heureux et fatigué. Les nombreuses coupes de falerne vidées avec mes soldats, j'ai souffert comme un maudit quand il a fallu les pisser, mais je conserve un bon souvenir de les avoir bues en leur compagnie. Ceux-là qui ont gardé un cœur simple ne se posent aucune question sur les limites du pouvoir déposé par le peuple entre les mains d'un dictateur. Pour mes légionnaires, je ne serai jamais un homme de sang, ni même un justicier. J'ai compris dans leur regard que je demeure le général en chef, l'imperator, celui qui dit la vérité, partage les dangers et les fatigues de la troupe, châtie autant qu'il pardonne, conduit à la victoire, assure le butin, protège les vieux soldats. Cela valait bien la peine de boire quelques coupes en trop que j'ai ajoutées à celles bues la veille avec des comédiens, mimes et danseurs venus partager un de nos repas. C'est dans la société des gens de théâtre et des centurions que je me suis senti toujours le plus à l'aise. Je n'oublie pas les gladiateurs, ni les cochers, ni les architectes, les jardiniers et les femmes. A vrai dire, c'est au milieu de ceux dont c'est le métier d'être élus du peuple que je respire le plus mal. Je les connais trop bien. Leurs défauts sont peut-être aussi les miens, mais moi, Sylla, j'en ai fait des vices. Les médiocres ne m'aiment pas. Ils ne me pardonneront jamais d'avoir été grand.

J'ai dû me reposer plusieurs jours. Il me faut reprendre le calame, écrire d'autres pages pour les confronter le lendemain avec celles qu'aura rédigées Epicadus. Mon secrétaire partage de moins en moins mon point de vue quant à la vérité qu'on dit historique. Je lui laisse ses illusions. Chaque matin, comme d'autres vous balancent sous le nez une cassolette d'encens parfumé, il me lit son dernier texte où il raconte avec quel sens de la guerre et de la diplomatie j'ai vaincu Mithridate et rétabli la paix en Orient. Il est persuadé que Sylla a conduit l'Histoire au cours de ces dernières années. Moi aussi je l'ai cru, au moins pendant l'action. J'en suis moins sûr. Le plus important, c'est peut-être ce qu'on a paru avoir fait. C'est pourquoi je dois aider Epicadus à faire l'Histoire.

Huit jours après la bataille de Rome, je fis placarder sur les murs quatre listes de proscrits, choisis par moi seul, avec l'interdiction de leur donner asile ou une aide quelconque sous peine de mort. Les mêmes placards promettaient une récompense de quarante mille sesterces par tête de proscrit livrée. Là, il convient que je donne quelques précisions à mon secrétaire. La première liste comptait quatre-vingts noms, la seconde deux cent vingt et la troisième également deux cent vingt. Je ne les ai pas dressées par hasard, je les ai signées sans joie, mais ma main n'a pas tremblé. Il m'est même arrivé de rayer plusieurs noms, par exemple celui d'un neveu de Marius, un certain Jules César dont on m'a dit cependant qu'il serait un jour pire que son oncle. Les autres, je les ai abandonnés tantôt à la vengeance de ceux qui en avaient le plus souffert, tantôt au plaisir d'une chasse à l'homme bien rétribuée. C'était le seul moyen d'en finir une bonne fois avec tous ceux qui avaient terrorisé Rome au nom des droits du peuple, pendant qu'en Asie mes légions, privées de renforts et de navires, abandonnées par les consuls, demeuraient la véritable expression de la République.

J'aurais pu déférer devant les tribunaux ces cinq cent vingt proscrits, j'ai préféré les livrer tout de suite à des tourmenteurs dont la besogne fut accomplie rapidement, alors que les juges eussent instruit d'interminables procès au moment où j'avais le plus besoin que Rome se rassemble vite sur elle-même, non plus à la manière d'une cité-Etat, mais comme la capitale de l'Italie. Moi seul pouvais conduire cette action en saisissant un pouvoir que je n'obtiendrais qu'après avoir éliminé mes pires ennemis. Je n'ai pas hésité. Je ne le regrette pas, même si ceux que je désignai furent égorgés, mutilés, traînés derrière des crochets, exposés sur les rostres ou jetés dans le fleuve. Parallèlement, j'ai dû faire exécuter en masse les Samnites parce qu'ils se trouvaient en état de rébellion permanente contre la République. J'ai conscience que mes gestes furent terribles, mais la conscience d'un chef d'Etat et celle d'un chef de guerre ne se pèsent pas sur les mêmes balances dont on se sert pour apprécier le comportement d'un berger, d'un marchand ou d'un danseur : il n'y aurait bientôt plus d'Etat et plus d'armée. Sans doute les circonstances permettent-elles parfois à certains hommes de se révéler des chefs. Moi, Sylla, j'appartiens à la catégorie de ceux qui créent les circonstances.

Nous autres, Romains, même s'il nous arrive de violer la loi, restons soucieux d'appartenir à un Etat de droit. Les premiers jours qui suivirent notre arrivée à la porte Colline, il fallut se contenter d'une autorité de fait qui m'était conférée par la seule présence de mes légions. L'autorité légale demeurait entre les mains des consuls en exercice, Marius le Jeune et Carbon. Tous les deux avaient échappé aux tueurs. Le premier s'était réfugié à Préneste, le second en Sicile. La tête de celui-ci, cousue dans un sac, me parvint bientôt par les soins de Pompée envoyé à sa poursuite. L'autre préféra se suicider plutôt que d'être écorché vif par ses propres partisans. La voie devenait libre. Ayant souffert d'avoir été hier désigné ennemi public par le Sénat, j'entendais recevoir aujourd'hui l'imperium selon les dispositions prévues par la Constitution : les rebelles, c'étaient les autres ; le droit ce fut moi, Sylla.

Est-il nécessaire de révéler à Epicadus comment j'ai manœuvré pour que le pouvoir civil et militaire me soit remis ? Tous mes maîtres n'ont pas été aussi scrupuleux que mon père et mon pédagogue. Le Numide reçu en cadeau à l'âge de sept ans, Caninus, m'avait appris comment un pouce habile peut réussir un joli coup de dés. Plus tard, Nicopolis me fit comprendre que si un levier et un point d'appui auraient suffi à Archimède pour soulever le monde, elle utilisait des moyens encore plus simples pour obtenir du monde politique romain une ferme fiscale ou un marché de fournitures militaires. Je n'ai pas oublié davantage que, nommé au commandement des légions, Marius m'avait fait nommer questeur de son armée alors que les affectations de ces magistrats sont toujours tirées au sort devant témoins. Je ne suis pas innocent. Les grands commandements exposent aux regards des autres, ils permettent aussi de juger les hommes à leur juste poids. Ils ne grisent jamais que les petites gens. Patricien, j'avais eu le temps et de nombreuses occasions, depuis mon jeune âge, d'observer les hommes autant que les femmes d'un œil impitoyable et de déceler leurs points faibles pour mieux les utiliser quand l'occasion s'en présenterait. Je n'ai pas laissé passer L. Valerius Flaccus.

C'était le président de la Curie. Elu à cette charge par les pères conscrits l'année où j'assiégeais Le Pirée, il s'y était maintenu grâce aux prodiges d'équilibre qui avaient toujours soutenu sa carrière politique. Vieux routier du cursus honorum, habile aux petites roueries du métier, la voix grave et les cheveux blancs, paternel et bonhomme, il avait survécu aux Marius, aux Saturnius, aux Sulpicius et aux Cinna, en leur donnant assez de gages pour sauver sa tête sans risquer de la perdre le jour de mon retour éventuel aux affaires, si improbable fût-il alors. Je le connaissais peu, assez pour le savoir adroit, riche, lâche, plus souple qu'un chat, bon orateur prêt à discourir sur le thème de la réconciliation nationale, vieillard avide de considération, d'honneurs et d'argent. Je le méprisais mais j'avais plus besoin de lui que de la plupart des sénateurs, courageux ou tremblants, venus rejoindre à Mégare le proscrit que j'étais alors. Ce L. Valerius Flaccus, je lui ai dicté son rôle et j'en ai fait le deuxième personnage de l'Etat, autant dire rien. Comment me serais-je passé du concours du président de la Curie, celui que nous appelons prince du Sénat, sauf à molester les pères conscrits et m'imposer par la force? J'avais conçu d'autres desseins. Quelques jours après leur entrée à Rome, les légions avaient été consignées sur mon ordre, hors les murs. Moi-même, j'avais installé mon quartier général à quelques milles de la porte Colline. C'est là que me rejoignit, dans le plus grand secret, Valerius Flaccus, enfermé dans une litière où personne ne pouvait le voir et d'où il sortit, défiguré par la peur, bien que je l'attendisse devant mon prétoire pour lui faire rendre les honneurs dus à sa charge. Ainsi que l'exige la Constitution, Valerius Flaccus assurait l'intérim de la direction de la République depuis la mort des deux consuls. Il appartenait donc à lui seul de rétablir l'ordre légal en faisant élire leurs successeurs. Non, je ne pouvais pas me passer de son concours.

Ce Flaccus, je l'ai gardé deux jours près de moi. Nous nous sommes vite entendus. Charmeur ainsi que je sais l'être dans les négociations difficiles, je n'ai fait aucune allusion à la position qu'il avait prise naguère dans le vote qui me retirait le commandement des légions en Orient. Au contraire, je le comblai de caresses et le félicitai d'avoir eu toujours le courage de placer les intérêts supérieurs de la République au-dessus des siens et des partis. Nous abordâmes bientôt des sujets plus sérieux et nous tombâmes d'accord tous les deux que personne à Rome ne pouvait mieux que lui lancer un appel à la concorde. Mais encore faudrait-il, pour être réelle, que cette concorde fût garantie cette fois par une magistrature solide et de longue durée, décidée par le peuple autant que par le Sénat.

Valerius Flaccus est de ces hommes subtils qui comprennent tout à demi-mot, mais avec lesquels il est plus prudent de consigner par écrit les arrangements dont on est convenu avec eux. Dès le premier soir, nous avons rédigé ensemble une lettre adressée à lui-même, président du Sénat, où je faisais connaître que, dans les circonstances actuelles, la sagesse commandait une organisation politique confiée à un seul homme et où j'indiquais que je me sentais prêt à assumer une telle magistrature si le peuple m'en donnait la responsabilité. Le lendemain, nous l'avons consacré, avec la collaboration de quelques juristes tirés de mes bagages, à la rédaction minutieuse de la loi qui préciserait mes pouvoirs. Je n'avais rien laissé au hasard, ni le constituant, ni le législatif, ni l'exécutif, ni le judiciaire, pas même la présidence du collège augural. En échange de ses bons services, je nommerais Valerius Flaccus maître de la cavalerie, titre bien rémunéré qui comblerait à la fois son goût des honneurs et sa bourse.

Huit jours plus tard, j'étais plébiscité dictateur. J'arrivais aussitôt à Rome, précédé de vingt-quatre licteurs, comme les anciens rois. Mon premier geste fut de me rendre au temple de Jupiter Capitolin, ravagé par l'incendie, dont les ruines attestaient la colère des dieux. J'avais exigé, dès mon arrivée, la présence de tous les sénateurs ralliés à ma cause et de ceux, demeurés à Rome, qui avaient survécu aux massacres ordonnés par Cinna ou Marius le Jeune. Là, sur un autel dressé au milieu des décombres, j'ai sacrifié un taureau blanc, selon les vieux rites qui remontaient à la fondation de Rome, le jour où Romulus avait tracé avec le soc de sa charrue les premières limites de la Ville. Cette cérémonie terminée, interdisant aux prêtres de me suivre, je suis descendu à pas lents dans une crypte épargnée par le feu. J'y suis demeuré tout seul un long moment, assez longtemps pour que la multitude fût frappée d'admiration et de terreur par ce rendez-vous avec les immortels.

Cette première nuit romaine, je l'ai passée sur le mont Palatin dans une des demeures de la famille Metella, la mienne ayant été rasée au sol. Caecilia et les jumeaux ne me rejoindraient que le lendemain. C'était mieux ainsi. L'immense solitude où je me trouvais soudain plongé, je n'y étais pas indifférent. Je crois même que j'y prenais un plaisir délectable. La nuit était claire, la lune froide immobilisait le ciel. Je me suis revu, petit garçon, découvrant Rome pour la première fois, ébloui, comprenant tout à coup pourquoi mon père n'en parlait jamais qu'avec une certaine emphase. Tout cela était à moi. J'avais désormais le droit de prononcer en premier et dernier ressort sur la vie et les biens des citoyens. Je disposais du domaine public. Je pouvais reculer les frontières de la Ville, celles de l'Italie et celles des Provinces extérieures, dissoudre ou fonder des cités, nommer des proconsuls et des ambassadeurs, décréter n'importe quelle loi nouvelle intéressant l'avenir de la République. Chef suprême des forces armées, j'étais maître de la paix et de la guerre. Enfin, il n'appartiendrait qu'à moi, Sylla, de choisir l'époque où je déposerais mes pouvoirs extraordinaires, si j'estimais avoir accompli ma mission. Celle-ci, je décidai cette nuit-là de la commencer immédiatement. Mais serait-elle jamais accomplie ? Habitué aux simplicités du commandement militaire, je ne savais pas encore que le pouvoir, c'est aussi l'impuissance.

Il me semble que les nuits sont devenues moins longues. Dormant peu, je guette les premières lueurs de l'aube, je me lève, entre dans la chambre de Valeria et dans celle des enfants pour les contempler sans qu'ils le sachent. J'en suis arrivé à cette sorte de supercherie parce que je ne peux plus les regarder en face sans que mes yeux soient mouillés de larmes. Le temps a passé plus vite que je pensais. Nous voici déjà parvenus aux derniers jours du mois de janvier. Hier, dans le jardin, j'ai vu les premiers bourgeons pointer au bout des branches. Il m'arrive de m'arrêter d'écrire parce que de brefs éclairs s'allument soudain dans ma tête et que ma main se paralyse au même moment. Combien de temps me reste-t-il encore ? Faut-il compter en lunes, en décades, en jours ? Je suis soumis aux mains de mon nouveau médecin, un Grec que j'ai fait venir de Corinthe pour sa réputation de savoir vider les vessies plusieurs fois par jour par le moyen d'une tige de métal qu'il appelle cathéter. Voilà où j'en suis arrivé, moi,

Sylla, vainqueur de Mithridate et dictateur protégé par Vénus. Il y a juste deux ans, presque jour pour jour, je recevais les honneurs du triomphe sous les clameurs de la multitude. Je croyais encore que les dieux m'avaient comblé : ils ne prêtent qu'à court terme et font payer cher.

Cette cérémonie du triomphe qui dura deux jours, j'en avais réglé moi-même les détails, qu'il s'agisse des images peintes représentant les victoires remportées en Grèce et en Asie, l'entrevue avec Mithridate et mon arrivée à Pergame, ou du nombre de musiciens qui ouvriraient la marche du cortège, ou même de la couleur des étoffes qui décoreraient les rues où nous défilerions. Je voulais que tout fût parfait et respectueux de la tradition. Un souci dominait tous les autres, il avait conduit ma vie : je voulais tenir dans le plus grand éclat le serment que je m'étais fait le jour où mon père, après m'avoir confié la déchéance dont avait été frappée notre famille, m'avait dit : « Toi, tu décoreras le nouveau nom des Sylla. » J'ai donc fait porter devant mon char les masques de tous les Cornelii qui m'avaient précédé et, parmi eux, un grand portrait de mon aïeul, le consul Rufinus, exclu naguère du Sénat par un censeur plus jaloux qu'honnête. C'est à eux tous que je réservais ma pensée tandis que j'entendais monter de la foule immense, pressée dans les rues et sur les toits des maisons, des cris passionnés, « Sylla, Sylla, Sylla ». Cette pensée ne m'a pas quitté, sauf au moment où mon char est passé devant la tribune d'honneur dressée au pied de la pente qui monte vers le Capitole. Caecilia s'y tenait au premier rang, entourée des jumeaux portés par leurs nourrices. Dans l'échange de nos regards, la multitude vit s'allumer une flamme de fierté. Elle provoqua une telle tempête d'applaudissements que le cortège dut arrêter sa marche. Caecilia eut alors l'idée admirable d'ordonner aux deux nourrices de lever leurs bras pour présenter au peuple Faustus et Fausta. Mon char fut immobilisé un long moment avant de pouvoir repartir vers le Capitole. Là, les rites sacrificiels ayant été observés, j'ai renouvelé le geste accompli le premier jour de mon retour à Rome dont on parlait encore à voix basse, ainsi qu'il convient pour les sujets sacrés, que ce soit à Suburre ou au mont Palatin. Seul, un rameau d'olivier à la main gauche, je suis descendu dans la crypte du temple. Le grand Scipion, celui que nous appelons l'Africain, agissait ainsi dans tous les moments importants de sa vie, comme si les dieux lui avaient fixé un rendez-vous secret. Le peuple se laisse prendre à ces grimaces solennelles.

Le lendemain matin, tout le monde s'est remis au travail. Je donnai l'exemple. Depuis un mois que les pouvoirs dictatoriaux m'avaient été dévolus, je n'avais pas perdu mon temps. Autour de moi, personne ne se reposait, chaque membre de mon cabinet devant demeurer à ma disposition jour et nuit. Parmi eux, se trouvaient des militaires et des juristes pour le plus grand nombre, des architectes, des entrepreneurs, des pédagogues, quelques indispensables histrions et les inévitables aventuriers, vieux compagnons qu'on traîne après soi par faiblesse.

Mes premiers soins, je les ai accordés à mes propres soldats, ceux que j'avais gardés sous le bouclier pendant cinq ans et que j'avais ramenés dans la patrie. Je leur ai donné des lots de colonisation prélevés sur les terres du domaine public et sur les territoires des cités les plus coupables de rébellion, en Etrurie et en Campanie. Demeuré fidèle à ma jeunesse, je divisai les grands domaines et je multipliai le nombre des petits propriétaires. En distribuant mes vétérans à travers l'Italie, je disposerais ainsi d'une armée permanente. Dans le même temps, des architectes entreprenaient de rebâtir ma maison palatine et le temple incendié du Capitole, d'autres ayant reçu déjà l'ordre de dresser les plans du tabularium futur et d'agrandir la Curie. J'avais en effet l'intention de porter à six cents le nombre des sénateurs fixé à trois cents par la Constitution. Comme les deux tiers des pères conscrits avaient été égorgés, je les remplacerais par des citoyens choisis par moi-même dans toutes les régions d'Italie. Plus jeunes, souvent anciens soldats, presque toujours hommes nouveaux, ils pourraient justifier aisément des quatre cent mille sesterces exigés par le cens : le butin ramené d'Orient ou les biens saisis des proscrits y pourvoiraient.

Cette première année, c'est sans doute aux réformes constitutionnelles que je consacrai la plus grande partie de mon temps. On me reprochera, on le fait déjà, d'avoir voulu châtrer les tribuns du peuple. C'est vrai que je m'étais promis de briser, au moins de réduire à rien, les pouvoirs de ces magistrats intouchables qui ne faisaient pas mystère de vouloir établir la démocratie absolue en privant le Sénat de son autorité, et de confier au seul peuple le soin des affaires publiques. Désormais, les tribuns ne peuvent rien proposer au peuple sans l'autorisation du Sénat auquel j'ai rendu le rôle et la dignité que ces trublions lui avaient enlevés. J'ai fait mieux encore en retirant aux anciens tribuns toute possibilité de prétendre, leur mandat terminé, aux hautes charges de l'Etat. Agissant ainsi, j'ai voulu barrer la route aux ambitieux et aux démagogues.

Pendant ma longue absence de Rome, j'avais eu le temps de réfléchir aux affaires, j'avais même bâti un programme, bien décidé à l'appliquer dès que j'aurais accompli les besognes nécessaires. Je me suis vite aperçu qu'il n'est pas si facile, même avec les pleins pouvoirs, de transformer en texte législatif une idée mûrie dans la solitude et de l'appliquer concrètement. On ne mène pas les hommes comme un rhéteur conduit une harangue dont toutes les propositions ont été établies à l'avance. Chaque jour, se sont dressées devant moi des difficultés imprévues qu'il me fallut résoudre seul, qu'il s'agisse de finances, de droit criminel, du choix d'un ambassadeur ou de quelque favori pris la main dans le sac. Mon grand programme, il m'est arrivé de le réduire à des questions d'intendance parce que les embarras quotidiens non résolus deviennent vite des problèmes insolubles. J'ai toujours pris sur moi la responsabilité du commandement. Il m'est arrivé de confier une partie de mes attributions, sinon de mes pouvoirs, mais jamais le pouvoir. Celui-ci se confondait avec moi. Comment aurais-je pu agir autrement alors qu'il me fallut prendre de graves décisions, dès les premiers mois, contre certains de mes légats ? Ce sont là de mauvais souvenirs.

L'un d'eux me réveille parfois la nuit. A Rome, le temps de la concorde, au moins apparente, paraissait revenu. Pour prévenir une résurgence de la guerre civile, j'avais pris la précaution d'éloigner les proches parents des proscrits, comme j'avais ordonné d'ouvrir le tombeau de Marius et d'en disperser les cendres. Enfin, soucieux de montrer au peuple que je tenais de lui seul la dictature et que je n'entendais pas violer les vieilles lois auxquelles il tenait le plus, j'avais décidé que, parallèlement à ma magistrature extraordinaire, deux consuls seraient élus par les comices. Permettre des candidatures sans mon agrément préalable, c'eût été désavouer le verdict populaire qui venait de me confier le destin de la République. J'ai donc choisi deux de mes anciens officiers, hommes de valeur modeste, sans doute médiocre, mais compagnons disciplinés et sûrs. Ma stupeur fut grande d'apprendre qu'un de mes lieutenants, G. L. Ofella, faisait déjà campagne électorale bien qu'il n'eût jamais été titulaire d'une magistrature quelconque. Officier sorti du rang, il était demeuré fidèle à Marius jusqu'à la mort de celui-ci et s'était enfin rallié à ma cause au lendemain du débarquement de Brindes. Homme de guerre énergique qui avait multiplié les preuves de courage et de décision, je lui avais confié la direction d'opérations difficiles qu'il avait menées avec assez de succès pour en tirer autant de gloire que de popularité. Petit chef trop vite promu, il n'a pas su y résister et croyait que, semblable à son vieux général, lui aussi était devenu l'homme du destin attendu par Rome. Que le tapage fait autour de son nom m'ait été insupportable, ou que sa candidature m'ait fait redouter le retour possible d'un nouveau Marius, j'ai donné l'ordre à Ofella de se désister. Il refusa. Je le fis exécuter. C'était un renégat sans manières et sans grandeur. Tout compte fait, c'est ce qui manque le plus souvent aux hommes qui, guidés par le profit immédiat, changent de camp.

Murena, celui à qui j'avais confié les deux légions demeurées en Asie, j'ai dû lui retirer son commandement : sans tenir compte des accords passés avec Mithridate, il avait enfreint mes ordres et lancé quelques cohortes au-delà des frontières du Pont. Je l'ai fait entrer à la Curie.

Pompée, sa stature l'emporte sur celles d'un Ofella ou d'un Murena. Il m'a fallu cependant lui signifier de licencier les troupes placées sous ses ordres en Afrique où je l'avais envoyé réduire des rebelles. Sans mon autorisation, il s'était donné le titre d'imperator. Eu égard à l'aide qu'il m'avait apportée, j'eus la faiblesse de le laisser revenir à Rome avec ses légions et de ne pas m'opposer à son triomphe. Pourquoi ai-je agi ainsi ? A cause de sa jeunesse et de sa beauté auxquelles je n'étais pas insensible ? Ou parce que, commençant à descendre sur l'autre versant de la vie, j'ai eu peur de me conduire envers Pompée comme Marius l'avait fait avec moi à partir du jour que je lui ramenai Jugurtha enchaîné ? Il me restait des armes plus subtiles. Quand je dus pourvoir au commandement en chef de notre plus grande armée, celle qui se tient en Espagne, mon choix ne s'arrêta pas sur Pompée qui le revendiquait, mais sur mon ami Pius. C'était me priver d'un ami solide. C'était aussi ralentir la marche trop rapide d'un héros qui me gênait.

Cette première année où j'exerçai le pouvoir, je ne pense pas qu'un chef d'Etat en ait jamais connu de plus féconde. Tandis que je romanisais l'Italie, la paix régnait en Orient et en Afrique, de nombreux chantiers s'ouvraient dans la Ville dont j'avais reculé les frontières, le petit peuple reprenait confiance et le Sénat, hier bafoué, retrouvait la majeure partie de ses droits.

Dans mon entourage immédiat, tout le monde travaillait avec ardeur, même les moins zélés ou ceux qui profitaient de leurs fonctions aux dépens de l'Etat et que je laissais faire ; parti tôt le matin, je rentrais de plus en plus tard dans la maison des Metelli où nous habitions en attendant la reconstruction du palais que j'avais hérité de Nicopolis. Devenue plus mère qu'épouse depuis la naissance des jumeaux, Caecilia avait pris le visage symbolique des vieilles vertus romaines. Je pense que nous restions plus attachés l'un à l'autre par tout ce que nous avions espéré, souffert et réussi tous les deux, que par d'autres liens plus intimes. Penchés l'un et l'autre sur le sommeil de Faustus et de Fausta, redevenus, elle modeste matrone, moi simple père de famille, combien de fois ne nous sommes-nous pas inquiétés de leur avenir ? C'est peut-être à ces moments-là que j'ai le plus pensé, dans le secret de moi-même, au rétablissement éventuel d'une monarchie héréditaire. Pour y parvenir, il me faudrait conjuguer la collaboration de l'aristocratie, le dévouement de l'armée et l'enthousiasme populaire. Je détenais le pouvoir. Quel jurisconsulte aurait eu le courage de me refuser sa collaboration pour dire un droit nouveau ? J'étais sûr de l'armée et du peuple, moins de l'aristocratie que je n'avais jamais aimée, mais dont je me servais, que je courbais en la comblant d'honneurs illusoires et d'argent, même si, pour des raisons impérieuses d'ordre public, je dus prendre certaines mesures qui lui rendaient les apparences du pouvoir. C'est elle qui m'a trahi, dès qu'elle s'est aperçue qu'après avoir accepté autrefois ses suffrages, et plus tard une de ses filles, je refusais de devenir son prisonnier. Sa défection, je ne m'en suis aperçu qu'au moment de la mort de Caecilia.

Curieusement, le souvenir de cette mort me trouble aujourd'hui davantage qu'elle ne m'émut alors. Pour me remercier d'avoir éloigné de Rome la guerre civile, le Sénat avait fait ériger sur le Forum une statue équestre en bronze doré qui me représentait, la tête laurée et saluant de la main droite. Le jour de son inauguration, j'ai annoncé au peuple que je lui faisais don immédiatement du dixième de ma fortune, et je l'ai invité à fêter cet événement en venant librement participer à d'immenses banquets offerts pendant une décade à tous les citoyens de la Ville. Ces agapes, je tenais à les présider moi-même. Le quatrième soir, une délégation de prêtres vint m'avertir que ma femme, soudain atteinte de cette fièvre appelée parfois maladie noire, avait dû être transportée non seulement hors de sa maison, mais hors des murs de la Ville. Pour éviter tout risque de contagion, et sur l'ordre du Grand Pontife, il m'était interdit de la visiter. La foudre me frappait au moment même où, pour la première fois dans son histoire, Rome élevait une statue équestre à l'un de ses fils. Quel dieu cruel avait donc tenu la main du tailleur de pierre pour y graver : « A Lucius Cornelius Sylla l'Heureux » ? Caecilia mourait le lendemain. Je ne l'ai jamais revue, même pas son cadavre, mais je lui commandai de grandioses funérailles parce que elle, Caecilia, c'était aussi Sylla.

Comment Caecilia a-t-elle pu disparaître si vite de ma vie quotidienne ? Quelques décades après sa mort, il m'est arrivé de chercher son image sans parvenir à la retrouver ou à la retenir davantage que le temps d'une brève lueur dans la nuit. Comme tant de veufs, je méditai sur la mort avec des phrases toutes faites où se complaisait peut-être mon goût des belles-lettres. J'éprouvais davantage un sentiment de solitude qu'un véritable chagrin et je souffris surtout d'être privé de la confidente qui, dans les moments les plus difficiles, ne m'avait jamais manqué. Pour dire toute ma vérité, je ne lui ai plus demandé le moindre conseil du jour où j'ai obtenu les pleins pouvoirs. J'ai gouverné seul. Sans me l'avouer, n'ai-je pas éloigné Caecilia de mes décisions politiques, parce que je me méfiais de l'influence qu'aurait pu exercer sur elle le clan Metellus ?

Pour ceux-là qui avaient occupé toutes les charges de la République jusqu'au moment que Marius les en avait éloignés, parfois chassés, j'étais devenu le symbole de leur revanche. Mon mariage avec Caecilia, le rôle décisif qu'elle avait joué lors de ma première marche sur Rome, sa fuite vers la Grèce pour me rejoindre, notre retour triomphal, la naissance des jumeaux leur avaient fait croire que, derrière Caecilia, ils feraient peser sur moi une sorte de tutelle, comme si je leur devais la magistrature suprême que je tenais d'abord de moi-même et du peuple. Ils n'ont pas été longs à comprendre que je n'avais pas saisi le pouvoir pour leur permettre de retrouver leurs privilèges. Dès le lendemain des funérailles de Caecilia, le clan Metellus, trop lâche pour m'attaquer de front, s'est ingénié à poursuivre devant les tribunaux certains personnages de mon entourage immédiat : accusés de crimes vrais ou faux, plus souvent de concussion, leur discrédit risquait de me frapper.

Je feignis d'ignorer ces manœuvres. Comment aurais-je pu les déjouer, sauf à devenir un nouveau Marius qui aurait trouvé immédiatement en la personne du jeune Pompée un nouveau Sylla ? Les plaintes déposées contre quelques-uns de mes protégés n'étaient pas toujours injustifiées. En quelques mois, bénéficiant du secret des adjudications, ils avaient édifié des fortunes scandaleuses. Ces protégés me rappelaient les compagnons de ma jeunesse dangereuse, ceux que je croyais avoir chassés de mes souvenirs. Ils étaient tous revenus. N'est-ce pas la raison profonde pour laquelle je n'avais plus sollicité les conseils de Caecilia ? Maintenant que je n'avais même plus son regard à redouter, je conviais, dans la maison de Nicopolis reconstruite, les hôtes dont les rires, l'esprit, le luxe et les basses flatteries m'étaient devenus indispensables : mimes, danseurs, comédiens, gladiateurs, courtisanes ou gitons. Si j'avais retrouvé le goût effréné de l'orgie, ma passion pour les affaires de l'Etat n'en demeurait pas moins intacte. Chaque matin, de bonne heure, entouré de graves secrétaires, je déchiffrais les dépêches envoyées d'Asie, de Grèce, d'Espagne ou d'Afrique par mes promagistrats. Les après-midi, je les passais sur les chantiers, au Sénat ou avec des jurisconsultes. C'est au cours de cette période que j'ai éprouvé, la première fois, une certaine difficulté à pisser. Je ne m'en suis pas soucié, n'ignorant pas que ces sortes de troubles sont fréquents à mon âge. Trois mois après la mort de Caecilia, j'ai rencontré Valeria. J'eus envie d'elle. Elle me résista, je l'épousai. Avec elle, retrouvant aussitôt la nécessité d'une vie ordonnée et amoureuse, j'ai chassé mes pires compagnons, c'était trop tard : à travers leurs procès, le mien s'ouvrait déjà.

Valeria, quand je l'ai rencontrée, était veuve elle

aussi, et j'étais son aîné de trente-cinq années. J'étais alors un homme solide, aux bras encore durs et aux cheveux demeurés rouges. Je ne doute pas que les différents aspects de ma personne et de mon personnage aient contribué, ceux-ci autant que ceux-là, à décider Valeria de devenir ma quatrième épouse : les femmes sont encore plus sensibles aux hommes de pouvoir qu'aux beaux hommes. Il est probable que son apparition soudaine dans ma vie me fit pour la première fois penser à abandonner ma charge et à me retirer à Baïa. Tout compte fait, c'eût été de ma part la preuve d'une grande sagesse. Je fus tenté de m'y soumettre car je craignais tout à coup d'être surtout, pour Valeria, le premier magistrat de la République, l'élu du peuple et du Sénat, le vainqueur de Mithridate, devant qui marchaient vingt-quatre licteurs porteurs de haches sur l'épaule. Pendant six mois, devenu le vieux mari d'une très jeune femme, j'ai connu cette joie rare d'étaler devant la multitude l'amour et la gloire que je jetais comme un défi à tous ceux qui, hier dans l'ombre et bientôt au grand jour, s'ingéniaient à ne pas appliquer mes décrets ou à déconsidérer mes plus proches collaborateurs. Sans même que je m'en doute, le mal dont je meurs aujourd'hui minait-il déjà cette volonté de riposte immédiate qui avait toujours conduit ma vie ? Lorsque j'ai appris que Lépide sollicitait les suffrages des comices sans mon autorisation, je ne m'y suis pas opposé, malgré mon irritation, ainsi que je l'avais fait avec Ofella. Quand il fut proclamé consul grâce au soutien public de Pompée, j'ai été tenté d'annuler son élection avec éclat. Les pouvoirs de ma magistrature dictatoriale m'en donnaient le droit, sans doute m'en dictaient-ils le devoir. L'alliance de ces deux hommes, hier comblés par moi, signifiait le retour prochain du clan Metellus et la fin d'une unité italienne à peine née, si précaire encore, qui reposait sur moi seul.

A Baïa où je me suis réfugié, loin des bruits du Forum et des bavardages de la Curie, pour mieux réfléchir à cette nouvelle situation, j'ai passé plusieurs jours à examiner les différentes solutions parmi lesquelles il me faudrait choisir sans tarder. Les nuits passées avec Valeria ne m'empêchèrent jamais de demeurer lucide.

Supprimer Lépide comme j'avais fait exécuter Ofella ? C'était risquer de provoquer des troubles très graves dans les camps des légions campées dans le Latium et placées sous le commandement de Pompée. Pour les réprimer, je pouvais faire appel à mes vétérans répartis en colonies à travers le pays. Agir ainsi, c'était recommencer à coup sûr une guerre civile dont les nouveaux citoyens, encore mal intégrés à la patrie romaine, profiteraient pour se proclamer indépendants. Gorgés de butins, dotés de domaines, les vétérans répondraient-ils tous à mon appel ? Ne m'arrivait-il pas, de plus en plus souvent, d'être las des trompettes et des boucliers, des honneurs, du danger, du pouvoir, de moi-même Sylla ? Ici, dans la maison familiale, partagé entre le risque d'une défaite et le dégoût soudain du sang versé, j'ai décidé de ne pas lancer mes vieux soldats une troisième fois sur la route de Rome. Je me retirerais en Campanie où, protégé par eux, placé au-dessus des factions, je demeurerais pour tous les citoyens le recours suprême. Je me grandirais encore. Ma gloire serait alors comparable à celle des dieux. J'avais seulement oublié que les dieux sont immortels. Une douleur au bas-ventre m'a rappelé que je n'étais pas un des leurs.

Hier, tandis qu'Epicadus me lisait le chapitre où il relate comment j'ai dû faire exécuter le malheureux Ofella, j'ai été pris d'un malaise survenu au moment d'une douleur qui me coupa le souffle. Lorsque j'ai repris connaissance, mon médecin grec se trouvait devant moi. J'ai remarqué tout de suite l'air grave et menteur qu'ils prennent tous quand ils ne savent plus quoi faire ou dire. Après son départ, j'ai demandé à Epicadus de m'apporter mon testament rédigé depuis longtemps pour y apporter quelques modifications. Pompée, auquel j'avais légué une somme importante, j'ai rayé son nom. J'ai réglé les détails de la cérémonie de mes funérailles en me rappelant celles de Scipion Emilien auxquelles j'assistai autrefois, et dont le spectacle m'avait fait dire à Agathos : « Moi aussi, j'aurai un bel enterrement. » Mon corps sera brûlé selon les rites établis, et mes cendres seront déposées dans un tombeau sur la pierre duquel seront gravés ces mots : « Aucun ami ne lui a jamais rendu service, aucun ennemi ne lui a jamais fait d'offense qu'il ne les ait entièrement payés. »

Enfin, j'ai ajouté quelques mots codicillaircs pour nommer mon ami Lucullus tuteur de l'enfant attendu par Valeria. Cet enfant doit naître le mois prochain. Aura-t-il les cheveux rouges des vrais Sylla ? Je ne le connaîtrai pas. Le silence de mon médecin me l'a dit sans ménagement. Il a eu raison. On n'épargne que les faibles. La dernière leçon d'Agathos, le moment est venu de m'en souvenir : maîtrise de soi et courage. J'aurais aimé connaître cet enfant et le voir jouer avec Faustus et Fausta. J'aurais aimé aussi voir les premières fleurs du prochain printemps. Les bourgeons à peine éclos, qu'adviendra-t-il après moi ?

Après moi, Valeria sera la jeune veuve de Sylla. Elle ne se remariera jamais parce qu'aucun homme n'osera prendre ma place dans son lit. Quant à mes travaux, mes lois, mes réformes, qu'en restera-t-il après ma mort ? Lépide s'empressera de tout détruire. Il commencera par rétablir les distributions gratuites de blé, il rappellera les proscrits et rendra aux tribuns leurs privilèges. Pompée et Crassus m'ont déjà trahi. J'avais fait la gloire du premier et la fortune du second : la vanité de celui-là et l'argent de celui-ci effaceront vite les derniers souvenirs qui les liaient à leur général et deviendront les seuls guides de leur ambition. Quelques hommes me resteront fidèles, Lucullus par exemple, mais il lui faudra payer son loyalisme en abandonnant son commandement de l'armée d'Orient à d'autres qui supputent déjà la valeur des futures dépouilles de Mithridate. Tant que je vivrai, ils n'oseront pas trop se découvrir, redoutant que, sur un seul signe de moi, mes vétérans, les esclaves qui me doivent la liberté et tous ceux qui se sont enrichis avec les biens confisqués des proscrits les réduisent à rien. Ils me craignent encore.

Mais après moi ? Pour empêcher le retour périodique des guerres civiles, j'avais pris toutes sortes de précautions comme on verrouille sa porte. J'ai reconstitué le Sénat et assuré son caractère inamovible, je lui ai rendu son ancien monopole judiciaire et le droit de nommer les gouverneurs de province et les chefs militaires. Lorsque j'ai pris le pouvoir, je m'étais promis d'y faire circuler un sang nouveau pour éveiller et rajeunir ce conservatoire de gérontes et d'aristocrates. Ces nouveaux pères conscrits, que vont-ils devenir ? Sur les six cents membres de la Curie, pourra-t-on demain en dénombrer cinquante qui aient la capacité de s'intéresser aux affaires publiques et la probité de les gérer sans s'enrichir eux-mêmes ? Moi, Sylla, parce que j'étais né patricien, ni le pouvoir ni l'or ne m'ont jamais ébloui. Je les ai pris sans fausse honte et sans le scrupule menteur des petites gens. La pourpre, les honneurs, les voyages d'apparat où l'on traîne ses clients derrière soi, les applaudissements de la plèbe payés à l'avance, je les ai utilisés comme des moyens, je n'en fus jamais l'esclave. Ayant toujours placé la cité au-dessus de tout, j'ai peut-être trop méprisé les hommes.

Les hommes, qu'est-ce qui les mène donc ? L'argent ? La flatterie ? Les honneurs ? Le pouvoir ? Le sexe ? J'ai connu tous ces pièges. Je les ai utilisés pour mieux courber, enchaîner ou compromettre ceux dont le service ou la complicité m'étaient nécessaires. J'ai dit à Pompée qu'il était grand, il l'a cru. J'ai offert des millions de sesterces à Crassus, il les a pris. J'ai mis des vierges dans le lit des pères de famille et des garçons dans celui des matrones, ils ne les ont pas repoussés. J'ai assuré Metellus qu'il était le meilleur général romain, il le savait déjà. J'ai murmuré à Caecilia qu'elle était la plus belle de toutes, elle m'a épousé. J'ai couvert d'or Archélaos, il a trahi Mithridate.

J'entends des merles siffler dans le jardin où, tout à l'heure, j'irai faire quelques pas au bras de Valeria. Plus jeune, je me serais rebellé contre le mal qui me tue, les médecins, les dieux eux-mêmes. C'était le temps où je voulais tout savoir, tout comprendre, tout dominer, ne rien subir. Me suis-je pris pour un demi-dieu au milieu des médiocres qui m'entouraient ? Ne me suis-je pas trop confondu avec l'Etat au moment que j'accordais à la cité une primauté susceptible de broyer les citoyens ? Le galop de la cavale qui gronda si longtemps dans ma poitrine, il m'arrive encore de l'écouter avec complaisance, mais je sais qu'aujourd'hui, semblable au vieil Œdipe, je peux dire moi aussi : « C'est donc quand je ne suis plus rien que je deviens vraiment un homme. » Mes jours, peut-être mes heures, sont contenus dans ces sabliers alignés sur ma table de travail. J'ai donné l'ordre à Epicadus de déposer ce manuscrit sur mon bûcher lors de mes funérailles. Ainsi le corps de Sylla et sa vérité profonde se consumeront-ils au même instant.

Il ne restera de moi qu'un peu de cendres et la vérité des historiens.

Glossaire

Atellane : Ancienne farce à personnages burlesques en forme de fable dialoguée.

Académie : Jardins d'Athènes dédiés aux héros, où Platon installa en 387 av. J.-C. une école destinée à la formation des chefs politiques par l'étude approfondie de la philosophie et des mathématiques.

Baïa : Petite ville de l'Italie antique située sur le golfe de Naples. L'aristocratie romaine y construisit de magnifiques demeures.

Barbares : Pour un Romain, tous les autres — sauf les Grecs.

Censeur : Magistrat supérieur chargé d'apprécier la fortune des citoyens, taxer leurs propriétés, désigner ceux qui siégeront à la Curie, surveiller leur moralité et punir, le cas échéant, ceux dont la conduite lui paraît mauvaise. L'arrière-grand-père de Sylla fut victime de l'un d'eux.

Cirta : Est-ce bien l'ancienne Constantine de l'Algérie moderne ? Les plus illustres historiens de l'Afrique romaine l'affirment, mais il se pourrait bien qu'ils se soient trompés, ainsi que le démontre une thèse proposée par André Berthier. D'après cet archiviste paléographe, Cirta se situerait à la frontière algéro-tunisienne, au Kef.

Comices : Assemblées populaires.

Consul : Un des deux principaux magistrats élus chaque année par le peuple romain. Le consul est chef du pouvoir exécutif et de l'armée.

COUDÉE : Mesure de longueur : 0,44 mètre.

CURIE : A l'origine, division de la tribu, puis salle commune où se réunissaient les citoyens romains. Plus tard, édifice réservé aux sénateurs pour délibérer.

CURSUS HONORUM : Liste des hautes charges de la magistrature auxquelles un citoyen romain peut prétendre : questeur, édile, censeur, tribun, préteur, consul.

DICTATURE : Elle n'est pas exercée à la suite d'un coup de force. Le dictateur romain est un magistrat extraordinaire désigné par le Sénat pour une tâche déterminée dont la durée ne peut pas excéder six mois. La dictature de Sylla, et plus tard celle de César, ne furent légales que proforma.

FLAMINE : Tout prêtre attaché au culte d'une divinité.

GÉMONIES : « Escaliers des gémissements » où étaient exposés les cadavres des condamnés.

GRACCHUS : Deux frères, Tiberius et Caius qui, nés dans la grande famille des Scipions, se firent élire tribuns de la plèbe pour défendre la cause des prolétaires pendant la seconde moitié du IIe s. av. J.-C.

HANNIBAL : Chef suprême de l'armée carthaginoise (246-182 av. J.-C.) qui franchit les Pyrénées, le Rhône et les Alpes pour envahir l'Italie. Battus à la Trébie, au lac Trasimène et à Cannes, les Romains prirent leur revanche en débarquant en Afrique : bataille de Zama (202). Réfugié en Bithynie, il s'y suicida pour ne pas être livré à Rome.

HELLESPONT : Détroit des Dardanelles.

JUGURTHA : Roi de Numidie (160-104 av. J.-C.). Après avoir tenu longtemps en échec les légions, il fut livré à Sylla par son beau-père, et décora le triomphe du consul Marius avant d'être étranglé par le tueur public.

LENO : Organisateur de combats de gladiateurs, mais aussi patron de bordel et maquereau.

LIVRE : Environ 327 grammes.

LYCÉE : Parc attenant au sanctuaire d'Apollon Lykeios, à Athènes, où Aristote (384-322 av. J.-C.) fonda son école de philosophie.

MARIUS : Général romain (157-86 av. J.-C.) parvenu aux plus hauts grades par ses talents militaires autant que par ses manœuvres démagogiques. Considéré unique sauveur de la patrie pour avoir vaincu Jugurtha, les Cimbres et les Teutons, il fut élu consul sept fois. Responsable de grandes victoires et d'utiles réformes, il organisa aussi d'effroyables massacres.

METELLUS : Grande famille romaine dont tous les membres ont occupé les avenues du pouvoir. La fille de l'un d'eux épousa Sylla.

MITHRIDATE : L'ennemi le plus acharné de Rome en Orient, au Ier siècle av. J.-C. Personnage fabuleux, chef de guerre, lettré, il rêvait de créer un immense empire en Asie. Roi du Pont (132-63 av. J.-C.), son pouvoir s'étendit jusqu'en Crimée. Il fut battu tour à tour par Sylla, Lucullus et Pompée.

MILLE : Mille pas, soit 1 478,50 mètres.

NUMIDIE : Royaume d'Afrique du Nord correspondant à peu près à l'Algérie d'aujourd'hui. La Numidie devint province romaine en 46 av. J.-C.

OBSIDIONALE : Couronne obsidionale. Elle est faite de gazon ramassé sur le champ de bataille. C'est la plus belle récompense dont puisse s'enorgueillir un général romain.

OCHLOCRATIE : Gouvernement de la multitude.

PALUDAMENTUM : Manteau militaire, blanc ou rouge écarlate, que les généraux portent sur leur armure.

PALESTRE : Lieu où se pratiquent certains exercices, dont la lutte.

PÈRES CONSCRITS : Membres du Sénat.

PATRICIENS : Membres des plus anciennes familles de Rome. Ils prétendent volontiers descendre des premiers compagnons de Romulus. Au temps de Sylla, on ne comptait guère plus qu'une vingtaine de ces familles mais leurs branches demeuraient nombreuses.

PHALÈRES : Plaques d'or, d'argent ou de bronze portées sur la poitrine comme ornements. Pour les soldats, décorations décernées en récompense de faits d'armes.

PIED : Mesure de longueur : 0,29 mètre.

POMŒRIUM : Enceinte sacrée qui entoure Rome depuis sa fondation. Aucune troupe en armes ne peut la franchir, sauf pour la cérémonie du triomphe. Sylla, le premier avant César, ne tint pas compte de cette interdiction.

PONT : Royaume de l'Asie Mineure dont Mithridate était le souverain, situé au sud du Pont-Euxin (mer Noire).

PRÉTOIRE : Tente du général dans un camp romain, ou quartier général, résidence du gouverneur d'une province.

PRYTANE : A Athènes, un des cinquante hauts magistrats chargés de l'administration.

QUESTEUR : Magistrat chargé des finances de l'Etat, de l'armée ou d'une province. C'est le premier échelon du cursus honorum.

ROSTRES : Nom donné à la tribune où, dans le Forum romain, les orateurs montaient pour parler au peuple, parce qu'elle était ornée d'éperons *(rostra)* de navires pris au cours de batailles contre les ennemis.

SESTERCES : Monnaie la plus usuelle à l'époque de Sylla. Un sesterce valait quatre as, et un légionnaire touchait un as par jour. Il fallait justifier d'un capital de quatre cent mille sesterces pour se présenter à la questure. Quelques années après la mort de Sylla, la fortune d'un Marcus Licinus Crassus fut évaluée à deux cents millions de sesterces.

STOA : Portique situé au nord de l'Agora, à Athènes, rendu célèbre par Zénon qui vint y établir vers 300 av. J.-C. une école de philosophie qui prit le nom de stoïcisme.

TRIBUN DU PEUPLE : Magistrat élu par les plébéiens dans leur ordre pour défendre les droits et les intérêts des classes pauvres contre la puissance de l'aristocratie. Personnages dotés de pouvoirs considérables, inviolables, jouissant de la protection des dieux, les tribuns parvinrent à établir à Rome, à plusieurs reprises, un régime de démocratie absolue qui terrorisa le Sénat jusqu'au moment où Sylla y mit fin.

TUMULTUS : « Aux armes, citoyens ! »

DACIE
PANNONIE
Vercelli
Milan
Aquilée
LIGURIE
Gênes
Ravenne
Massalia
Florence
DALMATIE
Volterra
Lac Trasimène
Pérouse
MER
ILLYRIE
ÉTRURIE
CORSE
Aléria
ROME
LATIUM
ADRIATIQUE
Ostie
Dyrrachium
CAMPANIE
Pouzzoles
Nola
Baïa
APULIE
Brindes
Apollonie
Tarente
SARDAIGNE
MER
Caralis
ÉPIRE
CORCYRE
TYRRHÉNIENNE
M
E
MER
R
IONIENNE
Utique
CARTHAGE
SICILE
Cirta ?
Tunes
AFRIQUE
M
MELITA
NUMIDIE
Thapsus
É
D
I
T

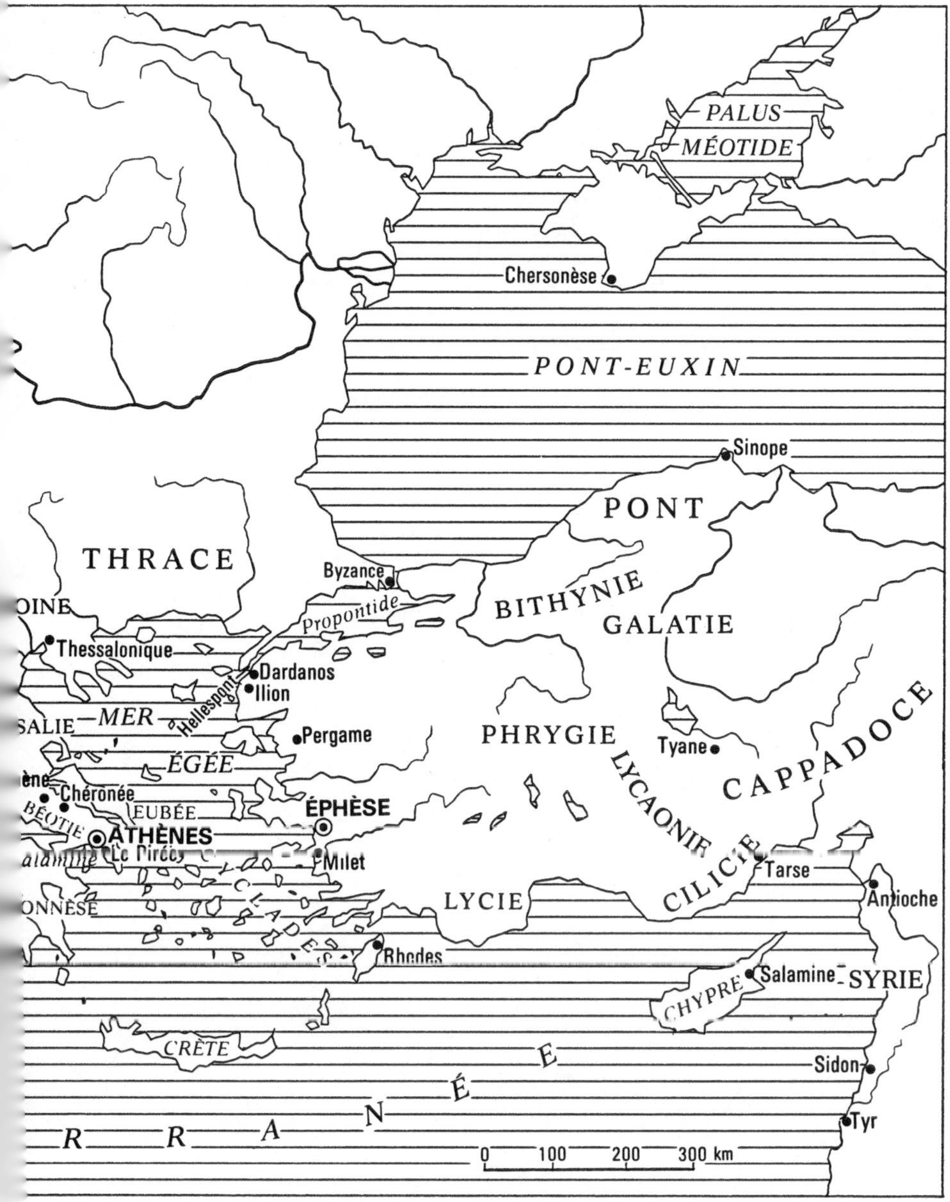

PALUS
MÉOTIDE
Chersonèse
PONT-EUXIN
Sinope
PONT
THRACE
Byzance
Propontide
BITHYNIE
GALATIE
Thessalonique
Dardanos
Ilion
Hellespont
MER
ÉGÉE
Pergame
PHRYGIE
LYCAONIE
Tyane
CAPPADOCE
Chéronée
BÉOTIE
EUBÉE
ÉPHÈSE
ATHÈNES
Le Pirée
Milet
CYCLADES
CILICIE
Tarse
Antioche
LYCIE
Rhodes
Salamine
SYRIE
CHYPRE
CRÊTE
Sidon
Tyr
0
100
200
300 km

DU MÊME AUTEUR

AUX ÉDITIONS ALBIN MICHEL

Moi, Zénobie, reine de Palmyre
Goncourt du récit historique

Ces Messieurs de Saint-Malo
Prix Bretagne
Prix du Cercle de la Mer
Prix d'académie de l'Académie française

Le Temps des Carbec

Rendez-vous à la Malouinière

Paradis perdus

De quoi vivait Bonaparte ?
(édition revue et augmentée)

CHEZ D'AUTRES ÉDITEURS

Piste impériale
(Julliard)

La Reconquête
(Flammarion)

De Lattre
(Flammarion)

Suez, cinquante siècles d'Histoire
2e Grand Prix Gobert de l'Académie française
(Arthaud)

*La composition de cet ouvrage
a été réalisée par l'imprimerie BUSSIÈRE,
l'impression et le brochage ont été effectués
sur presse CAMERON dans les ateliers de B.C.A.,
à Saint-Amand-Montrond (Cher),
pour le compte des Éditions Albin Michel.*

*Achevé d'imprimer en mars 1993.
N° d'édition : 12880. N° d'impression : 276-93/051.
Dépôt légal : avril 1993.*